渭河所谓

——

王若冰 著

西安出版社

图书在版编目（CIP）数据

渭河所谓 / 王若冰 著 . -- 西安：西安出版社，2021.5（2022.7重印）
ISBN 978-7-5541-5421-2

Ⅰ . ①渭… Ⅱ . ①王… Ⅲ . ①散文集 - 中国 - 当代
Ⅳ . ① I267

中国版本图书馆 CIP 数据核字 (2021) 第 081553 号

纸上长安

渭河所谓
WEI HE SUO WEI

王若冰 著

出 版 人： 屈炳耀
责任编辑： 邵鹏飞
责任校对： 李亚利
装帧设计： 邵 婷
出版发行： 西安出版社
地　　址： 西安市曲江新区雁南五路 1868 号影视演艺大厦 11 层
电　　话： (029)85253740
邮政编码： 710061
印　　刷： 三河市明华印务有限公司
开　　本： 889mm×1194mm 1/32
印　　张： 10.75
字　　数： 179 千字
版　　次： 2021 年 5 月第 1 版
印　　次： 2022 年 7 月第 2 次印刷
书　　号： ISBN 978-7-5541-5421-2
定　　价： 58.00 元

目录

一条来自北方的河流

在时间的坐标上

纵向展示着它前世今生的历史变迁

也横向铺陈着它沧桑又丰富的阅历

不疾不徐

渭／河／所／谓

WEI HE SUO WEI

鸟鼠同穴

最初的渭河源头出自鸟鼠山品字泉，龙王沟垴这座即便是在渭源县境内也算不得雄矗高峻的山，就名垂千古了。

让人们最早知道在渭河上游有一座山叫鸟鼠山的，是战国时期的《尚书·禹贡》。这部最早记述我国山川河流的著作说，大禹"导渭自鸟鼠同穴，东会于沣，又东会于泾；又东过漆沮，入于河"。这里所说的大禹导流的故事，发生在距今四千多年前。

如果时间退回到四千多年以前，我们可以看到与鸟鼠山一山之隔的洮河岸边，来自甘青高原的羌人和藏人，不仅制造出了色彩斑斓的陶器，而且已经开始在隐约能够听到鸟鼠山下咆哮水声的马家窑、寺洼山一带定居下来，一边游牧，一边种植谷物；而在从鸟鼠山沿渭河向东一百多公里天水境内渭河另一条支流清水河岸上，大地湾人建造的当时世界上规模最为宏大的官殿式建筑已经废弃。极有可能顺渭河东迁到关中的大地湾人，已经融合到生活在渭河另外两大支流——浐河和灞河冲击而成的浐灞三角洲的半坡村人之中，将他们所创造的史前文明继续向中原推进。

而在此之前，人类刚刚经历过一场巨浪滔天的大洪灾。

这场洪灾，发生在距今八千年到一万四千年前，它就是世界东西方共同遭遇过的史前大洪水。

渭河所谓

古巴比伦的《季尔加米士史诗》，在记载这次大洪灾时说："洪水伴随着风暴，几乎在一夜之间淹没了大陆上的所有高山，只有居住在山上和逃到山上的人才得以生存。"公元前3500年苏美尔泥板文书记也说："那种情形恐怖得让人难以接受，风在空中可怕地呼叫着，大家在拼命地逃跑，向山上逃去，什么都不顾了。每个人都以为战争开始了。"在中国，《山海经》《孟子》《淮南子》也都对这次史前大洪灾有所记述。从中国远古神话中的女娲补天、抟土造人、精卫填海，西方《圣经》里的诺亚方舟、亚当夏娃中，我们都可以看到那场在古巴比伦人、古印第安人、古墨西哥人、玛雅人及古代中国人记忆深处留下恐怖、绝望阴影的大洪灾的影子。

那个时代，人类还处在漫长而昏暗的混沌时代。冰雪覆盖、江河凝冰的第四纪冰期接近尾声，冰雪消融后转暖的气候，让厚厚的冰雪融化，来自高山、高原、山谷的冰雪融水汇集成滚滚洪流，席卷北半球。肆意横虐的洪峰以雷霆万钧之势咆哮着冲向大陆，吞没了平原谷地，世界一片汪洋。《圣经》对这场人类空前浩劫描写得更具体："在2月17日，天窗打开了，巨大的渊薮全部被冲溃。大雨伴随着风暴持续了40个白天和40个黑夜。"《山海经·海内篇》说："洪水滔天，鲧窃息壤以湮洪水。"

鸟鼠山品字泉之一的遗鞭泉遗迹

　　这场大洪灾，应该是持续了很长时间。根据中国神话故事及各种典籍透露的信息可知，中国大地经历这场大洪灾的时代，大概是距今七八千年到一万年前的三皇五帝时期。而我们看到，在中国真正有人开始迎击这场洪灾，救人民于水深火热，是在帝尧时代。

　　鲧是大禹的父亲。鲧的时代，黄河流域正饱经洪水之患。鲧受帝尧之命治水，无功而死，将治水的薪火传给了儿子禹。从大禹导流遗迹遍布中国北方与南方几乎所有重要江河湖泽来看，这位受命于危难之际的中国历史上第一位水利专家，应该是在史前大洪灾后期登上历史舞台的。

　　渭河是黄河第一大支流。大禹时代的渭河，到底如何浩浩荡荡，我们不得而知。但在大洪灾来临前，渭河上游的山坡和丛林里，应该是已经有自甘青高原迁移而来的西羌与西戎部族散居其间。依靠渭河丰沛的水资源，他们在山坡游牧、在山林狩猎、在河边钓鱼，并打造出了可以用来生产与生活的石刀、石斧。那个时候，生活在渭河源头高山上的原始居民，尚处于旧石器时代。那时候，这些后来被证实是炎帝部族先祖的先民，还不曾预感到一场巨大灾难即将来临，更不曾有过或是被迫，或是自愿顺渭河而下，一路背井离乡，向着关中和更远的中原长途迁徙的想法。

　　灾难是在没有任何征兆的情况下来临的。滔滔洪水从鸟鼠山、豁豁山、露骨山，以及其他渭河支流发源的沟壑山岭之间咆哮而来。山川被淹没了，大地被淹没了，连平日里他们放牧、狩猎的低矮山丘，也被突如其来的洪水转瞬吞没。奔腾呼啸的水面上，漂满了马、鹿、熊、豹，甚至老虎的遗骸，更弱小的动物则在洪水袭来的一瞬间来不及哀鸣就葬身巨浪，沉没于汪洋。突然变得低矮的天空下，惊慌失措的飞鸟无所适从四处乱飞，寻找可以栖身的树枝和山崖。本来习惯了临水而居的人类，完全被这场无休止的洪水击蒙了：栖身之所被洪水吞噬，老弱病残葬身水底，年轻力壮的被巨浪追赶着，朝高山之巅拼命逃生。洪水开始退却的时候，这些来自更远的西部高原，后来被称为羌或西戎的渭河源头土著，面对一片狼藉的家园，不得不忍泪东迁。

这次迁徙，大概是华夏部族原始居民沿秦岭、渭河的第一次大规模东迁！

待到大禹来到鸟鼠山的时候，渭河源头一片萧瑟景象，人烟稀少，鸟兽几近绝迹。死寂的大地上，只有被滔滔洪水隔阻在天各一方的山巅丛林里，偶尔升起一缕炊烟，说明那里还有幸存的人类。鸟鼠山脚下连天洪水，一切生命已经绝迹，只有山顶或者半山腰未被洪水淹没的洞穴里，有老鼠出没，有飞鸟进出。

大禹时代的渭河上源，也不可能只有鸟鼠山品字泉一个源头。但在踏勘渭河上游地形地貌之后，大禹选择了从鸟鼠山着手疏导渭河的策略。这大概是因为渭源县西北部毗邻黄土高原，黄土堆积的鸟鼠山不仅土质疏松，便于疏浚，还可以利用疏浚后的河水泥沙，冲击堰塞湖坝，拓宽河道的缘故吧。

疏导渭河，大禹使用了与父亲鲧堵截之法截然不同的疏浚之法，疏通河道，拓宽龙王沟口，让滔天洪水顺利东流。

在过去和现在，人们对渭河源头的鸟鼠山（又名鸟鼠同

渭河所谓

鸟鼠山渭河源头碑

穴山）曾经出现的飞鸟和鼠类共居一穴的奇异现象浮想联翩。其实，如果将大禹奔走在黄河长江干流及其主要支流导流，以及远古时代东西方共同遭遇的那场史前大洪灾联系起来考察，问题也许就简单多了。

大洪灾来临，大地一片汪洋。所剩无几的人类只有逃到高山顶上，才能保全性命。或许，那个时候鸟鼠山的山顶拥挤了太多逃生生物，在稍微平坦的山地上，甚至连老鼠打个洞穴、飞鸟寻找一个安身的枝头，都已成为非分之想。为了求生，老鼠只好迁徙到山顶或山腰，凿洞为室，躲避灾难。就在老鼠将洞穴打好的时候，实在无处栖身的飞鸟，也成了老鼠洞的不速之客。外面还是令人毛骨悚然的暴雨和浊浪排空的洪水，世界上所有生命都在惊悚、恐惧中等待末日到来。也许正是那种大灾难、大不幸，让不同物种之间产生了同病相怜的恻隐之心吧，鸟和老鼠，也就这样相安无事地在同一洞穴住了下来，在惊慌与恐惧中度过那段艰难时光。于是，当大禹发现这种生物界罕见的奇异现象之后，鸟鼠同穴也就成了渭河源头这座文化名山的生命传奇。

洪水渐渐退去，鸟鼠山下一度咆哮如狂兽的渭河又一次归于平静。当太阳再一次升起在山川起伏、渭水蜿蜒的西秦岭上空，将光华四射的光芒洒满渭河源头的时候，肆虐华夏大地的洪水终于慢慢退去。从恐怖的梦魇里回过神来的人类这时才发现，华夏大地还是那样美丽迷人。刚刚死里逃生的人类，怀着感恩和狂喜，重新恢复了在山坡上播种、在丛林里狩猎、在河水中捕鱼的生活。渭河源头，鸟鼠山苍山如黛，生机勃勃。半山腰的洞穴里，飞鸟和老鼠已经习惯了在同一洞穴里居住，按照自己的生活方式，在同一个洞穴觅食生子，繁衍后代。

大悲之后的大喜，让世界变得如此安详、和谐。

大禹导流鸟鼠山两千多年后，流淌着大禹血液的秦人，又在鸟鼠山附近的山顶上修筑起了长城。秦昭王修筑西接临洮、东达陇西，与渭河遥遥相望的秦长城崛起一百多年后，鸟鼠山迎来了千古一帝——秦始皇。

嬴政二十七年（前 220），秦始皇荡平六国的第二年，这位功成名就的始皇帝决定巡游天下，用自己自信的目光——审视他亲手打下的大好河山。大概是出于对秦人先祖生活并战斗过三百多年的故土的留恋与感恩吧，秦始皇首次巡游的第一站选择的线路，是西出咸阳城，沿渭河向西，进入先祖曾经生活、崛起过的天水、陇西一带，直抵北地。

秦始皇巡游车队出现在当时被称作首阳的渭源县时，渭河中游咸阳一带的关中平原，渭河水浇灌的五谷丰收在望，一座座高隆的粮仓正等待着丰收的黍粒充实。到了渭河源头，听惯了渭水秋波的秦始皇，还要去与渭河隔鸟鼠山相望的临洮，看一看在秦国最初西部边界上矗立的长城，而鸟鼠山是那时渭源到临洮的必经之途。秦始皇不仅在渭河源头附近的关山住了一夜，还催辇登临鸟鼠山。

在鸟鼠山上，秦始皇望到了什么呢？

在养育了横扫六合铁血之师的秦国故地，秦始皇在遥望山岭上逶迤而去的长城的时候，面对从鸟鼠山下滚滚而去，朝着咸阳城蜿蜒东流的渭河波光，会不会也和我一样怦然心动呢？

渭／河／所／谓

WEI HE SUO WEI

泾渭分明

—

　　一条来自北方的河流，在西安北郊高陵区船张村附近，与渭河相遇。

　　这是渭河自鸟鼠山诞生，在秦岭、陇中黄土丘陵和关山簇拥下穿山越岭，进入八百里秦川后接纳的最大支流。这条河流叫泾河，其源头在四百多公里外宁夏回族自治区泾源县六盘山主脊老龙潭。泾河源头由来自六盘山巅数十条溪流汇聚而成。告别被崇山峻岭紧紧包围的宁夏泾源县，进入甘肃平凉后，泾河在接纳陇东黄土高原沟壑山峁间流出的万千溪流后，继续向东南挺进。

　　泾河在陇东黄土高原纵横交织的丘壑峡谷奔流的时候，或许并没有意识到在黄土高原结束的地方，还有一条更大的河流将毫无保留地接纳她的滚滚巨浪和一路带来的大量泥沙，并在陕西高陵区和西安泾渭新区交界处形成两河相汇，一浊一清，泾渭分明的自然奇观。

　　渭河与泾河相汇的地方，距泾河刚刚流经的中华人民共和国大地原点——泾阳县永乐镇，仅二十多公里。得益于古老渭河的滋润和养育，成为中国历史上著名古都的西安和咸阳，现在正在朝着古长安城曾经有过的国际化大都市高速迈进。西安城区和咸阳城区东西相向而行，蓬勃生长的丛林般崛起的楼群、工业区、商业区和休闲娱乐区，已经逼临渭河两岸。

泾河源头老龙潭第一潭

但汹涌的都市化浪潮，还是没有阻碍泾河与渭河相遇的脚步。穿过咸阳城东一处被围起来、遍地泥泞、长满树木和荒草的采沙场，步行三四公里之后，就到了泾渭分明处。

从咸阳城西北涌来的泾河和自宝鸡东流的渭河，在疯长的楼群突然收住脚步的河谷地带，优雅而含情脉脉地相拥相抱，聚在了一起。没有排空的巨浪，也不见相互推搡的波澜。泥土、水草和河水的味道，漂浮在两河相遇后更为开阔的水面上。一道沙洲为两条刚刚合二为一的河流筑起分界，但柔曼漂浮的沙洲和稀疏的芦苇野草，还是不能分开不断涌来的泾河水在渭河的带领下向东流去的步子。从西边流来的渭河泛着金光，从西北面跨越三个省区流来的泾河闪射微微绿晕，两水相汇处，一道由一绿一黄两种颜色构成的分界若隐若现。

一道神奇的自然奇观，在渭河与泾河交汇处出现了。

最早发现泾渭分明奇观的，应该是当年生活在渭北周原及岐山、沣水一带的周人，或更早时代往来于泾河与渭河交汇处上游一带逐水草而居的戎狄吧。然而，不知什么原因，最早将这一自然奇观记录在案的，竟是距渭水和泾河千里之遥的古邶国的一位怨妇："泾以渭浊，湜湜其沚。宴尔新昏，不我屑以。"这是《诗经·邶风·谷风》对泾河与渭河相汇后清浊分明奇观的描述。按照《诗经》的编排体例，《邶风》属于古邶国民间歌谣，而古邶国远在河南汤阴一带。一位远在千里之外的民间妇女，怎么会知道泾河水清而渭河水浊呢？

在从渭北黄土高原追寻泾河足迹南下的路上，我也不仅一次在甘肃到陕西的渭河一线，反复审视过渭河奔腾不息的姿态。在六盘山顶的老龙潭，我看到的是碧澈如玉的泾河，但伴随着泾河南下的涛声，在甘肃平凉、泾川、灵台和陕西长武、彬州、泾阳一带，一道道被泾河干流和支流深切到几乎已经距地核不远的幽深的黄土沟壑，让人惊心动魄。在沟壑底部奔涌的泾河，不仅浑浊而浑黄，而且日复一日，将大片大片泥土吞没在滚滚巨浪中。因此，从甘肃泾川到陕西泾阳，跟随泾河浪头愈往南走，泾河河水就愈变得黏稠而黄浊。

渭河所谓

而渭河虽然发源于黄土丘陵与秦岭山地交会处，但经天水向东流经的地区，多为石质山体，且为林木茂盛的秦岭与六盘山脉交会的山林地带，沿途并不见有大块黄土冲积区。那么，渭河在进入关中腹地与泾河相汇之后，怎么就变得比泾河还要浑浊呢？

距古邶国怨妇发出泾清渭浊哀叹一千多年后，久居都城长安却郁郁寡欢的大诗人杜甫，在一个秋雨绵绵的雨天也来到了长安近郊的泾渭分明处。与那位怨妇不同的是，面对泾渭相聚、清浊异流的景观，杜甫发出的却是"浊泾清渭"的慨叹："阑风伏雨秋纷纷，四海八荒同一云。去马来牛不复辨，浊泾清渭何当分？"这并不是杜甫故弄玄虚，信口雌黄。与杜甫同时代的李白，在《君子有所思行》里写到登上终南山遥望当时水波浩渺的渭河时，也惊叹说："渭水银河清，横天流不息。"

一条河流的清浊，一千年时光大概是不会发生太大改变的吧？要弄清渭河与泾河的清浊，我们还需要反过身来，向她们各自的源头和经历追溯。

前面，我已经走过了渭河源头鸟鼠山和她流经的区域。在从鸟鼠山到泾渭分明处四五百公里的旅途上，渭河沿途所经的区域是西秦岭山地、黄土丘陵和关山山脉。从宝鸡进入关中平原后，渭河的补充水源，也大多来自南岸秦岭山区，诸如从秦岭山区流来的清姜河、石头河，都清澈见底。与泾河相汇之前，渭河行走的路上，途经最多的是秦岭、关山之间的高山峡谷和苍茫林海，没有更多的黄土让她吞噬。而且明代以前，渭河上游森林茂密、植被良好，只有在夏秋之交山洪涌入，河水才会变得浑浊。更多的时候，渭河水不仅清澈碧翠，有些地方还可看到鱼翔浅底的奇观。

　　泾河有两个源头，南源在宁夏泾源县六盘山主脊老龙潭，北面源头在宁夏固原大湾镇。泾河最初的水源，都来自中国西北部一列巨大而醒目、自西北向东南倾斜的绵延山系——六盘山。六盘山孕育了泾河上源遍布宁夏南部高大雄伟的山峦和沟壑纵横的峡谷之间的众多山泉、溪流，也是渭河在甘肃境内两大支流葫芦河和清水河的源头。葫芦河源头在西吉的六盘山，清水河和泾河北源从固原六盘山发源。泾河南源源头老龙潭，集中起数十条自六盘山顶丛林与石缝流出的涓涓细流，在落差巨大的山崖峡谷之间汇聚成一潭潭波光潋滟的清流之际，满山苍翠和一潭碧水是宁静而纯粹的。然而，当日积月累、愈积愈满的流水终于要向外面世界奔泻时，老龙潭山间的峰岭就会被焦躁不安的潭水撕开一道裂口，滚滚清流涌着雪白的浪花，从高高的潭间朝着壁立而起的峡谷飞奔而下。珠玉碎银般的浪花在岩石上跌宕飞溅，巨大的轰鸣声如雷霆万钧。从一潭到二潭，再从三潭到四潭，除了酷寒的冬季，潭口峡谷两面的岩石、树木和碥道上，永远都落满了晶莹的水珠。团团水雾在峡谷之间升起，让泾河源头弥漫着一种让人心生敬畏的神秘氛围。

四潭潭水从老龙潭壁立千仞的峡谷间跌落下来后，蒙蒙水雾消失了，震耳欲聋的怒吼声停息了。急骤的河水从身后绵延着苍黛青山的六盘山麓山间平野蜿蜒转身，开始了向东、向南奔流的旅程。

起初，泾河两个源头都在宁夏境内六盘山区的崇山峻岭之间穿行。幽深的峡谷和巉岩上的茂密丛林，并没有改变泾河清澈的颜色。因为刚刚发源的泾河所流经的泾源境内，几百年前还是风吹草低的牧区。即便是现在，那里阴湿高寒的自然环境，还是不太适宜大规模发展耕作农业，所以种植药材、培育苗木，是泾源一带农民的主业。到了夏季，墨绿的山岭、翠绿的田野、清澈的河流，让泾河清澈碧翠的质地得到完好无损的保留。然而，当泾河穿越崇山峻岭，经胭脂峡进入甘肃平凉，转向东南流经陇东黄土高原的时候，泾河的形象和气质将被彻底改变。浩浩荡荡，覆盖陇东高原的厚重黄土，不仅改变了泾河的流向，也改变了泾河清澈见底的本色。

　　泾河在泾川改向南流的时候，已经有一些大小不一的河流从南面和北面的山壑之间，带着来自陇东黄土高原的滚滚泥沙进入她的肌体。从六盘山脉中段著名道教圣地崆峒山向下俯瞰，你会发现从泾源流出的泾河在进入平凉境内的一瞬间，骤然变得浑黄而黏稠起来。

　　经历和时间，可以改变一切。

　　黄土高原形成于晚更新世第三期冰期，也就是距现在数万年以前。不过泾河变为浊河，可能更晚一些。从泾河流域流传的魏徵梦斩老龙王的离奇故事里，我们似乎可以揣摩到古代泾河生态变化的蛛丝马迹。

　　魏徵是唐太宗时期的宰相。贞观年间，关中一带大旱，这位唐太宗重臣自然不能袖手旁观。他乔装打扮，到渭河的最大支流泾河源头老龙潭一带微服私访。大抵是魏宰相发现，持续不断的干旱已经使泾河源头无多少水可流的缘故，这位上通神明的宰相急忙掐指问卦，在得知玉皇大帝已降旨八河总督、泾河老龙王次日子夜布雨后，欣喜若狂的魏徵便在焦渴的田地开始点瓜种豆。久旱无雨的泾河两岸，旱地干土焦，枯草如焚，这位老农竟然埋头耕种！魏徵的举动被变作凡人闲逛的泾河老龙王看到，觉得很是惊奇，便问魏徵：天下酷旱如此，老夫何必徒劳？魏徵就将自己卜卦，得知玉帝已经降旨布雨之事实言相告。当时，泾河龙王尚未接到玉皇大帝指令，便与魏徵打赌，以争输赢。未曾想到，泾河龙王回宫后果然接到玉皇大帝圣旨，令其即日降雨。为了不输给魏徵，懊丧的老龙王擅自将玉皇大帝降雨令规定的一天一夜和风细雨，改为三天三夜狂风暴雨。于是，泾河流域大雨滂沱，洪水泛滥，人畜被淹，农田被毁，暴雨成灾。大雨过后的一天，魏徵与唐太宗李世民对弈，突然鼾声如雷，睡了过去。原来，玉皇大帝召见魏徵，命其监斩触犯天条的泾河龙王。就这样，魏徵在梦中将擅改降雨令、给百姓造成灾难的泾河老龙王斩首。

由此可见，最起码在杜甫慨叹"渭清泾浊"的唐代，泾河流到泾渭分明处的河水，已经不是那么清澈了。

从泾川转向东南之际，泾河又接纳了来自甘肃陇东董志塬和陕西渭北北极塬的马莲河、蒲河、马栏河、黑河、泔河等众多支流，以及从深厚黄土沟壑区汇聚而来的万千溪流。这些支流从黄土高原纵横交织的沟壑、峡谷、丘陵深处蜿蜒而来，让乘势南下的泾河获得了一种飞流直下、呼啸奔腾的气势。险滩和黄土峡谷，成为泾河留给这片高原的杰作。一条条河水在渭北高原切开道道峡谷，众多支流聚集起来后，泾河以更加强大的气势和力量，在渭北高原厚厚黄土层上切开的黄土大峡谷，最深处竟达一百多米。而在丘陵地带，年复一年的河水冲刷，肆意漫流的泾河，在有些地方竟拥有了十数公里宽的河道。泾河就这样一阵浪花、一堆黄土地在渭北黄土高原一路向前，两岸悬垂的高原眼看着奔腾的河水将大块大块的泥土削下、带走，原本清澈的泾河也一日日变得浑浊不堪，却无可奈何。滚滚泾河面对自己一天比一天面目全非的流水，以及因为她的水流让莽莽高原深厚肥沃的泥土无休止地流失，也无能为力。

茫茫黄土高原有无尽的黄土可供泾河吞噬，滚滚南下的泾河也有足够的体力每年将七千多万吨的黄土泥沙，从几百公里外的陇东和渭北高原，运送到关中平原。如果有人要看世界上最像翻滚的泥浆的河流，绝佳的去处，就在泾阳县西北、泾河北岸张家山附近的郑国渠渠首。

结束了四百多公里跌宕起伏的奔流后的泾河，在张家山壁立而起的峡谷间奔突汹涌。一条带着无尽泥沙和冲击力的河流，在被一座大坝突然拦住的瞬间，那种如奔腾的马群被突然羁绊住奔驰的脚步般翻卷挣扎的滚滚黄流，被高矗的大坝截流的回力冲击而起，飞溅呼啸的泥沙和飞奔而起的水流如被激怒的猛兽，咆哮着举起团团黏稠、浑浊、泛着黑色光亮的泥浪，凶猛而愤怒地撞击着拦截坝和两边的悬崖绝壁。整个峡谷里吼声如雷，翻滚的泥浪如暴戾的巨兽，将浑浊黏稠的浪花高高举起，摔向四周，撕卷翻腾。

在这里，泾河满河泥浪的河水，一部分被拦截坝分流，沿着两千多年前郑国修筑的灌溉渠，从渭河北岸向东，奔向一百五十多公里外的蒲城县晋城村，与渭河另一条来自陕北黄土高原的支流北洛河相汇，并用她肥沃的水质，灌溉了渭河北岸数万顷农田；剩余的部分，则从坝基上带着浑浊不堪的浪花涌入满河床乱石的泾河古河道，继续向东、向南，奔向高陵区船张村与渭河相汇。

面对这样一条源头清澈见底，但流到关中之际已经浑浊不堪的河流，还有多少人相信"泾清渭浊"的古语呢？

诗人的想象，不妨碍科学考证。

清代，为求证渭河与泾河的清浊，乾隆皇帝诏令陕西巡抚专门考察泾河和渭河的水质。对泾河和渭河实地勘察后，这位叫秦承恩的巡抚大人依然得出了"泾清渭浊"的结论。为了弄清到底是泾清渭浊，还是渭清泾浊，到现在，还有不少人到泾渭分明处考察求证，只是现代人使用的是科学仪器检测，而不是肉眼观察。于是新的结论就诞生了：泾河平均每年向渭河输送 3.04 亿吨泥沙，平均含沙量为每立方米 196 千克；泾河未流入渭河之前，渭河平均每年输送泥沙 1.78 亿吨，平均含沙量每立方米 26.8 千克。从数字上看，应该是泾浊渭清，尤其在枯水季节。在泾渭分明处，我们所看到的泾清渭浊现象，不是河水本身的浑浊度所致，而是由于渭河所流经地区的土壤所含矿物质所致。即通常情况下，当渭河含沙量达到每立方米 10 千克时，水色便呈赤黄色了。一位叫杨树庄的地质学高级工程师，在《独家意见："泾浊渭清"，唐朝人没错》一文中，在解释分明是渭清泾浊，为什么历史上人们总说泾清渭浊的原因时说："原因很简单：从地质角度看，泾河的侵蚀能力比渭河强，所以泾河河床现在已大面积露出下伏白垩系岩层——泾河已将黄土层侵蚀殆尽，侵蚀白垩系岩层比较困难，泾河因此变清；而渭水迄今并未侵蚀完黄土层，河水自然较浊。"

这，也许是我们根据泾渭分明典故了解渭河的一种方式吧。

渭 ／ 河 ／ 所 ／ 谓

WEI HE SUO WEI

天府之国

—

　　一片浩渺水波，出现在秦岭山脉、六盘山脉、豫西山地和高隆的黄土高原环绕的关中盆地，后来成了八百里秦川的这片茫茫水波上，各式各样的水鸟在水面翱翔。这些不少已经绝迹的飞鸟展开五颜六色的翅翼，忽高忽低，翱翔水面。它们美丽的翅翼一会儿划过水面，一会儿直插云霄。还有巨大的鲤鱼，翔游在清澈的水底。水鸟和鱼类，是那时候这块辽阔的湖面上唯一有生机的生命。在湖水变浅的秦岭山脉北麓平缓地带与大湖北面正在堆积形成黄土高原的高丘之间，星罗棋布的水泽和沼泽里长满各种各样的水草，水波拍打不到的地方，阔叶林和灌木肆意生长，密不透风。丛林与灌木下，史前生物在这些相对的陆地上，以它们特有的方式生活、繁衍，尽量躲避浩瀚的湖水将它们淹没。而在现在的关中平原西部，渭河还在咆哮着、奔腾着，从自北方逶迤南下的六盘山脉和蜿蜒东去的秦岭之间撕开一道裂口，源源不断涌来。眼看滔滔洪水已经将整个关中大地变成一片汪洋，渭河还在涌来，没有出口泄洪的渭河大湖，水位还在上涨。

　　这是距今大约八千到一万年前，关中平原的真实现状。

　　那时候，关中平原还没有形成，只有滚滚而来的渭河水不断涌入这个四周被高山和高地围得水泄不通的盆地。这盆地里，盛满了自西而来的渭河水。所以，有人把那个时候的关中平原，叫作"渭河大湖"。现在三门峡一带的豫西山地，那时候还没有供渭河大湖湖水东泄的通道，也没有流入中原大地，而是从燕山南面的桑干河直接流入大海。华北平原和后来的黄河中下游平原，都淹没在水波下。

这是有人在解读《山海经》时，为我们描绘的一万年以前渭河平原和北方大地的原状。这个时期，应该是在世界遭遇大洪灾的洪水期。那时候，世界的东方和西方，同样一片汪洋，只有零星露出水平面的高山、丘陵上，生活着各种各样的巨兽和奇异的飞禽。在中国，除了中条山、太行山、山东丘陵以外，渭河大湖南岸秦岭山地和渭河上游的高山地带，也有原始人类在山林或半地穴式房子里生活。《山海经》有言云："东望泑泽，河水所潜也，其原浑浑泡泡。"这句话的意思是说，向东看是渭河大湖，渭河水流入湖中，岸边是沼泽湿地。这也是关中平原曾经一片汪洋的证据。其中所说的水和沇水，是《山海经》时代渭河的古名。

沸沸扬扬的渭河大湖消失，是在距今四五千年的尧帝时代。

让渭河大湖消失并让关中平原浮出水面的英雄，还是那位半神半人，在渭河源头鸟鼠山疏导渭河的天神大禹。一则描写大禹疏导渭河大湖的神话故事写得不仅神奇，而且浪漫：大禹来到渭河大湖最东面的豫西山地，发现现在渭河与黄河交汇处的风陵渡，最适宜导流泄洪。于是，他一边高声喊叫"蒹葭苍苍，白露为霜，所谓伊人，在水一方"，一边抡起开山神斧，只听"哗啦"一声，风陵渡与潼关之间的豫西山地裂开一道巨大的豁口，积满秦岭、六盘山、渭北高原和豫西山地之间的渭河水呼啸东去，一泻千里，涌入已经被大禹疏通的黄河。

更有倾心研究黄河变迁史的地质学家，从遥远地质年代渭河与黄河流向变迁作出结论：渭河在甘肃和陕西境内的河道及关中平原，是黄河故道。这是地质学家从中国大陆地质结构变化的年代着手，进行科学考证后得出的结论。他们认为，距今两千多万年前的新第三纪时期，黄河从兰州一带流出后并不是向北进入宁夏，而是径直沿中国大陆第二台阶即从现在渭河流经的地方出关中，注入东海。只是到了新生代，新的地质构造运动使西秦岭甘肃榆中到鸟鼠山一带一组南北走向的山地隆起，才迫使黄河从刘家峡改道北上，经贺兰山、阴山、鄂尔多斯高地转向山西北部，从桑干河上游的永定河流入渤海。

如此看来，大禹当年在河南三门峡一带治水，疏导渭河和汾河水流，让渭河流入黄河，其实就是将黄河故道与新河道再次连接、贯通。

湖水退去，淹没在水底的陆地浮出水面。也许在此之前，

渭河所谓

关中平原本来就是一块草木茂盛、湖泊密布的陆地。渭河及
其支流携带的泥沙年复一年沉积下来，大量湖泊、沼泽和湿
地被肥沃的泥土掩埋到下面。原来的低丘陵和幽深的沟壑被
填平，变成平坦而辽阔的大地。久违的芦苇、水草和树木，
重新在温暖的阳光下发芽、生长。因为大洪水而逃离到秦岭
和六盘山的各种野兽，也回到这块新生的陆地觅食、繁衍、
生息。曾经死寂的关中大地，在大禹的神力下重现生机。

这时，渭河及其支流还在将流水和从西秦岭山地、陇东
黄土高原、陕北黄土高原以及秦岭北坡带来的泥沙、沃土，
源源不断运送到这块新生的平原盆地，并让它们在这块新生
的盆地四周沉积下来。一年过去又是一年，渭河三角洲、泾
河三角洲、浐灞三角洲连成一片，一块新生的平原诞生了。

催生了关中平原后的渭河，还要在不断东进的路上接纳
众多支流。只是这时候，这条曾经在关中大地积水为患的河
流在有了循环往复的出路后，已经表现得更像一位滋润和养
育的母亲，将河道退居到秦岭偏北的关中大地中央，以舒缓
而优雅的姿态横穿关中大地，让随风而来的种子在她四周生
根发芽。

最早被这块东西绵延四百多公里的平原所吸引并挽留住
脚步的，是后来定居在浐灞三角洲的半坡人。他们在那里耕

种并创造，凭借渭河支流浐河和灞河冲积而成的肥田沃野种下粟，开始了最初的养殖业。他们还用平原上黏性极好的泥土，制造出了陶器和半地穴式房屋。但这些沿着渭河东进的开拓者，更多的梦想还在渭河不舍昼夜滚滚东流的远方。半坡人更多的生活与创造的细节，我们不得而知。但紧随其后来到这块平原的后稷后代周人，却独具慧眼地选择了在濒临关中平原的北部黄土台地安身立命，开始了建功立业、开拓中国最早农业文明的事业。对辽阔的渭河平原充满向往和好奇的周人，虽然从开始到最后，始终盘桓在渭河北岸台地上，并不是关中平原腹地最初的主人，但他们借助紧邻渭河得天独厚的自然优势所开创的农业文明，却奠定了关中平原乃至中国古代农业文明坚实的基础。周人一步一步靠近渭河，开拓他们所擅长的农业文明的时候，渭北高原的游牧民族依然是威胁周人生存与发展的劲敌。西周末年，周人在来自西北的游牧部族胁迫下放弃故土，沿着渭河向东进入洛阳后，紧随其后到达的秦人，才成为八百里秦川真正的主人。

遍野沃土、辽阔富饶的八百里秦川，从此将开创繁花似锦、五谷丰登、富甲天下的未来。

秦人来到关中之前，古人已经注意到了关中这块渭河孕育的平原沃土。根据《禹贡》记述，至少在大禹时代，古人

起伏的麦浪让八百里秦川一片金黄

就认为关中平原土质肥沃，是最适宜耕作的地区。大禹在击
败漫延全中国的大洪灾后，将中国划为九州，关中平原被划
在雍州。《禹贡》在评判全国各地土壤肥瘠的时候，将渭河
及其支流带来的黄土堆积而成的关中平原的土地，评判为"上
上"之田，也就是最适宜农作物生长的土地。

待到战国时期，当苏秦向秦惠文王炫耀关中平原"田肥美，
民殷富，战车万乘，奋击百万，沃野千里，蓄积饶多""此
所谓天府，天下之雄国也"之际，秦人已经利用关中千里沃
野和郑国渠引流泾河之水与洛河沟通灌溉的渭河北岸万顷良
田，为诛灭六国做好了后勤保障准备。再到后来，当张良又

一次说出"夫关中左崤函，右陇蜀，沃野千里，南有巴蜀之饶，北有胡苑之利，阻三面而守，独以一面东制诸侯。诸侯安定，河渭漕挽天下，西给京师；诸侯有变，顺流而下，足以委输。此所谓金城千里，天府之国也"的时候，从宝鸡到潼关的八百里关中平原，已经成为中国最富庶的地方。面对关中平原的富足与繁荣，司马迁后来告诉我们，西汉时的关中面积占全国面积三分之一，人口有全国的十分之三，却拥有中国十分之六的财富！

在关中平原成为中国名副其实的"天府之国"五百年后，位于秦岭巴山以南的成都平原，才姗姗来迟地登上"天府之国"荣誉榜。

渭／河／所／谓

WEI HE SUO WEI

炭化的黍粒

———

古老的渭河在甘肃和陕西之间穿行。

伏羲、女娲、西王母、炎帝神农、黄帝，这些半人半神的先祖背影，飘忽在远古神话的茫茫迷雾中，但他们创造与奋斗的足迹，却和被浩荡黄土埋没在地下的原始人村落残迹、至今尚未腐朽的遗骨一起，存留在遥远的记忆里。现在，我们要从神话回到现实，回到流淌在群山平原之间，被渭河粼粼波光照耀着的山川大地。

首先出现的场景，是七八千年前黄河流域最繁华，也最伟大的原始村落——天水秦安的大地湾。

考古人员从那里发现，当时的大地湾人已经开始种植并食用的粮食作物种子——黍，它在泥土下已经沉睡了七八千年。当考古人员揭开厚重的泥土，从一座深陷在地下的半地穴式圆顶房灰坑里，采集到这些已经炭化，变得黑而坚硬的植物颗粒时，激动地用有些颤抖的声音告诉人们，这是一个让人惊喜的重大发现。后来，考古人员在对这些碳化的作物颗粒进行检验后证实，这是距今七千年左右，大地湾人开始种植，作为渔猎生活辅助食物的农作物籽种——黍。这种黍，也就是我们后来所说的糜子。

这些出现于距今七八千年的农作物种子被发现后，人们才惊异地发现：中国北方最早的旱作农业，起源于渭河流域。

渭河所谓

　　这种叫黍的植物，原本和其他禾本植物一道，混杂生长在林缘地带向阳的山坡上。或许，它就生长在与大地湾人村落相邻的草滩中央。它生长的地方，距离清水河不远。由于地势的原因，它的根须就扎在较为干旱的黄土中。对于这种作物来说，它不需要太多的水分，只要有肥沃的黄土和相对潮湿的泥土，就可以生根发芽，结出果实。它的耐旱性，让它可以在大地湾任何一处山坡安身生长，并年复一年地和同样耐旱的野草混杂在一起，自由自在地开花结果。黍对生存环境的包容性，让它有了后来在渭河北岸黄土高原普遍种植的可能。

　　最早的时候，黍还被人视为野草。只是在没有猎物可以捕捉的时候，野生的黍才被那些采集野果及众多可以结籽的野生植物果实的人类，将它金黄而细小的颗粒收集起来，用以食用充饥。在人类还没有意识到用火将食物煮熟吃起来更为可口的时代，也许人们一采集到黍的颗粒，就饥不择食地将它吞食。直到后来，有人遇到了一大片生长茂盛的黍，成熟的穗子沉甸甸地随风摇曳，芳香诱人。这个已经有了食用黍的经验的远古人类欣喜若狂，将这一大片野生的黍粒就地收割，或者仅仅是将它的果实采集起来，让村里人美餐了一顿。这种当时他们或许还叫不上名字的植物的余香在口中回荡，久久不能散去。没有想到，第二年有人在同一地方，又发现了数量众多、生长良好的黍。在又一次收获更多黍的果实之后，或许有人突然意识到，这些黍会不会是前一年采集黍的果实时洒落在地上的颗粒重新从泥土里生长出来的呢？于是，就有人尝试着将一些黍的颗粒埋进村落附近的泥土里。又一年春天到来的时候，埋下黍粒的地方，果然长出了茁壮茂盛的黍苗，并在这一年秋天结出了丰硕的果实。

这大概就是大地湾人最初将野生黍驯化并种植的过程。回想起来，过程并不复杂，但对于距今七千多年前尚处在茹毛饮血，只能以捕猎动物，采集森林里的野果、植物根茎、野生植物果实充饥的人类来说，这一发现的划时代意义，绝不亚于电灯、电话和计算机的发明对人类生活、命运的改变。

除非能够返回七千多年前的大地湾时代，我们才能够确切地知道，大地湾人在渭河上游清水河岸边的坡地上到底种植了多少黍。不过我们完全可以预想到，一开始，他们从野生黍苗里获取的种子肯定十分有限。同样，掌握黍的种植技术与生长规律，也不是一件简单的事情。大地湾人肯定经历过无数次的挫折与失败，也有过意想不到的惊喜与收获。一开始，他们的食物里，那种煮熟后金灿灿、芳香诱人的颗粒还十分有限；大地湾人赖以果腹的食物，多一半还要依靠狩猎、采集和捕鱼。也许，直到后来神话传说中的炎帝神农出现，我们的先祖才可能在远离大地湾的渭河中下游广泛种植这种谷物。

当紧跟在大地湾人后面的半坡人在浐灞三角洲也种下这种植物的时候，与黍同科的粟，也被人类从野生植物世界分离出来，成为远古人类又一种可以根据时令季节种植繁衍的农作物。粟与黍同科，也就是渭北黄土高原至今广泛种植的谷子。

半坡人种植的黍和粟，是不是大地湾人向渭河下游发展、迁徙时带过去的呢？不得而知。不过有确切考古证明，半坡人已经拥有了石磨。他们用石磨干什么？最大的可能就是，半坡人已经懂得了精细化生活。他们将种植并收获的黍或粟用石磨碾轧脱粒，然后制成熟食，让部族在满村飘散的饭香里享受温暖而甜美的生活。甚至，考古人员从大地湾和半坡村遗留的狗和猪的骨骼发育状况，还发现了大地湾人和半坡人以黍和粟为饲料，饲养家畜的证据。这说明在大地湾后期和半坡时代，居住在渭河流域的大地湾人和半坡人种植的黍和粟不仅可以满足人们食用，还有了余粮可以用来喂养牲畜。

大地湾人和半坡人吃上小米饭的时候，黍和粟的种子已经从渭河流域开始，向西部地区和西南的四川等地传播。而在后来成为黄帝部族积蓄力量，蓄势东进的渭河支流泾河、北洛河流域，黍和粟应该是跟着黄帝部落东进的脚步，来到陇东和陕北黄土高原的。泾河和北洛河中下游深厚的黄土，为这些耐旱作物提供了得天独厚的生长环境。也许，在黄帝和后来的周人先祖到达之前，黄土高原的坡地和塬上也有野生的黍和粟生长，只是处在居无定所的游牧状态的戎狄部族，还没有将它们从野生状态驯化。炎帝神农和黄帝到达黄河中下游前，中原地区已经开始种植发现于南方的水稻，但真正适宜华北和山东旱作区种植的谷物，也只有等待炎帝和黄帝这两位广袤华夏大地的征服者到来，才会在华夏先祖耕耘下扎根发芽。

从大地湾开始，沿着渭河滚滚东流的身影，那些被掩埋在黄土深处的黍和粟，已经炭化成为另一种物质。但在渭河流域被大地湾人和半坡人发现、认识，并成功驯化的包括粟在内的五谷杂粮，则紧随渭河奔流的脚步，在黄河中下游和更广阔的大地安了家。

一年一枯荣的黍和粟无言生长，它古老的身世也在向我们不断诉说：一个古老国度农业文明的源头，就在一条河流的两岸。

这条河流，就是渭河。

渭／河／所／谓

WEI HE SUO WEI

后稷的足印

从陕西省地图上看，咸阳境内一南一北有两处姜嫄墓。北边一处，在泾河从甘肃泾川转身东南进入陕西的第一个县长武县境内；另一座在渭河支流漆水河的支流漠峪河下游，老武功县城所在地武功镇。武功镇南面，有一条从眉县引渭河水灌溉的渭高干渠，是在三国时期魏国征民夫引渭水，经扶风、武功、兴平到咸阳北，并沟通灞河进入渭河的成国渠旧址上兴建的灌溉渠。

一条引入了渭河水的灌溉渠，就可以让万亩良田生产的粮食充实魏国仓廪，养活那些以渭河和秦岭为界，一度时间几乎每天都要与蜀军作战的魏国军队。这是魏国在西汉武帝开凿成国渠的基础上再次征集民夫，从宝鸡引渭河支流千河之水灌溉渭北广大地区的初衷。但在此前，让泾河流域莽莽黄土高原长满庄稼的人，是姜嫄的儿子后稷。与三国时期魏国对粮食的渴求目的不同，魏国借助于成国渠发展农业是为了战争，而后稷在泾河和渭河流域开拓远古农业，则是为了族人和百姓吃饱饭。

和一度生活在渭河流域的伏羲、女娲、炎帝神农、黄帝相比，后稷出现的时代，神话的影子渐去渐远，更多与人类相差无异的人类先祖形象，出现在我国古代典籍记述中。即便这样，我们看到后稷的降生，还是被他的族人和后世崇拜者赋予了浓重的神话色彩。

一位寿眉及耳，长髯及胸，因年迈而身体显得臃肿，但目光如炬的老者，在昏黄的油灯下整理他和弟子们搜集来的歌谣。由于品读得入神，这位老者竟用口音浓重的鲁国方言吟诵出声：

厥初生民，时维姜嫄。生民如何，克禋克祀，以弗无子。履帝武敏歆，攸介攸止。载震载夙，载生载育，时维后稷。诞弥厥月，先生如达。不坼不副，无菑无害。以赫厥灵，上帝不宁。不康禋祀，居然生子。诞寘之隘巷，牛羊腓字之。诞寘之平林，会伐平林。诞寘之寒冰，鸟覆翼之。鸟乃去矣，后稷呱矣。实覃实訏，厥声载路。

这就是《诗经·大雅·生民》记述后稷出生过程的前半部分。这位吟诵的老人，是两千多年前出现在中国大地上的千古一圣孔子。孔子从民间搜集到这首讲述周人先祖离奇降生故事的歌谣时，距后稷时代已经相隔一两千年。

这段艰涩难懂的文字告诉我们这样一个故事：后稷的母亲叫姜嫄，后稷降生的时候，周人作为一个部族才刚刚诞生。有一天，姜嫄在野外踩上巨人脚印受孕，生下了后稷。没有想到，后稷刚生下来的时候是羊胞胎，也就是我们常说的新生儿胎衣未褪，是一团肉球。姜嫄以为不吉利，就将刚刚生下的后稷丢到巷道里，结果马牛从他旁边过时都有意识躲过，不踩他；姜嫄又将他抛弃到山林里，结果被樵夫发现，又将他捡了回来；第三次，姜嫄将他丢弃到寒冰之上，结果被路过的大鸟发现了，大鸟用巨大的翅膀为他驱寒取暖。大鸟飞走后，后稷这才放声大哭。那哭声很嘹亮，过路的人都能听到。

三次想抛弃都没有成功。姜嫄觉得这孩子有点儿神奇，就决定将其抚养长大，所以后稷又有了一个名字：弃。

这样离奇的降生故事和后来后稷的成就，让他也走上了神位。

要还原后稷降生的真实故事，还得揭开笼罩在他身上的神话面纱。而这故事，还得从姜嫄开始讲述。

炎帝神农部族主体离开渭河南岸的宝鸡、华山一带，东迁进入中原的时候，渭河支流清姜河流域姜城堡一带，还有他的部族守候姜姓老家，并且在后来将他的部族血脉向渭河南北岸不断扩散。姜嫄姓姜，自然是炎帝神农的后裔。据说，姜嫄是生活在宝鸡境内眉县一带的炎帝神农直系血亲有邰氏的女儿。长大成人后，姜嫄成了黄帝曾孙帝喾的原配夫人。

有了帝喾作陪衬，我们可以推论姜嫄生活的年代，大概

陕西武功镇教稼台后稷坐像

在尧舜禹时代，距今大约四千年左右。那个时候，原始社会即将解体，新的社会形态尚在孕育中。原始社会自由、自然、自在的生活方式即将消失，却又余音绕梁。《诗经·生民》所记述的姜嫄踩巨人脚印受孕的故事，其实是原始社会"只知其母，不知其父"的野合遗风遗存。只不过后来周人为了美化先祖形象，才给后稷的出生罩上了一层神秘光环，并借助这光环的神奇光芒，掩盖了姜嫄与其他部落男子野合怀孕真相。

那时候，氏族部落的婚姻制度虽不如大地湾、半坡村时代那么自由开放，却仍然由女性支配。姜嫄时代，各部落之间仍然实行走婚制，但同一血缘直系兄妹之间，已不能同居交媾，不过相邻部族旁系血统之间一个部落的成年女性，是另一部落成年男子天然的配偶对象。当然，那时候也没有家庭概念，男女交媾之后可随时分道扬镳，各奔东西。后稷母亲姜嫄，大抵是在一次外出野游的时候，与另一部族一个男子相遇，双方一见钟情，两位春心萌动的少男少女当即就在和风吹拂的丛林或高岗上发生了性关系，姜嫄就这样孕育并生下了后稷。

后稷出生的问题解决了，新的问题又出现了：既然有资料说姜嫄是帝喾的原配夫人，那么她怎么又会与别的男人野合呢？这个问题，我们也许只能这样理解：即姜嫄不是一个人，而是一个由姜嫄所领导的姜姓母系氏族部落的称谓。这个部落的首领或酋长叫姜嫄，所以部族后来的女性酋长都叫姜嫄。帝喾原配夫人姜嫄和后稷母亲姜嫄，应该不是同一个姜嫄。

　　被姜嫄重新捡回的后稷，天生就对种植植物有着超乎寻常的天赋。刚刚咿咿学步，后稷就表现出和别的小孩儿截然不同的爱好。其他孩子也许玩的是老鹰捉小鸡之类的游戏，而后稷却喜欢种植作物。这个长得健壮的孩子，甚至比已经耕种多年的老人都懂得如何选择土质、地势和时节，因时、因地、因势种植不同作物。他玩耍时种的豆类、粟类和瓜果不仅生长茁壮，而且颗粒饱满，产量很高。后稷年幼的时候，原始农业刚刚起步，在耕作技术上还是一片空白的人们，将种子撒进土里后就任凭它们自由生长，自生自灭。经过长期观察，后稷发现种植五谷的地里生长的杂草繁茂与否，以及根据不同作物特性选择种植时间，对农作物生长影响十分明显。于是，他除了按照不同作物特性选择节令种植外，还开始给庄稼锄草、平整土地。后稷发明的这种耕作方式和田间管理方式，是原始农业向传统农业过渡的一大进步。据《诗经·大雅·生民》记述，后稷改进五谷种植方式后，种植的农作物颗粒饱满，品质极佳，用其祭祀天地时，面对香喷喷的食物，天地神明都很高兴。接下来，后稷将自己发明的耕作管理方式在部落推广，教部落男女老少学习他的耕作经验，结果后稷部族连年丰收，整个部族衣食无忧。

后稷声名大振的时候，正是帝尧执政时期。后稷善于耕作的消息传到尧那里，尧将这位农耕天才拜为农师，专门管理天下农耕事务。

那时候，大洪灾过去不久，和后稷一同出现在我们视野里的传说中的上古人物，还有治水英雄大禹。大禹当时受命治水，而后稷则受帝命带领百姓开荒种田，凿井修渠，适时播种，解决粮食问题。身负重任的后稷，这时候已经不是普通的部族成员，他肩负着尧舜二帝的使命，传授耕作之道，全力发展史前农业。因此，后稷离开老家，东奔西走，一会儿深入田间地头现身说法，为百姓传播选种、耕作、播种、锄草、收割、打碾的技术，一会儿又在类似现在武功镇遗留的教稼台那样的场所，向人们集中传授农业生产技术。有了大禹疏浚河道后恢复的良田，又有了后稷发明的革命性耕作技术，大洪灾时期几乎毁灭的华夏大地又恢复了生机。从渭河流域到山西汾河流域，再到黄河流经的中原大地，大片大片田地长满谷子、糜子、大豆、大麦、小麦、甜瓜一类的作物，举国上下，人民安居，百姓乐业，一片祥和兴旺的景象。三千多年后，司马迁在追记后稷出任尧舜时期执管农业之官的成就时，只用了"弃主稷，百谷时茂"短短几个字，记述后稷的丰功伟绩。到了帝尧时期，后稷倡导的农耕文明不仅让普天下人人都能吃饱肚子，农业生产的发展，还让帝舜开创了我国远古时代人民安居、百姓乐业的尧舜盛世。为表彰后稷，帝舜不仅将渭河流域邰地——现武功西南的地方封给他，还赐后稷姬姓，于是姬姓后稷，也就成为周人始祖。

帝舜赐后稷姬姓的时候，是不是也有追忆同样在姬水河流域发展壮大起来的后稷血亲——先祖黄帝的意思呢？

炎黄二帝同宗同源，他们都是在渭河流域羽翼丰满后才挺进中原的。后稷出现的时候，尧舜二帝也不在关中，但后稷被帝尧和帝舜相继任用为管理农业的官员后，足迹肯定遍布各地。所以在陕西蒲城县永丰镇北洛河北岸和山西稷山县、闻喜县、万荣县，都有纪念后稷和其母姜嫄的后稷庙、姜嫄墓，唯独全国各地没有埋葬后稷的后稷墓。《山海经·海内西经》说，后稷死后，墓葬周围竟突然出现了山环水绕的奇观，却没有说后稷葬在哪里。《淮南子》则演绎了一出更为离奇的神话故事，说后稷死而复生，转世成一半人形一半鱼身的人鱼形象。

除了渭河流域，也有人认为紧靠黄河的山西稷山县南的稷王山，是后稷出生之地，陕西武功只是后稷封地。但后稷母亲姓姜，是炎帝部族有邰氏的女儿，古代的邰地，就在后稷母亲姜嫄生活的陕西武功、眉县一带。我在渭河北岸寻访姜嫄和后稷遗迹时，除了在长武和武功拜访了姜嫄墓，还在扶风与武功交界处杨凌农科园西渭河北岸的扶风县揉谷乡，寻访到了一个姜嫄村。那里不仅有陕西省人民政府和宝鸡市人民政府立的"姜嫄遗址"保护标志，还有农民集资修建的姜嫄祠。交谈中，当地老百姓说，他们那里就是古邰亭所在地，是姜嫄古邰国属地。现在的姜嫄祠，是在姜嫄古祠原址上重新修建起来的。

那么，在交通非常困难的四千多年前，一位生活在渭河中游的女性部落酋长，怎么会跑到数百里之外的稷王山生自己的儿子呢？唯一的可能就是，后稷被尧舜拜为农师后，曾经沿渭河北岸传播农耕技术，并在山西运城一带长期生活或驻留过。也可以这样推论，即后稷部族的一支曾经沿渭河北岸从蒲城向东，渡过黄河进入山西境内，并在稷山、闻喜、万荣等地留下了长久居住的印记。同时，史书所记载的后稷，也许不只是后稷一个人，还应该包括后稷的后裔吧？

后稷之后，沿着后稷行走在渭河流域的足印，蓬蓬勃勃的五谷种子从关中大地撒播出去，让中国的东方与西方、南方和北方，都陶醉在谷物的芳香之中。

渭/河/所/谓

WEI HE SUO WEI

郑国渠

———

如果奔流的河水不能用于灌溉和哺育万物，那么一年一度、一起一伏的流水，也就只能给她的下游和两岸带来无尽沉积下来的泥沙与黄土。淤泥肥沃的地方，就有河柳、荆棘和野草疯长，临近河滩的滩涂，就是水草、芦苇和浮游生物的世界。那时候，河流与人类，就会变得陌生而遥远。

在遥远的远古时代，渭河以游弋在水里的鱼虾，让人类充饥果腹，更有后来渭河与其他支流交汇地带上生长的黍、粟和燕麦等作物，成了我们先祖的主要食物来源。所以，人类在开始有意识改变渭河及其支流流向的时候，这些不舍昼夜的流水，也将改变一个时代和一个民族的命运。

这样的机会来了，而且来得让秦王嬴政有些措手不及。

公元前246年，是秦始皇元年。刚刚即位的秦王嬴政，有许多大事要做：这一年，秦始皇已经开始在渭河之滨的骊山脚下，为自己修建陵寝；这一年，秦国的疆域面积，已经涵盖了包括整个西起渭河源头甘肃临洮，东到函谷关，南北包括巴蜀和北洛河流经的陕北高原的整个渭河流域；这一年，年仅十四岁的秦始皇，还在渭河岸上的咸阳城，拜吕不韦为仲父。

这一切，都在秦王与大臣的筹划与设想中。唯独在都城北面开掘一条绵延数百里的引水渠，将渭河支流泾河水与远在关中平原东部的渭河支流北洛河沟通，用以灌溉渭河北岸台塬地带万亩良田这件事，虽然秦王和大臣早有提议，却偏偏没有进入这一年秦国决策层计划之列。

是秦国强大的身影，让自己的对手，将这个注定使秦国如虎添翼，为后世造福千秋的伟大事业，拱手送到了年轻的秦王嬴政面前。

将这个意想不到的惊喜送给秦始皇的，是当时韩国的水利专家郑国。

郑国到来之前，秦昭襄王已经为他的曾孙嬴政实现雄心勃勃的千秋霸业，在四川修建了都江堰，将成都平原变成了旱涝保收的天府之国。然而，相对于诛灭六国所需要的粮食，仅仅一个都江堰显然不够。诛灭六国最少需要十年时间、百万大军，要养活这十年征战的百万大军，该需要多少粮食啊！秦昭襄王在考虑这个问题，秦孝文王和秦庄襄王在考虑这个问题，少年嬴政和他的谋臣也在考虑这个问题。不过，在有了都江堰的成功范例后，秦国高层又将目光盯向了渭河。渭河自西向东，横穿关中地区全境。关中平原有用不完的渭河水灌溉，旱涝保收，已经是一个天然大粮仓。但渭河北岸广袤台塬北高南低，虽然土质肥沃，土地辽阔，却远离渭河水源，十年九旱。如果能建起像都江堰一样的水坝，将渭河最大支流经河的水引向东部，与几百里外的北洛河沟通，浇灌渭北广袤的土地，秦国不就又多了一个备战征伐六国的巨大粮仓吗？

当这种意识还朦朦胧胧地在嬴政谋臣的脑袋里若隐若现的时候，郑国来了。

郑国是韩国水利专家，已经在山西南部、河南北部的汾河与黄河之间，为韩国修建了不少水利设施。不过，郑国这次受韩惠王派遣出使秦国，名义上是帮秦国兴修水利的水利专家，实际上韩惠王是希望郑国能够像一名真正的间谍一样，用帮助秦国修建在韩惠王看来根本无法短时间实现的沟通泾河与北洛河水利工程的过程中，掏空秦国，拖垮秦国。

战国中后期，秦国已经完全统治渭河流域，国力日盛，七国相持抗衡的格局，被不断强大的秦国彻底打乱。生活在河东的诸侯隐隐感到，猛虎般崛起的秦国，将是其他诸侯国共同的掘墓人和送终者。在当时除秦国以外的六国中，被这种担忧与恐惧折磨得最寝食不安的，是秦国东部的邻国韩国。

秦国对韩国前后发动的十九次进攻，使韩国大片大片土地被秦国蚕食。为了保全自身，韩国将本来已经是秦国囊中之物的上党，献给赵国，引发了秦赵之间的长平之战。韩王在长平之战中使出的离间计，以赵国付出六十万军队生命的惨重代价而告终，秦国为此进一步加大了对韩国的打击力度。面临随时都可能被强大秦国吃掉的危局，早已揣摩透秦国欲在渭北兴修水利心思的韩惠王心生一计，决定派郑国前往秦国，以表面上向秦国示好、帮助秦国兴修水利的姿态，授意郑国想法将秦国拖垮——在韩惠王看来，要从泾河凿渠沟通北洛河，是一件劳民伤财、消耗大量财力和人力的浩大工程。秦国一旦陷入这个遥遥无期的"无底洞"工程，将大伤国力。这不仅可以不费一兵一卒拖垮强秦，而且可以为韩国和其他国家联合起来合纵抗秦争取时间。

这就是历史上著名的"疲秦计"。

让郑国和韩惠王没有料到的是，那时秦王嬴政虽然年纪尚幼，但替秦王理政的仲父——精明商人吕不韦竟毫不犹豫地采纳了郑国的建议。深谋远虑的吕不韦从秦国战略出发，早就思谋在泾河流入渭河的仲山筑坝修渠，将泾河水引向渭北，与北洛河沟通，为渭河北岸台地万亩良田提供灌溉水源的计划了。只是迫于秦王年纪尚幼，还要连年征战，秦国又缺少水利专家，这计划一直没有机会提上议事日程。所以，当自作聪明的韩惠王将早已闻名各诸侯国的水利专家郑国送上门的时候，吕不韦暗自窃喜，不仅接受了郑国的建议，而且当即任命郑国为总指挥，从全国征集大量人力，开始实施这一

陕西泾阳郑国渠引水口遗址

秦国历史上继都江堰后又一大型水利工程。

曾经一度，郑国渠渠首被历史的烟尘湮没。1985 年，陕西省文物保护中心的秦建明在陕西泾阳县泾河流入关中平原的瓠口湾王桥镇上然村一个叫老虎岭的地方，寻找到了两千多年前的郑国渠渠首遗址。

一股带着黄泥浆的巨流，从壁立而起的峡谷咆哮着跌落下来，宣告从宁夏泾源县六盘山老龙潭发源的泾河，结束了她在陕甘宁三省高原峡谷之间跌跌撞撞的漫漫旅程。进入关中平原，即将扑入渭河怀抱的一瞬间，泾河的滚滚激流冲出高耸的群山，从悬崖上跌落下来，在遍地怪石的河滩激起飞溅的浪花。由于泥沙俱下，浑黄的水流在山谷间跳起又落下，顿时，满山谷激起一簇簇金光灿灿的浪花。巨大的喧响让泾河在进入关中平原的那一刻，显现出无限激情和震撼人心的爆发力。现在泾河冲出峡谷的瓠口，已经从原来郑国渠渠首向西北移了一公里多。借助泾河的巨大落差，那里修建了水电站。顺着当年郑国渠的走向，以及民国时期著名水利专家李仪祉在泾惠渠基础上兴建的泾惠新渠，继续流淌的泾河水，在被巨大拦河坝收拢住而变得温顺平和后，被送往泾阳、三原、高陵、临潼、阎良、富平等渭北塬上的县区。

郑国当年筑坝拦截泾河的那座山叫仲山。在泾河流经的六盘山区和渭北黄土高原地带，仲山算不上高峻。但到了渭河造就的关中平原，这座迫使泾河不得不匆匆收拢奔腾脚步的山岭，就显得有些高大了。

当年，郑国接受韩王疲秦计的时候是不是也有借此工程拖垮秦国的想法，我们不得而知。但作为一名水利专家，一旦进入工程实施阶段，郑国肯定会以自己的良心和良知，尽量把自己负责的水利工程做得尽善尽美，惠及民众。所以，郑国在勘察秦国都城咸阳以北的地理走向后，选中了从泾阳县西北二十五公里的泾河北岸，泾河从仲山冲出峡谷的豁口——亦即后来人们称为瓠口的北山南麓，筑坝引水。

是郑国的经验、知识和慧眼，让他做出了最大限度利用泾河水灌溉更多良田的设计和规划。关中平原北部，西北高，东南低，从瓠口筑坝引水，河水可以从渭北二级阶地顺势而下，一路东流，不仅可以毫无阻碍地将泾河水送到泾阳、三原、富平、蒲城等地，最后在蒲城县晋城村南注入洛河，沿途还可以接纳冶峪、清峪、浊峪、沮漆（今石川河）等补给水源，确保引灌区水源充沛。

秦王嬴政对修建郑国渠非常重视，在还要和六国作战的情况下，嬴政还是从全国征召了十万之众交由郑国领导，修建郑国渠。从工程开工，到公元前237年齐王拜秦，秦始皇远交近攻取得胜利的九年时间，秦国虽然遭遇了很多天灾人祸，打了很多仗，却并没有影响秦始皇支持郑国修建郑国渠的进度，韩国也没有从秦国每年以十万之众修建郑国渠的国力耗费中得到多少实惠。不仅如此，郑国渠开工的第二年，秦国还派大将军蒙骜连克韩国十三城，接着燕太子丹也被秦国作为人质扣留。工程进展期间，秦国还击败了韩、魏、赵、卫、楚五国的联合进攻。

郑国渠工程即将完工的时候，郑国的身份暴露了。

那一年，秦王嬴政二十三岁，已经临朝掌权。曾经任用郑国修建郑国渠的吕不韦，因卷入嫪毐与太后私通的淫乱事件中，被免去相邦之职。秦国旧臣抓住郑国阴谋颠覆秦国的把柄，建议秦王驱逐所有在秦国的外国人。当时的宰相李斯是楚国人，也在被驱逐之列。李斯被迫向秦王上疏《谏逐客书》。在这篇著名的《谏逐客书》里，李斯抓住秦王意图一统天下的心理，在陈述了投奔秦国的各国人士对秦国的重大贡献和驱逐外国人对秦国的弊端后指出，纳客就能统一天下，逐客就有亡国危险。李斯说："臣闻地广者粟多，国大者人众，兵强则士勇。是以泰山不让土壤，故能成其大；河海不择细流，故能就其深；王者不却众庶，故能明其德。是以地无四方，民无异国，四时充美，鬼神降福，此五帝三王之所以无敌也。

今乃弃黔首以资敌国，却宾客以业诸侯，使天下之士退而不敢西向，裹足不入秦。此所谓'藉寇兵而赍盗粮'者也。"

作为重点驱逐对象的郑国，也振振有词地对秦王说："当初，韩国派我来是为了疲乏秦国，杀掉我郑国并没有失去什么，可惜工程半途而废，这才是秦国真正的损失。"

秦王嬴政是一位有眼光、有抱负的君王。一方面，他已经认可了郑国的才能，也清楚秦国水利技术远远落后于韩国，没有郑国，眼看要完工并且即将为他的统一大业带来大量粮食的水利工程，就会功亏一篑；另一方面，李斯的《谏逐客书》句句刺准他最敏感的神经。几经权衡，秦王收回了逐客令，留下郑国继续修建郑国渠，李斯也官复原职。

一年后，这条绵延一百五十余公里，连接渭河两大支流泾河和北洛河的水利工程竣工。在郑国的规划下，泾河水从泾阳县西北瓠口转身东流，途经泾阳、三原、富平、蒲城，将渭河北岸秦国四万公顷干旱少雨的旱田，变成了旱涝保收的丰产田。秦国利用韩国精心设计的疲秦计，让秦国在继都江堰之后，又在渭河流域建成了一座确保吞并六国战争所需粮食供应的大粮仓。后来，司马迁和班固在记述郑国渠对于秦统一六国的意义时异口同声地说："渠就，用注填阏之水，溉舄卤之地四万余顷，收皆亩一钟，于是关中为沃野，无凶年，秦以富强，卒并诸侯，因名曰郑国渠。"

"钟"是计量单位，一钟为六石四斗。

郑国渠修通前，渭北许多地区由于干旱少雨，土地贫瘠。郑国渠竣工后，泾河携带的大量泥沙不仅增加了土地肥力，而且将大量盐碱地改造成了稳产丰产的良田。郑国渠灌溉区域内的粮食单产达到每亩六石四斗，是当时黄河中游亩产一石半的六倍多。

极具戏剧性的是，郑国渠建成六年后，秦国首先灭掉了韩国；十五年后，秦王嬴政吞并六国，登上了皇帝宝座。更具有戏剧性的是，郑国渠建成后二十四年，渴望长生不老的秦始皇死了；三十九年后，秦帝国灭亡。与之形成巨大对比的是，尽管两千多年来郑国渠也历经了无数风雨，郑国渠也曾频遭毁弃，但历朝历代利用郑国修建的郑国渠，利用泾河和北洛河水浇灌关中北部万亩良田的思路从来没有变。秦以后的两千多年，历朝历代的白渠、郑白渠、丰利渠、王御使渠、广惠渠以及现在的泾惠渠，也都是在郑国渠原址上兴建的。

两千多年后，当我们从泾阳县张家山水库库区郑国渠渠首遗址，跟随渭惠渠在渭北黄土台塬行走之际，面对残留在塬上的郑国渠渠首遗迹和蜿蜒在塬上的泾惠渠潺潺流水，以及在泾惠渠浇灌下，春天桃红柳绿，夏天瓜果飘香，秋天五谷成熟、硕果累累的田野，我们只能惊叹，是一个人和一条渠，改变了关中平原和渭北土塬的世界，也是这个人和这条渠泛起的粼粼波光，改变了两千多年前中国大地的政治格局。

这个人，是郑国；这条渠，叫郑国渠。

舟楫之利

如果我说三四十年前从天水到潼关渭河两岸，不仅能看见古代船运码头的遗迹，而且许多临河城镇还有往来于渭河两岸的渡船运载行人和货物，会不会有人以为我是痴人说梦呢？

恰恰相反，三四十年前的渭河流域，桥梁少而码头多。我有个姑姑，家在天水一个叫潘集寨的村子。她家门口就是渭河，渭河对面是一个叫社棠的小镇。过去，从河南岸的潘集寨到河北岸的社棠镇赶集走亲戚，如果从门口坐渡船，只需十来分钟就可到达河对岸。我姑父就是渭河渡口最后一位摆渡人。他开始时摆渡一只小船，后来公交车便利了，年轻人宁肯多花钱和时间坐公交车从陇海铁路天水站所在的北道埠绕一圈，去社棠镇走亲戚、买土特产，也不愿乘坐在愈来愈浅的水面上艰难行驶的渡船。倒是不少骑自行车、骑摩托车或拉架子车贩卖山货的人，为了省时省钱，都喜欢坐他的渡船。到了20世纪80年代，他不得不将小船换为平板驳船，并在河两岸牵起牵引钢索，和合伙的另一位艄公边摆边拉，驶向对岸。即便是这样，河水越来越浅，摆渡牵引双管齐下，船在浅浅的河水中还是行如蜗牛，到了枯水季，河床裸露，无法行驶，姑父的驳船只好泊在沙滩上晒太阳。

我的姑父在渭河摆渡，一直持续到20世纪90年代初期。

"我的渡船呢？我的因独轮车滚过而呻吟着的草桥呢？

我的蓝蒙蒙的布满松柏的坟院呢？我的波光闪闪的水渠呢？我的高低错落的永远哼唱着的磨坊呢？"20世纪80年代回到阔别二十多年的故乡新阳镇的著名文学评论家雷达在散文《还乡》里最为让他心绪不宁的，还是面对流经老家新阳镇的渭河日渐干枯带来的失落与酸楚。然而，得知我在写渭河时，雷老师在电话里说："新阳镇你是该写一写的，那里不仅文风鼎盛，过去还有几处渭河古渡，并且历史上依靠渭河发展起了天水最早的灌溉农业。"

如果把目光投向更远的古代，我们还可以看到周文王与太姒结婚的时候，曾经将众多舟船并拢起来，搭成浮桥，在渭河上迎娶新娘的情景："大邦有子，倪天之妹。文定厥祥，亲迎于渭。造舟为梁，不显其光。"（《诗经·大雅·大明》）由此可见，那时候的渭河不仅水量大，而且周文王时代已经拥有了众多舟船部队。到了春秋大幕即将落定的秦穆公时代，我们可以从秦穆公用向晋国输出粮食而赢得晋国百姓人心的泛舟之役中，瞭望到春秋战国时期渭河舟楫交错、水运发达的依稀背影。

公元前205年，刘邦大败彭城，被迫收集残兵败将进驻荥阳，与兵临城下的项羽对峙一年之久。大军压境，刘邦荥阳守军只有彭城残部和刘邦于逃亡路上在安徽砀山收拾的散

佚士卒。项羽久困之下，粮草和守军的巨大消耗，成了即将
将汉军逼向绝境的无底深渊。最困难的时候，刘邦甚至不得
不依靠挖地道，偷偷到成皋偷运当年秦军粮库的粮食，解决
部队断炊问题。这时，驻守关中的萧何，成了保障远在荥阳
的刘邦军队给养供应的救命稻草。荥阳与关中虽然远在千里，
但有了渭河，萧何将关中征集的粮草和兵士装载船运，经渭河
进入黄河，运抵荥阳。楚汉战争期间，正是有了萧何开拓的
渭河—黄河水运生命线，才让已经成为项羽囊中之物的刘邦，
有了与楚军长期对峙，并在最后假降逃生的可能。试想一想，
如果刘邦被困之初没有渭河直通黄河的水运航道，萧何在关
中征集的兵马粮草靠人运马驮，还能不能及时补充给荥阳守
军呢？如果萧何的补充供给运送不及时或者来得再晚一些，
楚汉战争的结局还会不会发生逆转呢？

　　兵戎相见的历史，仅有的机遇也是为善于利用这机遇的
人准备的，刘邦正是这机遇的受益者。公元前 204 年，渭河上
满载粮食和士卒的船，改变了刘邦和项羽的命运。因此，掌
控并改善渭河水运航道和水运方式，也是一直建都关中的历
代帝王最为关心的国计民生问题。

　　和北方所有河流一样，渭河航运受季节影响明显，再加
上地理地形因素，渭河河道弯曲，水量不稳，周秦及西汉初

渭河所谓

年很长一段时间，关中物产外运，河东及南方地区物资供应京城所需，各地给朝廷的贡品运输进京，都受到渭河河运限制。于是在经历文景二帝休养生息，充实国库后，到了汉武帝时代，疏通渭河连接黄河的漕渠，就成了刘彻这位既善于耗费国库钱财，又能办大事情的西汉帝国缔造者必须考虑的问题。

汉武帝即位的时候，他的爷爷文帝和父亲景帝省吃俭用积攒的大量钱粮，在汉武帝征讨匈奴的大战序幕一拉开，很快消耗殆尽。战争还要继续，越来越多的朝廷官宦贵族需要供养，长安百姓和作战士兵要吃饭，而当时通过黄河和渭河漕运运送到长安的粮食不过百万石，根本无法满足京城正常的生活和国家机构、军队所需的巨大消耗。于是，汉武帝将目光盯向了秦代已经开通的渭河漕渠，他决定开通从长安旁依秦岭，通往黄河的三百里漕渠，作为渭河航运辅助。三年后，一条沟通长安城内昆明池及渭河、沪河、灞河，直通潼关，连接黄河的渭河漕渠开通了。这条后来为西汉都城带来源源不断的粮食及其他物资的渭河水道，使渭河到达潼关的航程缩短三分之一，航运时间缩短二分之一。由于渭河航道拓宽至十丈，可承载七百斛粮食和物资的货运船能够随意穿行，航运速度也大大提升，快船航程一昼夜可达几百里。渭河漕渠开通当年，通过渭河漕渠从东方和南方向长安输送的粮食，一下子从百万石达到六百万石。

有了充足的粮食和物资供应，汉武帝就有足够的底气和实力，动辄发兵数十万、上百万直捣匈奴单于王庭，创建他开疆拓土的宏伟大业了。

开通渭河与黄河之间的水路交通，保障京师粮食和物资供应，是汉武帝拓展渭河水运的目的之一。与此同时，汉武帝寄希望于改善渭河水运的另外一个更为迫切的目的，还是为了开疆拓土：为了统一江南尚处于割据状态的东瓯、南越、西南诸夷，汉武帝渴望利用渭河水系，打造一支能够将帝国权杖直插岭南的强大水师。元狩三年，汉武帝在长安西南也就是现在长安区斗门镇，修建了面积达三百余顷的西汉水师训练基地——昆明池。凭借昆明池，汉武帝不仅训练出了动辄就能集中两千艘战舰的强大水师，还制造出了数量众多、用于近海作战的楼船、戈船等大型战舰，其中西汉时期停泊在昆明池水师训练地基的巨型楼船，比罗马海军战舰高出将近一倍。《史记·平淮书》里，就有汉军在昆明池制造大型军舰的记载。司马迁说，汉军当时拥有的楼船高十余丈。按照现在的计量单位计算，汉军当时制造的楼船军舰，高度可达十五米，而罗马海军当时的战船最高只有八米。除楼船、戈船外，又被称作楼船水师的汉军水师，还拥有桥船、斗舰、

渭河所谓

艨冲、突冒、先登、赤马舟、下獭、走舸、斥候、龙舟等二十多种不同型号和功能的战船。这些军用战船，大部分是在长安城昆明池建造。和当年汉武帝曾七次乘坐楼船出海巡游一样，都城长安制造的大小军舰从长安出入关中，渭河水路是唯一通道。所以西汉时期，长安也是中国水路交通中心之一。当时的汉长安城，就是一个大码头，东来西往的大小船只进入关中，长安城北门外的渭河码头是豪华游船和满载货物的货运船的聚集之地。

汉武帝不是主宰渭河航运的第一人，也绝非最后一人。

被渭河及其众多支流环绕着的长安城，到了公元七八世纪的盛唐，已经是一座拥有百万之众的国际化大都会。唐太宗、唐玄宗创建的贞观之治和开元盛世，不仅需要更多物资、粮食等生活资料通过渭河水运，从东方和东南沿海运送到关中，来自日本、朝鲜的遣唐使和来自印度、大食、波斯的西域使臣、学者、僧侣、商人，也要从长安城多姿多彩的生活情境中体会大唐文明的神韵和魅力。于是，除了隋代开通的渭河漕运和后来开通的浐河西岸长乐坡广运潭漕渡大码头可供停泊商船和运输船外，长安城内外河道纵横，渠道相连，人们出行或者在城内游览，乘船如现在城市坐出租车或公交车一样，是最为便捷的交通工具。盛唐时期八水绕长安的胜景，也确实并非文人空谈。那时候，渭河支流洛河、泾河、灞河、浐河、沣河、涝河、黑河都可通航。虽然一些渭河支流由于水量制约，大船行驶多有不便，但一般游船和载人、运送适量货物的小船，可随意航行。

盛唐是中国历史上政治、经济和文化空前繁荣的时代，也是中国历史上一个空前享乐的时代。游船画舫，郊游览胜，是当时居住在长安城的文人的生活常态。从卢纶的"青舸锦帆开，浮天接上台。晚莺和玉笛，春浪动金罍。舟楫方朝海，鲸鲵自曝腮。应怜似萍者，空逐榜人回"（《奉陪浑侍中上巳日泛渭河》）可以看到，从长安城坐上游船出门，在水波茫茫的渭河上泛舟休闲，几乎如现代人乘出租车出游一样简单。而从贾岛为我们创作出千古名句"秋风吹渭水，落叶满长安"的《忆江上吴处士》开首两句"闽国扬帆去，蟾蜍亏复圆"可见，贾岛这位远在福建的朋友离开长安时，也是坐船扬帆而去。大诗人王维的辋川别业在浐河上游蓝田县秦岭山中，但这位亦官亦禅的半隐诗人往来于隐居地辋川与长安之间，常常是坐着类似于现在私家车或公务用车的游船，进出于长安和蓝田之间。即便是冬季枯水季，王维的游船，照样可以在浐河与渭河之间行驶。

我们在进入古代渭河水运历史深处的时候，常常会与一个词相遇，这个词就是"漕运"。起初的漕运，仅仅是一种利用河道和海道从水路调运粮食的运输方式，而且漕运的粮食，主要是供京师消费、军粮所需和京城民间调剂。汉代到隋唐，渭河漕运的主要路线为溯黄河、渭河而上至长安。大运河开通后，渭河漕运与南方水运，也就更加便捷地连为一体。所以，盛唐时期的长安城内漕运码头，也就成了展示大唐盛世舟楫之便的一个窗口。天宝年间，唐玄宗在长乐坡广运潭漕渡大码头举行的物产博览会，不仅云集了来自东南沿海三百多只船只，还荟萃了来自东南亚的锦、镜、铜器、海味、绫罗、

广运潭

玳瑁、珍珠、象牙、沉香、瓷器、翡翠等众多物品。博览会上，长安城内商贾云集，游船画舫，来往穿梭，丝竹管乐，不绝于耳，让游客恍如置身于江南水乡。

　　林立的桅杆和如白云飞渡的白帆远去之后，渭河还在环绕着古都长安向东流去。在她日渐宁静的涛声里，我们依稀还可以看到汉唐盛世时渭河开拓的中国古老水运文明之光，仍然在波光里荡漾。

渭／河／所／谓

WEI HE SUO WEI

水映长安

现在，我们要将目光投向长安城的过去。

那是公元前 2 世纪，西汉都城从现在西安市阎良区武屯镇附近的栎阳城迁到渭河南岸才五六十年。汉武帝即位的时候，汉高祖刘邦在秦朝原长乐宫、未央宫的基础上兴建的长安城已初具规模，浩荡渭水映照着渭河岸边突然崛起的西汉都城巍峨宫墙，纷纷崛起的亭榭宫殿。行走在宫殿林立的长安城中，刚刚接手西汉帝国皇帝权杖的汉武帝还是觉得美中不足。在他看来，泱泱西汉帝国都城，不仅要有高大的城墙、威严的宫殿和鳞次栉比的歌楼酒肆，还要有山环水绕的自然环境。有山，一座都城就有了霸气；有水，一座都城就有了灵气。更何况，刚刚建立的西汉帝国百废待兴，只有将帝国都城与关中王气十足的自然山水融为一体，才符合他所推崇的天人合一、道法自然的黄老理念，大汉帝国才会从生生不息的自然万象中获得源源不断的精气神。

于是，这位当时还在酝酿消弭边患、建立强大帝国的西汉第六位皇帝，首先从再造长安城入手，开始实施他蓄谋已久的宏图大略。他在长安城原有基础上大兴土木，兴建了北宫、桂宫和明光宫，在城南开太学，在城西扩充秦上林苑，还开凿昆明池，建造建章宫等标志性建筑。这些建筑中，上林苑和昆明池可谓是最能体现西汉文化精神和汉武帝宏韬伟略的

八水绕长安

一笔。而这一切，都得益于环绕长安城的渭河及其众多支流。

那时候，浐河还没有融入灞河，浐河和灞河的许多支流，都直接流入渭河。渭河、泾河、沣河、潦河、潏河、滈河、浐河、灞河从东南西北蜿蜒而来，对长安城形成环围之势。八水缭绕的长安城，城在水中，水绕城流。水波环绕的环境中，又有莽莽秦岭为背景，长安城已经是一座充满灵气与灵动之韵味的水上都市。面对斯情斯景，司马相如在他那篇为自己换来提拔封赏的《上林赋》里，发出了"君未睹夫巨丽也，独不闻天子之上林乎？左苍梧，右西极。丹水更其南，紫渊径其北。终始灞浐，出入泾渭；酆镐潦潏，纡馀委蛇，经营乎其内。荡荡乎八川分流，相背而异态"的铺陈与赞美。

司马相如笔下八水环绕的长安城，只是渭河及其支流为长安城带来美艳迷人风采的一部分。但对于有着雄才大略的汉武帝来说，当初借助环绕长安的八条河流建造水上都城长安，恐怕还另有深意。比如一直到 20 世纪 60 年代还是一片沼泽的昆明池，就是汉武帝训练水师的水上训练基地。

汉高祖和汉武帝之前，最早试图凭借渭河和秦岭建造横跨渭河南北，以整个关中为都城的，是大秦始皇帝。那一年，秦始皇四十八岁，面对六国统一后都城咸阳人口剧增的现实，秦始皇萌生了依托渭河拓建宏大帝国都城的念头。司马迁后来在《史记·秦始皇本纪》中是这样记述秦始皇的宏大设想的：

三十五年，除道，道九原抵云阳，堑山堙谷，直通之。于是始皇以为咸阳人多，先王之宫廷小，吾闻周文王都丰，武王都镐，丰镐之间，帝王之都也。乃营作朝宫渭南上林苑中。先作前殿阿房，东西五百步，南北五十丈，上可以坐万人，下可以建五丈旗。周驰为阁道，自殿下直抵南山。表南山之颠以为阙。为复道，自阿房渡渭，属之咸阳，以象天极阁道绝汉抵营室也。阿房宫未成；成，欲更择令名名之。作宫阿

房，故天下谓之阿房宫。隐宫徒刑者七十馀万人，乃分作阿
房宫，或作丽山。发北山石椁，乃写蜀、荆地材皆至。关中
计宫三百，关外四百馀。

　　具体来说，秦始皇当年设想中的秦国都城咸阳城范围，
依托渭河，囊括了整个关中平原。其城域以咸阳为中心，东
到黄河，西至千河和渭河之滨，北起渭河北岸九嵕山和林光宫，
南及秦岭北麓，在东西四百公里、南北二百公里的渭河两岸
建造离宫别馆。渭河以北主要有冀阙、咸阳宫、兰池宫及各具
特色的"六国宫殿"；渭河以南有举世闻名的阿房宫、甘泉宫、
上林苑。咸阳城的宫殿间，有波光潋滟的渭河沿街衢穿流。
一座宽六丈、长三百八十步的木桥，把渭河南北两岸连在一起。
这座桥，就是秦始皇心目中天宫里能够跨越银河的"天极阁道"。
　　这是一座世界上规模和气势都独一无二的都城，没有郭
墙，没有边际，以渭河为核心，南有秦岭护卫，西有关山挺立，
北邻茫茫黄土高原，东临潼关的整个关中平原，都是秦始皇
梦想中大秦帝国的都城范围。只可惜秦始皇的梦想没有来得
及变为现实，随着阿房宫燃起的熊熊大火，短命的大秦帝国
便归于崩溃。面对陷入纷争和战乱的咸阳城，浩荡东流的渭
水一片茫然。

公元7世纪，渭河北岸和泾河下游南岸夹角地带台地上，已经隆起了一座又一座巨大的帝王陵寝。那是西周、西汉和其后长安城里你方走罢我登场的历代帝王将相们最终的归宿。那么多帝王将自己的陵寝选择在可以聆听渭水涛声，相对远离渭河水波的北部台塬，只有秦始皇将自己葬在了渭河南岸的骊山脚下。但这一切，都还是长安城将自己繁华辉煌的身影投向世界的序曲。

公元618年，大唐大旗在李渊发动的宫廷政变中升起在长安城头。那时百废俱兴的长安城在隋代的整饬修建下，已经重现活力。前面，隋文帝在汉长安城基础上，将新建的国都向南迁移，选定在了龙首原南缘依山傍水的台地上。隋文帝当初选择长安城新址，首先考虑的是防水与供水问题。隋朝建立之初，汉长安城在历经数百年兵燹战乱后，司马相如笔下那种八水绕长安的胜景已不复存在。人口的增加，使长安城排水、供水、污水处理，以及水质卤化等问题不堪负载，而忽南忽北，不断改变河道的渭河，更让长安城面临被渭河水淹没的危险。

有一则故事，讲的是迫使隋文帝杨坚迁建长安城的根本原因。《隋唐嘉话》说，面对长安城面临的威胁，隋文帝忧心忡忡。一天晚上，隋文帝梦见滔滔渭水涌入长安城，秦汉帝都一片汪洋。梦醒之后，隋文帝果断做出了在龙首原南缘重建长安城的决定。龙首原南高北低，而且越往南，原面越开阔，地势越高，不仅可以永绝渭河水患，龙首原东面还有灞河、西面是滈河，便于引水入城，解决城市用水问题。

隋文帝营建新长安城的速度惊人。开皇二年(582年)六月，隋文帝下诏开工兴建长安城，第二年三月，主体建筑全部完工。然而，就在隋长安城华丽威严如天宫神殿般崛起的时候，改朝换代的日子来临了：李姓家族接管了已经初具规模的长安城，成为这座正在崛起的都城新主人。

大唐盛世是一个襟怀天下的伟大帝国，必然要有一座威仪天下的国都。好在隋文帝的深谋远虑，已经为唐长安城扩建奠定了基础，龙首原及其周边山环水绕的地理位置，为盛唐都城的拓展留下了足够的空间。从唐太宗开创的贞观之治到后来的开元盛世，这座公元7世纪到10世纪世界上最繁华的国际化大都市的建筑、文化、繁华、繁荣和人口，都达到了当时的世界顶峰。占地八十四平方公里的长安城郭城、宫城、皇城，城城相连，大明宫、朱雀大街、东市、西市等代表公元7世纪世界文明巅峰的宫苑街市拔地而起。宫阙弥望、金碧辉煌的长安城内，居住着超过百万的居民。他们中有官员、普通百姓和来自世界各地的学者、僧侣、商人。宽达一百五十米的朱雀大街和更多宽度上百米的街道，将城内一百零八个街坊连接起来；面积是后来北京故宫四倍的大明宫里，各国使节你来我往，络绎不绝。

长安城成为公元 7 世纪到 10 世纪初期世界第一大都市的时候，用水量也与日俱增。要支撑这样一座大都市，日常饮用、生活起居、城市美化都需要大量水源。街坊和宫廷的生活用水，利用长安城外密如蛛网的河流系统，再加上汲取地下水和井水，正常年景是完全可以解决的。但当时的长安城是一座名副其实的国际化大都市，要保障这座百万人城市生活的正常运行，不仅要引水进城，还必然要拥有一套科学完善的防涝、防旱和供排水系统。而这一切，在隋长安城规划动工时，早已在设计者的预想之列。

隋长安城设计者在选址上，就充分考虑了利用环绕在长安城四周的渭水、泾水、沣水、潦水、滈水、滈水、浐水、灞水及其附近支流对长安城供水、排水、防洪、防涝、防火的作用。隋开皇三年（583），隋长安城动工兴建的第二年，隋文帝就下诏开浚了龙首、永安、清明三条引水渠，分别引浐河、洨水和滈水供给城区用水。开皇四年（584），隋文帝在西汉漕渠基础上，重新开掘了与渭河平行的人工运河。盛唐来临，长安城排供水需求量日益增加，唐玄宗在充分利用龙首渠、永安渠、清明渠的基础上，又于开元年间（713—741）开浚了从终南山引义峪水进入曲江的黄渠。天宝年间（742—755），再度开浚从城南引潏河绕城西入漕渠的水利工程。这个时候，以城外四面环绕的八条河水为外围供排水系统，与连接城内的龙首渠、永安渠、清明渠、漕渠、黄渠五条供水渠相互沟通，互为依托的排供水网络形成。接下来，通往兴庆宫、大明宫东内苑、曲江及近百家私家园林亭池林苑、皇家园林的供水工程，以及纵横交织在城内各条大街，连接每个街坊巷道的排供水网络也相继建成。这些密如蛛网的水网、星罗棋布的池塘湖面遍布城内，既可蓄水，又能美化环境、调节气温，还与连接城外的八水五渠相互沟通，旱可引水进城，涝可任意排放城区积水。生活用水、美化用水、城市污水各行其道。一时间，长安城内水网密布，清流环绕，沟渠纵横，湖池水泊，星罗棋布。龙首渠、永安渠、清明渠、漕渠、黄渠上舟楫往来，凝碧池、鱼藻池、蓬莱池、兴庆池鱼翔浅底。为东市和西市运送货物的货运码头——海池上，舟船进出，一派繁忙；巍峨的宫殿、栉比的街坊、高大的城墙和渠塘岸边的翠竹杨柳倒映水面。长安城纵横交织的河汉沟渠之间，画舫游弋，舟楫穿梭，如梦似幻，恍如置身西方的水上都市威尼斯。

　　蜿蜒在长安城内的河流水网，让长安城一天天变得美丽、

妖艳、富足的时候，环绕在长安城外的八条河流，也将一座
标志着公元 7 世纪到 10 世纪前后世界高度文明的大都市高大
巍峨的身影，收藏在了她们经久不息的潋滟波光里。

渭／河／所／谓

WEI HE SUO WEI

一个王朝的秘密

夏尚忠，殷尚敬，周尚文。

中国文明史虽然可以上溯到五千年以上，但有文字可查的历史纪年，却开始于东周共和元年，即公元前 841 年。周朝也是中国历史上第一个实现一定范围之内全国统一的朝代。特别是周公作礼，实施礼乐治国所达到的文化和思想上的统一，为秦的大一统奠定了基础。所以孔子对西周崇尚文制的社会，充满了怀恋与敬仰："郁郁乎文哉，吾从周。"

早期周人，生活在秦岭以北的渭河流域。以岐山为中心的渭北台地周原，是早期周人的老家。20 世纪 70 年代以来，围绕周原的周文化考古发掘连绵不绝，然而人们从已经出土的青铜器和甲骨文上却只发现了不足一千个文字——这对于我们解决前后绵延八百多年的周王朝历史问题，实在是杯水车薪。2003 年，考古工作者为了解决共和元年以前夏商周有世无年问题，把目光又投向了岐山县城附近的周公庙。

2004 年盛夏考察秦岭，我从汉中穿越秦岭到宝鸡的时候，岐山周公庙附近发现西周大墓的消息，已经被全国各大媒体炒得沸沸扬扬，这座神秘墓葬的发掘工作正在秘密进行。5 月份，周公庙附近的西周墓葬刚刚发现那段时间，邻近发掘区的村子住满了各大小媒体希望获得独家报道的记者。然而，任凭那些记者费尽心思，他们也只能获得一些诸如"据传""据推测"一类的外围消息，连从北京赶来的中国新闻媒体大哥大中央电视台记者，也被拒之门外。

发掘现场消息封锁，使这座西周墓葬更加充满神秘色彩。

到达宝鸡的当天晚上，韩强娃带我找到了《宝鸡日报》一直在关注西周大墓发掘情况的文体部记者杨西民。

老杨将自己的资料拷给我一张软盘。

就在我到达宝鸡前两个月，即 2004 年 5 月 18 日，《宝鸡日报》头版刊发了杨西民最早披露周公大墓被发现的文章。

杨西民在这篇消息中说，周公庙附近的周公大墓，是2003 年 12 月考古工作者进行考古调查时发现的。最初发现的一片甲骨上有三十八个字。这篇小小的甲骨碎片，引导考古人员发现了第一座"亚"字形墓葬：

据有关知情人士透露，省考古所、北京大学文博学院考古工作者初步探明，在凤凰山一带，除这座"亚"字形墓葬外，还有近 10 座墓葬，分别为"中"字形、"甲"字形或"丁"字形，疑为王公重臣墓葬。这些墓葬在一起形成了一个巨大的墓群，占地总面积达 700 多亩。考古人员的另一重要发现是不断出土的甲骨文，目前文字的单体字数已达 400 字左右。令考古人员惊喜不已的是，在这些甲骨文里，已见"周公""文王""新邑"等字，至于这个"周公"是"周公吐哺，天下归心"的姬旦，还是姬旦的后人，需进一步研究。此外，考古勘探还发现了顺山势而建、绵延四五公里的墙垣遗迹，目前，有专家认为这是城墙，也有专家称这是陵园围墙。但不管是什么，"此陵完全发掘后，必将轰动世界"，则是考古专家们的一致意见。

周公庙西周大墓清理发掘刚刚开始的一段时间，各种媒体从被封锁的发掘现场外围获得的各种未经证实的消息推断，该墓群可能是西周王陵。

2004 年 5 月 26 日，《华商报》在一篇占据半个版面的题为《周代大墓是西周王陵》的报道的提要部分说：

周王陵，对于考古学家、历史学家具有特殊的诱惑力。作为中国奴隶社会的顶峰，西周先后经历了十余位国王，令人奇怪的是，周王的陵墓群却在大地上神秘消失，至今难寻踪迹。

近 300 年的西周历史，在史书上也只有寥寥数语。这对中华文明是一个极大的损失。为了探索第一个建立在关中地区的王朝——周朝的文明史，几代学者呕心沥血，希望找到周王陵以及高等级贵族墓葬和重要的聚落遗址，但都没有明显的成效。

渭河所谓

周人最初生活在现在咸阳北部彬州、长武、旬邑一带。距今 3000 多年以前的商代末，周人不堪忍受相邻的北方游牧部族侵扰，举族南下，迁徙到了现在岐山脚下的周原。《诗经·大雅·绵》里"古公亶父，来朝走马，率西水浒，至于岐下"讲述的就是"古公迁岐"的历史。

岐山一带的周原土地肥沃，临近渭河，南望秦岭，又远离北地，成为周人开疆拓土，建国立邦的乐土。虽然西周为了便于伐汤灭纣，曾几度迁移都城，最后落脚于现在西安附近的镐京，但岐山脚下的周原，却一度邑落参差，美女如云，繁花似锦，成为我国最早的京都。从古公迁岐到公元前 770 年周平王迁都洛阳的三百年间，周原始终是周人的根据地和政治、经济、文化中心，包括文王、武王在内的 12 位西周天子，在这里创造了灿烂辉煌的西周文明。

然而，就是这样一个被后来的《封神演义》演绎得神乎其神的西周王朝，包括周公制礼、成康之治、昭王南征、穆王西行在内人们耳熟能详的历史，12 位君王的陵墓所在及他们创造的煌煌大业，竟在平王东迁之后神秘地从中国大地上消失，成了千古难解之谜。

西周时期，周王朝拥有比夏规模更大的图书馆，却没有留下只言片语的当朝资料；西周文化比夏代更发达，但在河南南阳殷墟里发现了可以佐证殷商历史的大量甲骨文字资料，而供我们了解西周历史的文字资料，即便是在周公庙西周大墓被发掘后国内仅存的甲骨文和青铜器铭文，总数也不足一千个单体字。史书上对西周王陵屡有记载，但往往是只言片语，一笔带过。自从田野考古工作开始以来，历代帝王王陵大都已经显山露水，偏偏西周 12 个君王的入土之地至今不见蛛丝马迹！

西周王陵，难道真的就从华夏大地上神秘消失了吗？西周王朝所创造千秋伟业的秘密，到底到哪里去了？

一连串的难题，也难住了司马迁。所以在写作《史记·三代世表》的时候，司马迁这位史家宗师在写到夏商周的时候，只收录了历代君王的名字。

由于历史资料的空缺，有人甚至把西周当朝文献资料神秘失踪的原因归罪于孔子，说是这位对西周文化充满敬意的圣人为了宣扬自己的学说，将他在世时能搜集到的西周文献毁于一旦！

重重迷雾紧锁着的西周王朝，成了中国历史上最让人琢磨不透的一个朝代。

于是，西周王朝存亡之谜，一直留到了现在。所以，从岐山周公庙西周大墓被发现的那天开始，人们就希望能够从这座神秘的大墓里，获得打开西周王朝兴衰隐秘的钥匙。

岐山除渭河以南的五丈原等地属于秦岭地区外，大部分地方在渭北黄土台地上。但在离开宝鸡从周至南下的那天，我还是在《宝鸡日报》副总编符广成的陪同下，走进了皇天后土覆盖的岐山周原。

小麦已经收割，苍翠的玉米正在成长。红砖大瓦的村落星星点点，散落在平坦的周原大地。县城入口，是新建的标志岐山历史的周原广场。广场上矗立一组新落成的《文王礼贤》和《武王返岐》大型雕像，周文王和姜太公并驾齐驱，朝着京城而来。

到了县委宣传部我被告知，周公大墓至今把守森严，不接待媒体采访，所以我只好在被邀请到据周公庙很近的"农家乐"吃了一顿很地道的岐山臊子面后，便去蒲村镇看那座金兀术先祖完颜鄂和的荒冢。

忽北忽南地在秦岭深处穿行，我后来从媒体上看到的消息说，那座从一开始就让人们充满渴望与猜想的西周墓葬，是一处总面积达十万平方米的西周墓葬群，其中一座墓葬的主人，就是这些年地摊上随处可见的《周公解梦》的作者周公旦。

而且，已经发现的 20 多座墓葬，大部分已经被盗。

我对于周公旦的了解，除了这小书摊上那本不知真伪的

《周公解梦》外，就是当年在《诗经》上读到的"周公吐哺，天下归心"两句诗。后来查阅资料才知道，周公是周文王的第四个儿子、周武王的弟弟。武王去世后，他力排众议，"一饭三吐哺，一沐三握发"，摄政辅佐周成王 7 年之久，并辅佐成王平定三监之乱，灭五十余国，奠定东南，制礼作乐，文治天下，创建了历史上著名的"成康盛世"。有人在评价周公对中国历史的贡献时说，秦始皇用武力统一了中国，而早在秦之前，周公就已用"礼"统一了中国人的思想。

直到 2005 年春天，周公庙西周大墓发掘工作还在进行，而且在我一直的关注中，满怀期待的考古专家面对已经被盗墓者糟蹋得千疮百孔的墓区，对揭开西周历史诸多谜团的问题，又一次保持了沉默。

已经埋藏在浩荡黄土下几千年的西周王朝的秘密，是不是还将继续？西周君王陵墓，难道就这样永远从他们生活了几百年的故土彻底消失了？

渭／河／所／谓

WEI HE SUO WEI

西部牧马人

|

冥冥之中，秦人命运和马有一种说不清道不明的神秘关系。

赢秦始祖，大业儿子伯益（又名大费）之所以被舜帝委以协助大禹治水重任，立功受赏并获得赢姓封赐，是因为伯益曾担任过专门为舜帝驯养牲畜的官员。古书在说到这件事情时表述得相当简略，只用了"佐舜驯畜"四个字。舜帝是我国上古品德和功绩非常卓越的帝王，治国攻伐都功勋卓著。我想伯益为舜帝驯养的牲畜，除了供百姓吃穿耕作的猪牛鸡羊外，应该还包括能够在战场上驰骋千里的战马。到了殷商时期，赢秦之所以能够成为商朝宠臣，还是得益于马：伯益两个孙子费昌和中衍，一个在商汤灭夏的决定性战役名条山之战中，为王公贵族贴身近臣驾驶战车，立下了卓著战功；另一个直接就为殷帝太戊驾驶马车。到了商末，赢秦虎落平川，又是善于养马、驯马、驾驭马车的造父，在驾车陪周天子西巡和平定徐偃叛乱中立下大功，获赵姓封赐，保住了流落汾河流域的赢秦血脉，也为生活在西垂一带的陇上赢秦先祖残部，撑起一把遮风避雨的大伞。

一个与马结缘的民族，注定要依靠奔腾的战马改变自己的命运。

现在，已经在西垂边地与羌戎杂居，并在残杀不断的恶劣环境中艰苦奋斗二百多年的陇上赢秦先祖，不仅继承了善于经营畜牧业的传统，而且在与西部戎族相处的过程中学习、积累了丰富的养马经验，已经在关山草原和西汉水上游、渭河中上游的山间平地，以及西秦岭北坡的密林深处驯养了成千上万的马匹。他们不仅用马匹和周边戎族交换生活用品，也将马匹出售给陇山以东的周人。既善于农耕，又长于养马的嬴秦先祖，更像一位成功的牧马人，利用陇右一带山间平地丰茂的草场，不断繁殖并改良骏马，让马匹长得膘肥体健。

生活在天水一带的嬴秦先祖遗民养马的名声开始远播，连那些成天生活在马背上的西戎部族也闻风而动，舍近求远，从遥远的北方大漠和西部草原慕名来到犬丘，挑选毛色纯正、体格健壮的马匹。

养马业不仅给这些在群戎丛生环境中艰难生活的嬴秦先祖带来了生活的改善，也一天比一天明显地改变着他们的社会地位。奔腾的马群成了这个一直笼罩在去姓亡家阴影中的部族新的希望。

马者，甲兵之本。

古代战争，决定交战双方实力的装备，是战马和战车。一支军队战斗力强弱的决定性因素是拥有战车的数量。战车是古代战争的主体。交战双方对阵，由四匹马驾驭的战车冲在前面开道。战马嘶鸣，战车驰骋，站在战车上的甲兵居高临下，开弓张弩，利刃横扫，开出一条血路之后，步卒紧随其后，挥戈进攻。尤其是跟擅长骑射的游牧民族作战，战马的优劣和数量最为要紧。所以直到汉代，汉武帝为了战胜匈奴，千方百计引进西域汗血马，改良马种。西周时期，周王室最大的边患，是生活在关中西北部的游牧民族，马不仅是抵御狄戎的重要装备，而且是主要交通运输工具和王宫贵族地位和身份的象征。《周礼》中对公、侯、伯、子、爵不同等级爵位贵族乘坐马车、死后陪葬使用马匹的数量，都有明确规定。驾驭马车的马匹数量越多，乘车人的身份就越尊贵。每年夏秋两季，周王要亲自主持隆重的"颁马政"，春夏秋冬四季，还要举行祭祀马神仪式，祈求马神给王室赐予更多好马匹。

在周王室把马匹生产视为仅次于农业生产的国家命脉的时候，渭河和西汉水上游西秦岭山地水草丰美的牧场，给嬴秦先祖在苦难中沉默二百多年后化蝶重生，与艰难困厄中崛起，提供了机遇。

让这个机遇变成现实的，是大骆第二个儿子非子。

大骆有两个儿子，一个叫成，另一个是非子。非子长大成人后，继承始祖伯益擅长畜牧业的传统，开始在西秦岭山地的山间草甸大规模饲养马匹。

那时候，西汉水和渭河上游气候温润，森林茂密，绵延起伏的秦岭山地之间到处是大块大块长满丰茂牧草的草场和山间草甸。非子一边精心照料马群，一边虚心向当地游牧部族学习养马经验，改良马种。春去秋来，非子的马群繁殖非常旺盛，不仅数量不断壮大，而且他养的马膘肥体健，油色光亮，非常出色。

关于非子最初牧马的地方，有人说在现在天水境内的清水、张家川一带，也有人说在曾经发现过战国木板地图的麦积山风景区内的牧马滩一带，还有人说应该在犬丘附近的西汉水上游河谷地带。

西汉水上游的犬丘，被称作西犬丘。西犬丘作为一个历史地名，历史学家和考古学家争论不休，但基本指向还是在距离后来发现秦西陵大堡子山不远，西汉水附近的礼县盐关、红河一带。红河乡至今还有一个叫费家庄的村子，我去那里考察时发现这个被群山环抱，偏远安静的小山村，几乎都姓费——这是一个在天水一带很少见的姓氏。我不知道这个叫费家庄的村子里的费姓，与嬴秦先祖、又名伯益的大费有没有关系呢？不过，西汉水流域从现在天水市秦州区小天水镇到礼县永平乡二三十公里的川原和两岸并不高峻的山丘，过去的确土地肥沃，牧草丰茂，又有曾经是汉江古老源头的西汉水滋润，是一片难得的天然牧场。牧场中心的盐官镇即三国时期的卤城。盐官镇盛产井盐，是古代陇右著名的产盐基地。盐官镇镇南有座盐井，至今卤水四溢，如果将盐官镇的时光倒推至距今两三千年前的先秦时代，这里的盐井应该不止一处，而且井水四溢，遍地漫流，那种可制作食盐的卤水，不仅可以泽润牧草，也可供牧马饮用。

从非子短时间内就能牧养出非常出众的马匹来看，似乎犬丘附近的盐官镇一带，更适合非子作为一位历史上非常出色的牧马人脱颖而出。所以，我感觉最初让非子牧马成名的地方，应该在西汉水上游似乎更合情理一些。到了非子时代，已经在渭河上游和西汉水上游安下身子的嬴秦部族人丁渐次兴旺，这个来自东海之滨、吃鱼虾海味的部族，在与西部戎族拼杀争斗的过程中，也接受了西部游牧民族的生活方式，牛羊肉成为部族餐桌上不可缺少的食物。

应该是在初次养马获得成功之后吧，非子瞅准了周王室连年征战，需要大量战马的机会，非子向父亲大骆提出扩大马匹牧养规模的请求并得到大骆的支持之后，非子在牧草覆盖的山坡开辟大片大片的牧场，发展规模养马。

丰沛的西汉水滋养出鲜嫩的牧草，鲜美的牧草让已经和来自西北游牧部族的骏马良驹杂交过的马匹迅速起膘，长得体健腰圆。非子观察发现，那些经常在盐官镇一带盐池附近吃草饮水的马匹，不仅成长迅速，而且毛色油亮，体力超群。他迷惑不解，到那里一看，从盐井溢出的卤水肆意流淌，形成星罗棋布的卤水滩，含有丰富盐分的卤水浇灌的牧草分外鲜嫩茁壮。非子恍然大悟，原来是卤水为这些马匹提供了强骨健体所需的盐分和丰美的牧草，所以这些马匹才格外出众！于是，每天让马群吃饱之后，他让其他人将它们都赶到西汉水北岸的卤水滩边，让马匹饮用从盐井溢出成泉的卤水。

非子的马匹天天饮用含有大量盐分的卤水后一天一个样子地成长。这些体魄高大，毛色闪亮的骏马打着响鼻，在西汉水两岸扬鬃奋蹄，纵横驰骋，引得与赢秦部族杂居在一起的羌戎、昆戎等西戎人惊羡不已。因为非子养马规模越来越大，西犬丘境内的盐官一带很快形成盛况空前的骡马市场，来自河西、漠北、朔方的游牧民族纷来沓至，争相抢购赢秦人牧养的骏马。

这个时候，西周王朝已经到了周孝王时期。

西戎各族与周人的矛盾从来就没有彻底解决过。周人视西戎为心腹大患，西戎也根据周王室现状灵活调整与周的策略。西周初创之际，周人国力强盛，民心所向，又有推翻殷商时锤炼出来的强大军队，分布在京畿北面和西面的游牧民族虽然也经常来去无踪地在边境进行闪电式掠杀，却不敢长期与周分庭抗礼。到了孝王时期，经历前后八代极度辉煌的周王室明显出现衰退迹象，西北戎族蠢蠢欲动。活动在内蒙古河套地区大青山一带，后来被称为匈奴的猃狁戎借机侵略，迫使周王室不断派兵，战事不断，战马死伤数量剧增。周孝王七年冬天，关中、中原出现罕见雨雪冰冻天气，雪灾连绵，冰冻三尺，北方大地冰天雪地，举国之内，牛马纷纷冻死。而猃狁与周的战争还在继续，前线急需的战马补充不上，周与猃狁的交战陷入困境。

这时，非子在陇右牧养了成千上万良驹好马的消息，传到了周孝王的耳朵里。

一边有千万良驹骏马待价而沽，一边在闹马荒，陷入战争和自然灾害一筹莫展的周孝王求马若渴。上天又一次把改变嬴秦民族命运的机遇，托付给了西汉水上游山间草原自由驰骋的骏马。

很快，三百里加急诏令快马越过关山，送到了西犬丘。

一封彻底改变族人命运的诏书到达的时候，非子像一位地道的牧马人一样，正带着他的部族在山坡上放牧。绿如碧毯的山川上，撒满了枣红、雪白、墨青的马匹，如朵朵盛开的花朵，在蓝天白云下摇曳。自由自在漫流的西汉水穿过绿草、穿过丛林，舒舒缓缓，不紧不慢，从遍地开满野花的草滩上向东流去。明亮的阳光洒落到水面，仿佛千万颗璀璨的宝石，闪闪烁烁。

不远处，一位骑在马背上的牧马人放开嗓子，用低音粗重的秦音吟唱：

> 我出我车
>
> 于彼牧矣
>
> 自天子所
>
> 谓我来矣
>
> 召彼仆夫
>
> 谓之载矣
>
> 王事多难
>
> 维其棘矣
>
> ——《诗经·秦风·出车》

周王室派来的使臣，不仅采购了许多战争急需的战马，还把非子召进西周国都镐京，受到周孝王接见。

史书上没有记载周孝王召见非子的具体细节，但有案可查的历史是，周孝王任命非子为管理马匹的官员，命令他在现宝鸡市凤翔县境内千河与渭河交汇处一个叫千渭之汇的地方，

陕西宝鸡千渭之汇

为周王室养育繁殖马匹。

　　周孝王将非子从天水调到宝鸡的原因，大概主要出于马匹运输方面的考虑吧？天水和宝鸡之间的直线距离并不远，但中线有渭河和高矗的秦岭阻挡，在西周时期大概是无路可走的。北线经张家川翻越关山（当时称陇山）的路途不仅有点远，而且山路曲折，沿途又经常有戎狄出没，而凤翔境内千河和渭河交汇处不仅地势平坦，而且水草茂盛，是一块和西汉水上游盐官镇一带同样优越的天然牧场。

　　也许非子本来就是一位养马天才，也许是上苍觉得这个部族受苦受难的日子应该结束了。在千渭之汇，非子牧养的马匹依然非常出色，而且出栏率非常高，为周王室武装军队，打击西戎提供了有力支持。

在非子的苦心经营下，撒满千河与渭河两岸的骏马良驹一天比一天数量繁盛，马群体魄一天比一天健壮，周孝王突然意识到，这个当年犯了路线错误，被剥夺嬴姓的部族，是西周将来可以依靠的力量。反复权衡后，他决定奖赏这位为王室提供源源不断优良战马的年轻人。

最初，周孝王想确立非子继承其父亲大骆的王位。然而，这个动议一提出，就遭到大骆岳父、周王室权臣申侯反对。周孝王灵机一动，果断决定从京畿附近划出一块土地，封非子为附庸。

九百多年后，司马迁在《秦本纪》中记述这个件事时这样写道：

非子居犬丘，好马及畜，善养息之。犬丘人言之周孝王，孝王召使主马于汧渭之闲，马大蕃息。孝王欲以为大骆适嗣。申侯之女为大骆妻，生子成为适。申侯乃言孝王曰："昔我先郦山之女，为戎胥轩妻，生中潏，以亲故归周，保西垂，西垂以其故和睦。今我复与大骆妻，生适子成。申骆重婚，西戎皆服，所以为王。王其图之。"于是孝王曰："昔伯翳为舜主畜，畜多息，故有土，赐姓嬴。今其后世亦为朕息马，朕其分土为附庸。"邑之秦，使复续嬴氏祀，号曰秦嬴。亦不废申侯之女子为骆适者，以和西戎。

　　这种结果，大概是非子没有想到的。

　　非子不仅获得了封地秦，成了进入周王室统治序列的附庸国，而且恢复了被周王室剥夺几百年的嬴姓。周王室甚至明确承认了非子恢复祭祀嬴姓先祖的权利，这就意味着非子所代表的秦嬴一族已经进入周王室体制之内。从此以后，非子和他的部族彻底摆脱了延续多年的奴隶身份，不仅可以直接接受周王室领导，而且可以和其他贵族平等对话。

　　还有一点更让非子和秦嬴部族每个人感到意外，这就是非子作为秦嬴一个独立的部族，和仍然生活在西汉水上游西犬丘的大骆部族同时存在。也就是说，除大骆以外，非子作为新崛起的秦嬴力量，在汧水和渭河交汇的汧渭之汇诞生了。

　　蒙受二百多年去姓亡家之辱的嬴部一族，终于有了一个属于自己的新姓氏：秦嬴。

　　中国历史上一个新的姓氏——秦，从此呱呱落地，辉煌分娩。

　　二百多年来以泪洗面、屈辱苟活的日子终于结束。面对拨云见日，涅槃后的苦海重生，非子和他的族人满怀感激与振奋。从此，他们不仅再也用不着怀揣寄人篱下的惶恐，以借用的赵姓苟且度日，而且可以在五代人苦心经营的西犬丘公开建庙设坛，祭祀先祖少昊帝了！

一个后来成为华夏大地第一个封建帝国的创建者，并一度被西方人作为中国代称的部族——秦，就这样在一个牧马人的手里诞生了。

非子受封于秦的时间，大约是公元前 890 年。

那时候，人们根本没有意识到，这个在屈辱和狼群中活下来的民族会从此崛起，打乱这个世界的秩序，改变这个世界的模样！

非子最初的封地秦，大概在宝鸡境内千渭之汇的某个地方。大概是故土难离的缘故吧，不久，非子又迁回陇山之西，并在天水境内关山附近建起了自己的都邑。关于秦非子所建都邑秦亭的具体位置，前些年多有争议。直到 2011 年，由甘肃省文物考古研究所会同陕西省文物考古研究所、中国国家博物馆、北京大学考古文博学院和西北大学文博学院组成一支早期秦文化联合考古队历时三年多时间，在天水市清水县渭河支流牛头河岸边发现李崖遗址后，持续多年的秦非子所建秦人第一都邑秦亭所在地之争才尘埃落定。秦文化联合考古队领队、北京大学考古文博学院原副院长赵化成教授接受记者采访时说，李崖遗址就是秦非子封邑所在地。

　　秦亭建成后，面对秦亭城头随风飘扬的"秦"字大旗，非子和他的子民双目含泪，长跪在地，默默念叨着自少昊帝开始的每一个秦人先祖的名字……

渭／河／所／谓

WEI HE SUO WEI

婚姻的背后

———

这又是一个婚姻和政治媾和的故事。

商代末年，中潏父亲胥轩接受商纣王之命，前往天水、礼县一带的西部边陲，牵制朝歌西面正在成长为巨人的周人和关陇地区众多戎族势力，替纣王保卫西北边疆。前往天水的路上，秦人第一次与戎族联姻，建立了婚姻关系。

胥轩带领的秦人，那时候还姓嬴。

这支深受商纣王恩宠的迁徙者，其实是一支戍边部队。领受纣王命令后，胥轩带领身披铠甲、手持兵戈的士兵和他们的家眷，一路逆黄河、渭水西进。殷商时期的国家，其实只是一种很原始的国家形态，商纣王所在的都城附近的王畿和各地诸侯王占据的城池，是众多方国国家疆域主体，王畿与诸侯城邦之间许多地方没有军队把守，也不存在真正意义上的边界。所以离开朝歌之后，他们得随时准备对付流窜在各个方国城邦之间的戎狄。到了今西安临潼区骊山附近，胥轩与一支戎族相遇。那时候的关中平原北部一直到甘肃陇东、宁夏固原、甘肃天水，都是西北游牧部落的天下。这支常年活动在关中北部的戎族，属后来匈奴部族猃狁戎的一支。由于他们曾经在陕北建立过小邦国申国，是申伯部族，所以被称作申戎。他们早年生活在陕西米脂及其以北接近漠北的地区，狩猎游牧，迁徙无定，到了商代，势力已经发展到骊山一带，并且吸收了大量中原文化，开始了亦牧亦耕的生活。

　　胥轩的任务是赶往陇山以西的甘肃天水，然而刚刚离开朝歌，就遭遇戎族阻击。作为首领，为了确保自己的军队和眷属安全到达西垂，胥轩在与申戎狭路相逢后，选择了与戎人谈判和解的方式，以避免冲突。那时的申侯羌戎，是一头游走在关中北部的苍狼，如果让胥轩这支匆匆西进的商军就这么悄悄溜走，岂不有失狼族威严？更何况，戎人也知道，这支肩负使命到渭河上游天水境内驻守边关的嬴秦，是殷商王室的红人，即便是不打仗不流血，能和这个殷商显族发生一点什么事情，也对自己稳固目前已经占据的地盘是有好处的。无休止的谈判和对峙中，胥轩发现了经常在戎王王庭走动的一位小姑娘。那姑娘是戎王的千金，俗名骊山女，正值豆蔻年华，长得娇媚动人。多次谈判无果的情况下，胥轩突然想起了当年名条之战后，商王太戊为了稳固商和嬴秦关系，将王室女子许配给先祖费昌的事。那时的胥轩尚未婚配，这支羌戎在西戎中也有一定影响，如果娶骊山女为妻，既能免去目前被羌戎淹留不前的麻烦，也可以借助和戎族的联姻关系，为部族到达西垂后应付四周密如蜂蝗的群戎，寻找一支可以就近依靠的力量。而对于戎王来说，能和殷商最信赖的嬴秦攀亲，既不失面子，又能拉近跟商王室的关系，而且按照戎族习俗，异族男子和自己部族女子结婚，还得改姓，所以与西进途中嬴秦首领胥轩联姻，对申戎也是有百利而无一害。

很快，胥轩和申戎骊山女在骊山脚下完了婚。

这应该是嬴秦西迁历史上的第一桩政治联姻。胥轩以殷商名门望族的身份娶戎族血统的女子为妻，对于即将开始在被中原人看来尚未开化的蛮族包围中生活的胥轩来说，其政治怀柔，拉拢戎人，化解戎人敌意的意义，显然超越了婚姻本身。所以，当胥轩和骊山女结合到一起的时候，一个部族和另一个部族，一种文化和另一种文化之间的融汇、交流已经开始。而这种交流最大的受益者，就是嬴秦——在远离故土、远离朝歌商王室荫庇，即将进入一个完全陌生的生存环境的情况下，他们需要在众多戎族中建立自己的友邦或联盟，而在古代，最稳固、最牢靠的关系，就是宗族和血缘关系。联姻，就成了一种最可靠的政治联盟策略。

胥轩和骊山女结婚后，按照戎族习俗，胥轩也改了名。至于胥轩跟从女姓更改的名字叫什么，史书上记载非常模糊，只是在其原名前面加了个戎字，叫作戎胥轩。

有了和申戎的婚姻关系，胥轩前往陇右的道路就变得平坦多了。

从临潼往西，经过当时还是商王室附属国的周人占据的岐山、宝鸡，从陕西陇县翻过关山，胥轩和他的部族虽然也经历了长途跋涉的艰苦，但有了骊山女和申戎这个招牌，分布在关陇之间的其他戎族也只好不看僧面看佛面，为申戎的乘龙快婿让开道，远远勒住嘶鸣的战马，看着这支来自东方的部族抵达甘肃礼县境内西汉水上游，在犬丘安下了家。

胥轩来到西垂不久，骊山女就为他生下了嬴秦和戎族血统孕育的第一代混血儿中潏。

大概是最初随胥轩到达西垂的嬴秦部族并没有多少人吧，胥轩来到原本是西戎地盘的犬丘一带的时候，好像并没有怎么引起西戎过分反对。许多史书在记述这一历史时，直接就从胥轩过渡到了其儿子中潏时代，而且到了中潏时期，这支嬴秦已经在西垂站稳了脚跟。

拥有土地的数量，一直是衡量一种政治势力强大与否的尺度。西戎能够容忍异族势力在他们中间存在并发展，一定另有原因，而最直接的原因，应该莫过于中潏身上流淌的戎族血统。骊山女遗留给儿子的血统，成了中潏为自己部族在陌生的异乡争取生存权的武器。

婚姻这种温柔的武器，有时候比刀戟剑戈更能解决问题。尤其对于刚刚来到群戎腹地的嬴秦来说，远在朝歌的商纣和后来的西周都隔阻在关山东面，而且沿路都有戎族出没，不与周边戎人搞好关系，一旦有战事发生，王室要派兵救援也非常艰难，所以他们只有想方设法，先尽量避免与西戎冲突，才能考虑壮大、发展自己，为王室保卫西垂的问题。

到了西周初年，嬴秦在西垂的生存问题更为紧迫。殷商时期，胥轩是作为殷王室的宠臣被派到西垂的，而商纣灭亡后，恶来后代女防是作为周人的奴隶和俘虏，负着流放发配的罪名被安插在周王室西部边境前沿，抵挡西戎对关中的威胁。这种情况下，没有靠山，没有军队的嬴秦，要在群戎丛生中与狼共舞，惶恐度日，既需要忍让，更需要西戎的包容。于是，到了女防曾孙大骆时代，大骆又一次采取了与西戎联姻的方式，为部族争取发展空间。

这一次，大骆娶的仍然是申戎之女。

申戎是羌戎的一支，生活在甘肃东部和陕西西北部，是在西戎中颇有影响力的一支戎族势力。就连周宣王为了拉拢申侯死心塌地地为周王室效力，也与申侯联姻，让其女儿做了周幽王的王后。如果说胥轩当年在临潼娶申戎之女骊山女为妻，仅仅出于拉拢戎族势力的话，那么大骆再次娶申戎之女，实在是有一箭双雕的意思：那时的嬴秦，还没有从去姓亡家的伤痛中反省过来，与周王室的关系仍然是奴役和被奴役的关系。大骆继续选择与周王室有婚姻关系的申戎联姻，既是为了建立与西戎的友好关系，也不排斥借助申戎和周王室的亲戚关系，从事实上拉近和周天子关系的图谋。

史书上对大骆与申戎之女的婚姻记载相当简略，就一句话。但自从大骆与申戎之女结婚后，嬴秦在天水、礼县的势力很快就壮大起来，建立起了以西犬丘为根据地的陇上嬴秦根据地。由于联姻，嬴秦这时也从亲缘关系上与周王室攀上了亲戚，周人对嬴秦的态度也发生了微妙的变化。其中最典型的例子是犬戎攻占犬丘，诛灭大骆一族后，周宣王派兵甲七千，协助秦庄公收复犬丘一事。从这件事来看，周王室很显然已经把嬴秦的事当作自己的事看待了。

婚姻的力量，又一次挽救了嬴秦。

从胥轩到大骆的七八代之间，嬴秦一边用刀枪与西戎交战，一边借助与两个女人的联姻维系着与申戎的亲缘关系，在虎狼群中求生，向周王室靠拢。这种在夹缝中生存的道路并不轻松，却给嬴秦开拓出一条通往未来的希望之路。这条路一天天在拓展、延伸，一步步，从西汉水上游的西犬丘一直延伸到天水境内的整个渭河流域，如果再往前走一步，就可以到达周天子脚下的京畿之地关中了。一旦到了关中，他们就可以看到广阔的关中平原，就可以听到渭河和黄河奔腾的波涛声了。

有了路，世界就变得宽广、真实、具体、触手可及了。

一桩桩政治婚姻的背后，是嬴秦求生存、求安定、求壮大的渴望。同时，嬴秦与西北少数民族的联姻，也把西部戎族骁勇强悍的性格注入了嬴秦的血液。那种奔突呼啸、炽热似火的血液奔涌起来的时候，这世界将在这群西周奴隶和牧马人的手中发生裂变。

大抵就是出于秦人早年这两桩与西戎联姻关系的缘故吧，以至于到现在在许多人心目中，秦人不是正式、纯正的中原血统，而是血管里流淌着西北少数民族血液的西北异族。

神秘的游猎者

2004 年夏天考察秦岭时，我参观了宝鸡青铜器博物馆。在那座闪烁着周秦文明光焰的博物馆中，我见到了被称为"中国石刻之祖"的石鼓文复制品。从十个浑圆如鼓的石头上闪烁着黝黑幽光的篆体文里，我能感受到已经在西垂封侯立国的秦人内心隐隐升腾的挺进关中、马踏中原的豪情与梦想：

> 吾车既工，吾马既同。吾车既好，吾马既阜。
> 君子员猎，员猎员游。麀鹿速速，君子之求。
> 骍骍角弓，弓兹以寺。吾驱其特，其来趩趩。

石鼓文原件，是在宝鸡凤翔县出土的。有人从石鼓文诗歌中所描写的马、车和狩猎生活断定，这些两千多年前的诗歌作品出自秦襄公立国之后，秦国在政治和军事上第一位真正意义上的国君——秦襄公之子秦文公之手。还有一种说法认为，这十个石鼓上的十首诗，是当年秦襄公护送平王东迁获得封侯赏赐之后，从洛阳返回西垂故都路上所作。

无论谁创造了这十个在中国书法史上留下不熄光芒的石鼓文，从襄公开始，秦人的猎猎雄心，已经被周平王口头赏赐的岐沣之地点燃了。

在非子因为依靠秦岭与关山之间丰茂草场，为周天子提供了膘肥体健的战马而获得封邑之后的几百年间，秦人在突破关山险阻的道路上，是一步一个脚印地向前靠拢的。文公之父襄公成为西周正儿八经的诸侯并在天水、礼县一带建立秦国之后，周平王允诺赏赐的现在西安以西的岐沣之地，让嬴秦的欲望之火骤然之间呼呼啦啦燃烧了起来。然而，周人东迁之后的岐山、沣水一带，仍然是来去无常、掠杀成性的西部戎族囊中之物。秦国历史上第一代国君秦襄公，为争夺触手可及的关中封地而与西戎进行的几次拼杀，均以失败告终。

公元前 766 年，秦襄公被封为诸侯的第五年，秦襄公率领秦军从天水出发，向盘踞在秦人尚未收获一草一木的关中封地的西戎发起又一次进攻。

公元前 766 年秦襄公与西戎的战争，与其说是战略进攻，还不如说是在西戎逼迫下的战略转移。那一年，西戎军队包围了西犬丘，秦人大本营再遭灭顶之灾，秦襄公带领军队杀出一条血路，突出重围后，从现在甘肃省清水县境内翻越关山，在关山东侧陕西省陇县磨儿塬一带建立了临时的安身之地——千邑，准备与占领岐沣之地的西戎展开决战。

然而，那时的秦国刚刚建国，还没有多少正儿八经的军事实力。面对一辈子都以拼杀为生的西戎军队，秦军留在渭河北岸岐山、沣水一带的，只有鲜血和泪水。就是在这次战斗中，秦襄公在岐山一带战死。代父继位的秦文公强忍悲痛，带领悲愤交加的秦人，抬起父亲的灵柩，沿关山深处弥漫着秋雨秋风的崎岖山道，退回了天水一带的老家。

然而，大火既然点燃，即便火苗被熄灭，灰烬下面燃烧的火种，依然默默酝酿着又一场冲天烈焰。

公元前763年，秦襄公去世三年后的春天，西汉水上游秦岭山区的牧草又一次泛起迷人的翠绿，漫山遍野的林莽也饱含澎湃激情，向一个艳阳高照、大地葱茏的夏天快步走去。

大堡子山秦人祖邑西垂宫前，秦国新任国君、秦襄公之子秦文公带领七百人马，拜别祭祀祖神少昊白帝的西畤，转首向东，从天水、清水、张家川进入关山，向三年前洒下先父鲜血的关中而去。

那时的秦文公，正值年轻气盛。父亲东征西戎战死沙场后，秦文公在西垂宫一边料理国事，一边守了整整三年孝。在孤灯摇曳的灵柩前，文公从那些闪射冰冷幽光的青铜祭器上，日复一日地默默读诵着每一个安葬在大堡子山祖陵的先祖的名字。在回忆和追思中，他也在思考一个问题：嬴秦部族在秦岭至关山这一狭窄地带危机四伏的险恶环境中，忍受和承担了太多的苦难。作为一个已经成长起来的部族，秦人不仅有了自己的国家，也有了依稀在目的未来。秦人要重整殷商时期位居皇亲贵胄之列的威仪和势力，就得踏着父王的血迹，收回先王以对周天子的赤胆之心换回的岐山一带土地，让自己的部族在更大的天地发展、壮大。

秦文公很明白，父亲一生最后几年一次又一次跟戎族的较量之所以屡遭失败，根本问题是刚刚立国的秦人还没有足以和嗜血成性的西戎抗衡的军事力量——被周天子作为西部军事防线的门卫或者守卒的秦人，是在被牵制、限制，甚至制约中忍住泪水和伤痛生存下来的。在周天子离开关中之前，周王室既不想让西戎将秦人灭掉，也不可能让秦人建立一支属于自己的强大军队。所以，当年秦襄公发动的几次光复岐沣之地的伐戎战争，主力军队仍然是那些多少年来在秦岭与渭河之间为周王室放养战马的牧马人。这样的军队，要与迫使周王室放弃几代人苦心经营的关中故都的西戎进行正面战争，结果可想而知。

整整三年时间，秦文公都在思考如何继承父王遗愿，收复岐沣之地。

秦文公明白，先父拼死越过关山，向东扩展的意思，不仅仅在于得到关中西部宝鸡一带的周天子封地，更重要的意义在于考虑部族的长远发展：虽然西垂故都是秦人求生、立业、发展、生息之地，这里背靠秦岭，面临渭河，既可耕种，也可放牧，而且这里几乎每一寸土地都浸染过先祖的鲜血。但在嬴秦成为诸侯之后，尤其是在秦人获得了向东发展的动力之后，大堡子山下这片东西长不过三十多华里，南北宽只有三四华里，东面和南面被秦岭隔阻，西面有高峻岷山制扼的弹丸之地，已经远不是可以容纳立国封侯的秦人宏图大志的理想之地了。然而，先父襄公几次的伐戎之战都以失败告终，秦人如何才能越过关山，挺进被来去无常的戎狄肆虐的关中封地呢？

这时的秦文公，大抵只有二十来岁吧？论阅历，更多的苦难和磨砺还在等待着他；但论胆识和谋略，这位年轻的国君显然不在他的父亲之下。在周王室东迁后，秦襄公已经在考虑迁都的问题，可惜刚刚抵达千邑，就身死疆场。再三权衡先父失败的原因之后，秦文公做出了带领少量部队，以游猎为名，探寻东迁路线，到关中考察新都城处所的决定。

几百年后，司马迁在记述秦文公这次决定秦国发展命运的大事时，用极其简约的文字说："三年，文公以兵七百人东猎。四年，至汧渭之会。"

关于秦文公东猎的行走路线，秦史研究专家一直持不同意见。一种观点认为，这支小股精锐秦兵从西垂宫附近的礼县永兴乡北上，进入渭河流域，然后向东，是沿清水、张家川

渭河所谓

境内樊河谷地，从秦家塬附近翻关山，在陇县固关顺千河而下，进入千河（现在宝鸡境内的千河）和渭河交汇处的。还有一种说法认为，秦文公当年去宝鸡的路线，和现在陇海铁路宝鸡到天水的路径大致相同，即从天水进入秦岭山区的麦积山，再转向渭河峡谷顺流东进，从凤阁岭、晁峪进入宝鸡，最后抵达千渭之汇。

这两条路线我都走过。其中从张家川翻关山到陇县的关陇大道，是几千年来出甘入陕最便捷的路径。即便是在两千七百多年以后的今天，高迈的山峦，幽深的峡谷，古老的丛林，仍然让这条陕甘大道充满了艰险和艰难。至于沿渭河穿越秦岭到达宝鸡的这条道路，虽然隐蔽、便捷，但高山峡谷，渭河激流，一直是人们难以逾越的天堑。在两千七百多年前，这里的林莽肯定比现在苍茫，河水也绝对比现在要湍急不知多少倍，秦文公带领的七百军队要从既有高山密林，又有排天巨浪的渭河天堑到达宝鸡，到底经历了多大的艰辛，我们谁也无从知晓。

无论走北道，还是沿渭河穿过秦岭，天水到宝鸡的距离并不遥远，但秦文公和他的军队走了整整一年。秦文公此次东行，名义上是打猎，实际上则是一次秦人蓄谋已久的军事侦察。他们不仅要逾越关山天险，还要对付隐藏在密林深处，来无踪去无影，凶悍残暴的西戎；更重要的是，秦文公在动身之际，心里就秘藏着一个更为宏大的愿望——在关中寻找一个建都之地。所以一路上，秦文公和他的精锐部族应该只有寻找那种虽然艰难，却易于隐蔽，能够尽量避免与戎狄正面交锋的路线，向东推进。

茫茫林海，隐藏几百人的军队并不是什么难事。秦文公像一位真正的游猎者，带领部队悠闲地在丛林峡谷之间穿行。他白天在林子里打猎，晚上在军帐里倾听漫山遍野如波涛般此起彼伏的林涛。如果是风和日丽的日子，他会停下行进的脚步，登上一座高矗的山峰，面向东方，静静伫立。每个血色一样的红日从群山簇拥的东天腾空而起的早晨，这位年轻的秦国国君，内心就会涌起一种激动和亢奋。他知道，只要越过这重重叠叠的群山，就可以到达他昼思夜想的关中封地。随从的秦军或许并不知道自己国君此次东行的真正意图。在他们眼里，秦文公这次东猎，好像真的没有什么要紧的事情。这位刚刚谢孝的国君，大抵是想凭借游山玩水般的狩猎排遣失去父王的悲痛吧？

直到公元前 762 年，这支小股秦军出现在现在宝鸡市凤翔县长青镇，一路沉默不语的秦文公面对先祖当年在这里为周王室养马的故地所发出的感慨，才让这些随国君奔波一年的秦军恍然大悟——原来，秦文公这次游猎的目的，是追寻着他父亲的足迹，寻找迁都之地！

在渭河和千河交汇处那片开阔平坦的台塬上，秦文公遥望秦岭下辽阔的关中大地慨叹道："过去，我秦嬴部族先祖在这里为周王室牧马立功，获得封邑。我们秦嬴部族因此一步一步加封晋级，成为独霸一方的诸侯。看来，这里就是我们秦嬴部族发家立业的风水宝地啊！"

从秦襄公在陇县建立千邑开始，寻找一个既便于收复周王室已经承诺赏赐给秦人的岐沣之地，又能拓展自己疆土的新国都，已经是秦人在这个时期看得最清楚的一个战略决策。

从天水到凤翔，一路上，秦文公心里一直在暗暗盘算着适宜秦国发展的国都新址。秦岭与关山之间的云山雾障，让他郁郁寡欢。然而，一脚踏进这块平坦开阔、沃野弥望的台地，他的内心忽然之间腾起一种从未有过的惊喜。千渭之汇虽然地处关中平原西部边缘，但这里背靠关山，扼制关陇大道，进可直达关中腹地，退可经陇坂回到关山以西的天水老家。对于刚刚迈进关中平原的秦文公来说，这里不仅进退自如，而且据守关陇道入口，是建立新都的理想之地。再联想到东猎路上抓获的那条黑龙，他隐隐觉得，这里就是上苍赏赐给秦人的息壤福地！

　　在例行占卜问卦之后，一身黑服的秦文公让士兵垒起一个土台，他神情严肃地焚香跪拜，祈祷上苍和先祖保佑秦人风调雨顺，国泰民安。

　　然后，秦文公带领部族再次返回西垂。

　　这次返回，预示着秦嬴历史上又一次举族大迁徙即将开始。

　　秦嬴部族在历经数百年偏居西垂之后，终于要堂而皇之地面向东方了！而千渭之汇，这个新的秦人国都，将承载着秦人建立大秦帝国的梦想和现实，在秦人苦苦的瞩望中巍然崛起。

渭／河／所／谓

WEI HE SUO WEI

关中是什么样子

公元前 762 年，秦文公在凤翔长青镇选好都城新址后，并没有在那里久留，匆匆返回了西垂。

那时的关中，仍在戎狄掌控下。从天水到宝鸡游猎的一年时间，秦文公和他带领的七百军队，大多数时间是在秦岭关山丛林里度过的。现在，面对水草丰茂、河流纵横的关中平原，秦文公虽然隐约感到这片丰饶的土地将让秦人迅速成长为一个高大勇武的巨人，但如果举族东迁，还有许多事情要做。

司马迁对秦文公选择好都邑新址，返回西垂后到底忙了些什么，没有只言片语交代，只是说秦文公十年（前 758），秦文公在凤翔都城东部现在眉县附近建起了祭祀先祖白帝的鄜畤。

秦人原本就是一个非常迷信的部族。秦襄公被封侯之后，回到西垂的第一件事，就是在西垂宫附近建立祭祀祖神少昊白帝的西畤。经过十数代人努力，嬴秦终于跻身列侯，有了自己的邦国。但在建立国家政权之初，大抵还是没有足够的自信的缘故吧，秦襄公在建立西畤之后自称是少昊之神，并利用已经吸收的西周礼仪，通过严格的祭祀制度，代先祖实施统治。现在，秦文公迁都关中，要开创嬴秦部族前所未有的新时代，他在新都城附近的眉县建起鄜畤，将远在西汉水上游的先祖神位迎请到渭河之滨，既是为了让先祖神灵保佑他开疆拓土，

宝鸡凤翔长青镇秦墓出土的青铜器

也是为了让祖神少昊见证自己在关中建立新的基业。

　　刚刚选定千渭之汇作为国都之际，秦文公大概少不了要经常往来于西垂和关中的。那时的关中西部，有大量周王室东迁留下的西周遗民。这些很早就进入农耕社会的西周遗民，是秦人进入关中之后的一笔巨大财富。他们承袭的西周生活方式和文化观念，是秦人从半游牧状态进入农耕文明必须依靠的力量。然而，平王东迁后，乘势南下的西戎控制了岐山以东的广大地区，关中地区土地荒芜，社会动荡，没有来得及跟随周平王东迁的西周遗民，生活在饱受异族欺凌的孤苦无助之中。秦文公要在关中立脚，首先面临的问题，就是解决盘踞关中的西戎。

自从山东一带来到天水，秦人先祖与戎狄的拼杀争战从来没有停止过。

从凤翔回到西垂宫，秦文公把大量的时间用在了建立和完善国家制度上。在秦襄公被封为诸侯之后，襄公急于解决西戎，收复周天子口头允诺的封地，还来不及将一个当初的附庸小国的政治制度向一个独霸一方的诸侯国进行提升。文公从关中游猎归来后，想得更多的是如何稳扎稳打，在又一次东进关中后能真正成为关中和陇山以西的主人，在新都城实现继续向东拓展的宏图大略——周王室东迁后，从华山到关山的广大关中地区成为权力真空。逃之夭夭的周天子无力顾及这块原本丰饶富庶的土地，西戎对关中的占据也绝对不会长久。秦国只有树立起一个大国的威仪，才有可能彻底荡平掠杀无度的狄戎，将关中变成自己向东发展的又一个根据地。于是，秦文公一边完善祭祀制度，学习周王室设立史官，像一个真正的国家一样记录本国历史事件，并用早先就流传到西垂的西周礼仪教化子民；一边厉兵秣马，从装备、军队和战略上全面备战征讨西戎，收复岐沣之地。

这场对关中戎狄的战争，秦文公整整准备了十年。

秦文公十六年（前 750），秦文公手中闪射着阴森幽光的青铜短剑，终于不能忍受过于漫长的沉默了。这些年，秦文公虽然人在西垂，心却在关中。在梦中，这位胸怀远大的国君经常会乘着一片飘飞的白云翻越关山，在岐沣之地上空久久盘旋。他能看清渭河两岸一片片晶莹如宝石的水泽，茂盛的水草和大片大片荒芜的田畴。从梦中醒来，秦文公面对在他苦心经营下空前壮大的国力久久沉思之后，终于颁发了向盘踞在关中平原的西戎发起全面进攻的诏令。

这场战争，应该是秦国国史上又一场异常惨烈的战争。

平王东迁后，是戎狄历史上空前强大的时期。沿黄河、渭河流域，关中的镐京和岐周地区、伊洛地区、鲁西和豫北、晋国周边、陇山与陇山以西地区，到处都有西戎部族活动。盘踞在关中的西戎，将周王室和秦国隔离在东西两端。秦文公这次对西戎的战争，只能在绝对没有外援的情况下独立作战。当时秦文公主力部队，大概驻扎在西汉水上游的西垂宫。他带领的军队必须翻越关山，长途奔袭，才能完成对关中西戎的歼击。

对于这场从根本上决定了秦人在关中站稳脚跟的战争，史书上交代得十分简略："秦败戎兵，得周余民，地至岐，献岐以东于周。"

秦文公不愧是秦国历史上最有作为的国君。这个在与西戎血火交战中成长起来的国君，不仅一举赶走了盘踞岐沣之地几十年的西戎，收复了周天子赏赐的封地，还进入了岐山以东的关中中部，把自公元前 841 年国人暴动，平王东迁以来被戎狄分割瓦解的西周遗民，重新聚拢到了一起，成为秦国臣民，还给他们一个安居乐业的生存环境。同时，为了表达对周王室的敬意，秦文公还将他和士兵拼死收回的岐山以东的大片土地，敬献给了周天子。

那时候的周王室，已经成了一个空壳。在周王室走向衰亡的背景中不断壮大的诸侯国，已经成为那个时代舞台上的主角。在周都洛邑东西南北，楚国、齐国、赵国、魏国、燕国、韩国一边貌合神离地向周王室朝觐纳贡，一边已经开始悄悄谋划自己的争霸大业了。气息奄奄的周王室就像这舞台上一个必不可少的道具，仅仅是一个象征或者摆设。然而，对于刚刚从关山以西走向东方的秦国来说，秦文公当时还看不到将来跻身春秋五霸的未来，而且关中东部华山一带的西戎势力尚未完全清除，保持与已经去了洛阳的周王室的联系，就等于有一条可以继续东进的路还在向他们敞开，有一条纽带可以把四周群戎密布的秦国和中原大地连接在一起。更重要的是，人家周平王当初只允诺赏赐被戎族占领的岐山以西的土地，秦文公虽然伐戎有功，但如果就这样把原本属于周王室的土地据为己有——哪怕是很小一块土地，也关乎秦人的诚信以及周王室、其他诸侯国对新入主关中的秦人的看法问题。所以秦文公将自己的军队用鲜血换来的岐山以东土地敬献给周王室，绝对不是作秀，而是为了消除周王室对他迅速壮大起来的实力的顾虑，从而在政治上寻求一种更可靠的依靠。

国都从西垂堂而皇之地迁移到了关中，关中中西部的戎狄之患清除了，秦文公要面对一个全新的时代了。

这个时代不仅需要战马和刀戈，还需要粮食和文明。

当年，周平王口头答应将岐山、沣水一带的土地赏赐给秦襄公的时候万万没有料到，秦人获得的不仅仅是一块国土，更重要的是周平王为数十代来一直徘徊在农耕文明门槛之外的秦人，打开了一扇通向一个伟大时代的门户。

平王东迁时，有能力跟随周天子去中原的人，赶着猪羊、拖家带口离开了关中；没有能力和不想离开故土的一部分西周百姓，仍然留在这里。秦文公聚拢这些周遗民的根本目的，是看准了周人的农业文明传统。

周人先祖是中国农耕文明的祖神——后稷。这位尧舜时代管理农事的官员，是我国最早种植稷和小麦的人。他的后代周人，很早就传承了后稷的农耕传统，是我国古代最早开创农业文明的部族。西周时期，周人居住的包括今岐山、扶风在内渭河以北的周原，气候温润，河道纵横，是关中最富庶的地区之一。秦文公选择的秦国都城，就在土地肥沃的周原上。

戎狄被赶出关中平原后，秦文公把为了躲避西戎侵扰四处逃散的周遗民召集到都城附近，让从陇山以西刚刚迁来的秦人跟他们学习农作技术。几百年来本来就相依相存的周人和秦人，就这样在重新升起袅袅炊烟的关中平原西部开荒种地，共同经营他们的家园。很快，渭河两岸弥漫起了五谷的清香，纵横交织的渭河、千河、沣河中鱼翔水底，辽阔的田野上群鸟飞翔。人们迎着和煦的春风在田里耕作，在一茬茬成熟的谷物醉人的清香中享受安适富足的生活。劳作之余，人们乘着木筏小船，从千河进入渭河、沣河和漆河撒网捕鱼。

周王室东迁后荒芜几十年的关中平原，又恢复了祥和迷人的生机。

面对稼穑茁壮、百姓安居的美景，秦文公又开始筹划秦国下一步的出路了。他非常清楚，从天水到关中，仅仅是秦人东拓之路上迈出的第一步。秦国要从根本上消除至今还在陇山西北和关中北部活动的戎狄干扰，要在潼关以东已经发展了数百年的众多诸侯国中占有一席之地，要做的事情还很多，而当务之急，就是建立秦国在关中西部的防守和经营根据地。

渭河所谓

打败西戎三年后的秦文公十九年（前747），秦文公在千河和渭河交汇处，也就是今宝鸡市斗鸡台戴家湾村附近大兴土木，开始修筑一座在秦人争霸天下过程中产生重大影响的城邑——陈仓城。

到达关中之前和之后最初一段时间的秦国，还是一个不足以引起周王室和其他诸侯国足够重视的西垂小国，所以秦文公刚刚到达关中一段时间的一些地名，如千邑、千渭之汇和陈仓城的具体位置，史书上语焉不详，学术界也至今争论不休。但当初秦文公选中在以岐山、宝鸡为中心的关中西部作为秦人东进后的第一个根据地，绝对是出于进退攻守多方面考虑的。

曾经有几次，我在渭河北岸秦人耕种收获、畅望未来的土地上久久盘桓过。在那片被指正为陈仓故城的地方纵目望去，北面是平坦开阔，为秦人带来堆积如山的粮食的周原；西面的陇县一带峰谷纵横，沿着漫漫陇坂，就可以到达陇山以西的秦人老家天水；南面秦岭绵延，是阻绝巴蜀来犯的天然屏障；顺着开阔的渭河谷地向东，八百里秦川一望无际。秦文公那个年代，渭河经年浩浩荡荡，如果乘船东进，不远处就是秦文公一进关中就建起的祭祖祖庙——鄜畤。再往东，出了潼关，就可以到达辽阔的中原了。

关中的开阔辽远，让秦文公看到了秦国更远的未来。

鄜畤祭祀先祖白帝的活动依然一年一度地继续，但要从精神上进一步稳固秦人在关中的统治，秦文公觉得仅仅依靠传统的祭祖仪式，还不能完全控制进入关中后收复的西周遗民思想。在人丁兴旺、五谷丰登的环境中沉思的秦文公，将目光投向了陈仓城四周。

秦文公建筑陈仓城的这一年，关中西部下了一场流星雨。那场流星雨，是在万籁俱寂的深夜从天而降的。那天夜里，生活在陈仓城的人们已经进入了甜美的梦乡，关中大地安谧而宁静，一个巨大的火球突然出现在东南方向。那火球拖着一条长长的耀眼的光柱，划破茫茫夜空，朝陈仓城北而来。随着雷鸣般的轰响，火球坠落到陈仓城附近的鸡峰山上。火球落地的声音，惊醒了密林深处的雉鸡，慌乱奔逃的雉鸡发出惊慌的鸣叫。这雉鸡的鸣叫声传得很远，一直传到夜色沉沉的陈仓城。

这天夜里，关中西部陨石降落的情景，让一个叫伯阳的男子看见了。面对从天而降的光柱和漫山遍野的鸡鸣声，伯阳觉得非常奇怪：陈仓城刚刚建成，上苍就有如此祥兆，是不是另有深意呢？

第二天，伯阳急匆匆觐见秦文公，说鸡鸣神土，这是大吉大利的祥兆，说明文公建陈仓城得到了天助，建议文公赶

129

紧寻找这个从天而降的宝物。

伯阳神奇的描述，让秦文公觉得，这是他进入关中后强化神权统治的绝佳时机。这一次，他依旧以游猎为名，带上少量军士，进入鸡峰山，一边打猎，一边寻找那块宝石。

鸡峰山在今宝鸡市陈仓区西南面的秦岭山中，秦文公很快就找到了这块陨石。据好多史书描述，说此石"其色如肝"，还有人说形如鸡状。那虽然只是一块普通的陨石，但在秦文公看来，它的形状跟赢秦先祖所崇拜的阳鸟如出一辙，而且夜空中腾起的耀眼光辉，半夜之间此起彼伏的鸡鸣声，完全都是为自己进行政治说教和宣传准备的。

秦文公将这块陨石视为神物，带回陈仓城后，立即在城北陨石降落的山坡上建起了他进入关中后的第二座祠庙——陈宝祠。

或许，在陈宝祠落成的祭祀仪式上，秦文公应该对他的子民有过"这块感天地之灵气的宝石，原本就是秦人先祖的化身"之类充满神秘色彩的讲话的。秦文公说，宝石之所以在陈仓城建成后降落陈仓，是上天和先祖对秦国百姓的惠顾和赏赐。有这个圣物保佑，秦国将来必然风调雨顺、国泰民安等等。

然后，祭祀陈宝祠，迅速被秦文公提升到与祭祀先祖、天神的時祭同等重要的地位，成为和后来秦始皇创立的封禅祭山一样，对中国传统文化产生重大影响的祭祀活动。《汉书·郊祀志》在记述陈宝祠祭祀活动时说："及陈宝祠，自文公至今，七百余岁矣。汉兴，世世常来，光色赤黄，长四五丈，直祠而息，音声砰隐，野鸡皆雊。每见，雍太祝祠以太牢，遣侯者乘承传，驰诣行在，所以为福祥。"

一段神奇的故事，让秦文公将举国百姓的精神都集中到了一块原本极为平常的陨石上了。

一块传奇的陨石，也让秦人在关中西部一隅，隐约感到了一个强大秦国的未来。

渭／河／所／谓

WEI HE SUO WEI

不再遥远的边境

|

公元前 677 年，秦国刚刚建成的都城雍城大郑宫，迎来了两位特殊客人。他们分别是临近华山的黄河西岸两个小国梁国和芮国使臣。

当秦人的铁骑在黄河岸边激起阵阵令人发悚的回响之际，这两个国家的国君迅速意识到，一个西方巨人正在崛起。秦，这个曾经被中原各国视为蛮夷之属的利刃，迟早要越过黄河，让中原上空太阳滴血，让黄河两岸地动山摇。为了生存，梁国和芮国国君立即做出交谊修好的决定，打发使臣，带上礼品，跋山涉水，来到雍城朝拜秦国刚刚继位的国君秦德公。

梁伯和芮伯两位不速之客的到来，让秦德公喜出望外。

从渭水和西汉水上游老家翻越关山，来到关中的秦人，经历了从襄公到武公四代人近百年的征战，秦国势力已经发展到了可以听到黄河涛声的华山脚下。然而，一个多少年来一直被东方诸侯忽略甚至遗忘的国家，突然迎来不期而至的朝拜者，这是秦德公从来没有想象过的。

早在二十年前，秦国战马荡平白水境内戎人彭戏氏和长安东南戎人荡杜部族的时候，这两个紧邻晋国的西周小方国就注意到了秦人的威势。但春秋时期的攻伐掠地，战争打响时敌我双方拼死厮杀，战争结束后最初几年，这片被争夺回来的土地在战胜者的余威震慑下还可以安宁些时日，一旦硝烟散尽，战争的血迹被时光的手臂擦干，那些远离王室视线的边地，又会动荡起来，骚乱起来。然而，秦人伐戎的战争过去已经整整二十年了，华山、长安、白水一带的秦国边境却异常安宁。这种长久的安宁，让梁国和芮国的国君惶恐起来——既然连远离秦国都城几百公里的东部边境都如此巩固，他们只好先做出讨好秦国的准备，以便为自己将来留一条出路。

让秦国边境安宁、稳定的原因，是由于秦武公时期开始实施的一种边境行政管理制度的出现。

秦人政治中心东移后，盘踞在关山以西天水境内的邽戎和冀戎又活跃起来。这些杀掠成性的游牧部族对西垂和秦地的侵扰，让秦武公忍无可忍。尽管秦人的政治和战略中心已经转移至关中，但西汉水上游有他的祖陵和祭祀先祖的宗庙，在秦人心目中，即便疆土再辽阔，西垂和犬丘永远是他们灵魂和精神的归宿，神圣不可侵犯。

秦武公十年（前 688），住在雍城大郑宫的秦武公利剑一挥，利兵铠甲武装的秦军调头西进，穿过茫茫关山林海，向居住在渭河上游今甘肃甘谷和天水一带的邽戎、冀戎发起总攻。

已经在关中平原驰骋将近一百年的秦军，这时已经是一头蓄势待发的雄狮。他们不仅有更加坚利的武器、训练有素的士兵和与戎狄作战的丰富经验，更有誓死捍卫祖邑的豪情和决心。

当秦军出现在关山林莽中时，猖獗一时的西戎军队便溃不成军。

很快，战争结束了，天水境内渭河流域的土地归入了秦国版图。

长期以来秦人老家天水境内被西戎分割得支离破碎的土地连成了一片。

拜祭了大堡子山先祖陵园，在西畤举行的祭祖大典结束后，秦武公和他的大军又要离开故土，奔赴向东征伐的前线了。大军撤离之后，远离关中的西垂安全谁来保护？这片边远之地谁来管理？

如果按照周王室的传统做法，秦武公完全可以在刚刚征伐获得的土地上分封一个和秦襄公一样的诸侯，放手管理地方事务。但自从被封为诸侯后，秦人不断壮大的国力和野心，让秦武公对诸侯制度的弊端看得再清楚不过了——一个在群戎丛生的荒蛮之地成长起来的诸侯国在不足百年时间里已经横扫关中，呈现出饮马黄河的逼人气势了，而曾经给了秦人生存与发展空间的周王室却一天比一天更像一具僵尸或者道具，气息奄奄地在东都洛阳聊度时日。分布在洛阳东边、南边和北边的诸侯国，已经不再理曾经号令天下、一呼百应的周天子的茬了。对于还深陷在与西戎斗争中的秦国来说，如果仍然像周天子一样，把将士们用鲜血和生命换来的土地交给别人，这些远离都城监管的边地，会不会也和当年的西垂一样，成为脱缰野马呢？

苦苦思索之后，秦武公决定在刚刚收复的邽、冀两地建立一个直接接受国君领导的地方管理机构——县。秦武公在想，过去的诸侯与国君之间的君臣关系只是一种道义和名分，诸侯听不听国君调动，完全看的是自己的心情。秦武公要让县一级的领导权完全掌控在自己手中，由他选派官员，配备军队，直接向他负责，并完全依照自己的心思，管理远离都城边邑的军事防务和日常事务。

也许，秦武公的这种做法在当时只是一种不得已而为之的方法，但邽县和冀县的建立，却成了中国历史上地方行政管理体制建设的开山之作。几千年过去，王权兴衰如晨昏交替，绵延不断，县级地方行政管理机构却是历朝历代统治者加强中央集权从未放弃的方式。

秦武公带领他的军队回到了关中，冀县和邽县却如两颗钉子，牢牢钉在西垂边境，使这块远离雍城的西部土地从此保持了长久的安宁与安定。

公元前762年，痛失父王的秦文公带领七百士兵从西垂起身，向关中大地伸出试探性的一脚时，整个关中平原东部、北部和西部，到处都是戎狄的身影。即便是在建立起陈仓城的时候，这位年轻而志存高远的国君在收复岐沣之地的时候，仍然看不见秦国的未来——关中平原处在群戎包裹之中，什么时候能够清除戎族的侵扰，秦国才有纵目东望、虎视中原的可能。此后的近百年间，宪公、德公、武公东突西拓，一直都在与西戎进行争夺关中土地控制权的战斗。

查阅秦穆公之前秦人征伐西戎的历史时，我从秦武公身上感到了秦人血管里一股奔突汹涌的腾腾杀气。

秦武公是秦文公的孙子，但他的出身有些特别。秦武公的父亲秦宪公，年轻时娶鲁国国君的女儿鲁姬为妻，先后生下武公和德公两个儿子，并立长子武公为太子。秦宪公这桩婚姻，大概本身就是一种政治联姻——春秋战国时期，两个国家之间互嫁妻女，其实是试图以一种血缘关系建立政治联盟，不足为奇。问题是，秦宪公娶了鲁姬后，又娶了周天子之女，而且也生下了一个叫出子的儿子。虽然宪公娶鲁姬在前，生武公和德公在先，但鲁国和秦国都是周王室的诸侯国，而王姬则是周天子的千金，政治地位自然在鲁姬之上。

公元前704年宪公去世后，由于他的婚姻关系埋下的祸根发芽了。三位官位相当于后来宰相的大庶长合谋，突然废除了太子武公，将年仅五岁的出子立为国君。当时的秦国在关中立足未稳，距离国都平阳不远，关中中部长安一带的荡杜戎刚刚被秦宪公赶跑，但都城周边，来去无定的狄戎仍然让王室充满动荡不安的气氛。这种情况下，出子母亲王姬代幼子临朝主政，便是顺理成章的事了。然而五年后，三位大庶长不能容忍女人主政，出尔反尔，又将年仅十岁的出子斩杀，把武公扶上国君宝座。

宫廷里的血光，让武公看清了政治斗争的残忍，也历练了秦武公刚强果断的性格。

公元前 694 年，秦武公在即位后第三年将饱受宫廷内乱之苦的朝政打理停当之后，这位曾经被大庶长如一具没有生命的道具般随意搬挪的年轻国君，终于拔出了清除内乱祸根的利剑，以滥杀出子的罪名，诛杀了三位帮助他登上王位的大庶长，并诛灭三族。

殷红的血光映红阳平宫的黎明，秦国建国以来第一场宫廷内乱平息了。

摆脱了大庶长的羁绊，秦武公把目光投向西至老家西垂，东到秦人将来越过函谷关时迟早要凭借的东部边境华山一带。进入关中以来，对盘踞在关中腹地四周的戎狄的清剿之战，注定要由这位在宫廷斗争的刀光剑影中成长起来的秦国国君来完成。

那时候，秦军的铠甲更加坚固，刀戈更加锋利，战车也更加牢固。秦武公指挥他的铁血将士从关中西部一路拼杀过去，让秦人闪射着阴森幽光的战车，在临近函谷关的白水、华县、长安一带纵横驰骋。胜利的凯歌在黄河西岸纵情奔放，通往中原大道上横行了一百多年的几支狄戎部族，被迫从这块即将成为秦人横扫天下的大通道上逃离。辽阔的关中平原上空，回荡着后来成为激励秦军奋勇杀敌的军歌的《无衣》：

> 岂曰无衣？
>
> 与子同袍。
>
> 王于兴师，
>
> 修我戈矛。
>
> 与子同仇！

> 岂曰无衣？
>
> 与子同泽。
>
> 王于兴师，
>
> 修我矛戟。
>
> 与子偕作！

岂曰无衣？

与子同裳。

王于兴师，

修我甲兵。

与子偕行！

收回了狄戎占领的关中东部土地，包括甘肃东中部到关中平原的整个渭河流域连成一片，秦国疆域空前扩大。西部边陲设立冀县、邽县的成功经验，让秦武公看到了保持边境地区长治久安的曙光。公元前 687 年，也就是秦武公设立冀、邽二县的第二年，秦武公又在曾经是彭戏戎和荡杜戎盘踞的东部边境，设立了杜县和郑县。

遥远的边境地区，有国君亲自委任的官员指挥兵士守护疆土，管理辖区内行政事务。祥和安宁的阳光下，老百姓悠然自得地在田间勤于稼穑，自由自在地在山坡上放牧。人声鼎沸的首都雍城里，秦武公悠闲地在大郑宫批阅从遥远边境快马传送来的公文。西垂和华山之下虽然相距数百里，但有了亲自委派的官员，秦武公就觉得远在关山之右的西垂，就在雍城的西门之外，而可以看到华山氤氲的郑县，也就是王宫窗外一幅令他心旷神怡的山水画卷。

一个专门用于管理边境地区的行政机构——县，让曾经鞭长莫及、乱事丛生的边境，和都城王室的距离一下子变得近在咫尺了。

踌躇满志的秦武公信步走出大郑宫，面对苍茫秦岭、浩荡渭河以及在初升的阳光照耀下雾霭升腾的关中大地，仿佛一个甜美的梦境正在开始。他的思绪被亘古东流的渭河吸引着，透过云雾向东望去，在秦国东部边境不远处，就是秦武公坚信迟早要被秦军铠甲利兵横扫而过的函谷关和横贯中原大地的黄河。从老家天水和关中大地奔腾而去的渭河，就在那里与黄河交汇，从周王室东都洛阳附近流过，最后流入他的先祖礼拜扶桑的东海。

恍惚间，秦武公隐约看到，一个普天之下莫非秦土的时代，正沿着黄河和渭河涛声响起的地方徐徐走来。

《旧约》里的"希尼国"

看哪，这些从远方来，这些从北方来、从西方来，这些从希尼国来。

这是圣经《旧约·以赛亚书》里的诗句，这里的"希尼国"指的就是中国。最早让"希尼国"这个令公元前 8 世纪西方世界先知以赛亚惊羡不已的国度盛名传播到西方的，是秦德公最小的儿子秦穆公。

公元前 678 年，与戎族争战一生的秦武公在雍城去世。为了昭显自己征服西戎的赫赫战功，这位从幼年就在宫廷斗争血光中成长起来的武治之君临终之际，还是忘不了让冒着热气的鲜血陪他上路：这位死在雍城的国君临终时斩杀了 66 个活人为他陪葬，开创了中国历史上活人殉葬先河。

66 个活人的生命，替代了此前秦国流行已久的牲畜陪葬历史，秦国对戎作战的一个新时代，伴随秦武公的离去即将到来。

如果从公元前 11 世纪失姓亡国的嬴秦部族来到渭河上游天水境内算起，秦人与西戎的争斗已经持续了 500 多年了，太多的鲜血浸染了秦人艰难生长的道路，也历练了秦人坚强的筋骨和视死如归的意志。现在，关山以西的秦人老家风平浪静，关中渭河流域已经归入秦国版图，把守在遥远边陲的县，让已经收复的边邑安宁无事。先于秦穆公即位的两位兄长秦宣公和秦成公，沉醉在先王创造的安宁盛景中无所事事。然而，在边境之外，西戎的战马还在嘶鸣，狄戎沾满血迹的弯刀还在秦国西部、北部和东部边境线上空嚯嚯作响。

秦国和西戎的战斗远远没有结束。

伯父秦武公去世十五六年后，秦穆公从两位无所作为的兄长手中接过了引领秦国开地千里、独霸西戎的权杖。

这时，中原各国已经进入重新瓜分天下，相互蚕食，谋求霸业的春秋时期。

登上王位之前早已对秦国前景成竹在胸的秦穆公非常清楚，秦国要从东方诸国那里分到一份残羹，最要紧的事情是先处理好自己家门口的事，把狄戎问题彻底解决，让广袤的西垂大地连成一片。有了辽阔的国土，有了强大的军队，黄河的涛声，才会为秦人挺进中原的铁骑欢呼咆哮。

西戎，是对生活在秦国西部和北部的少数民族的泛称。据司马迁说，当时生活在秦人西方的戎族有百余个部族。这些尚处在游牧社会的部族居无定所，聚散无常，善骑射，剽悍凶猛。如果不将这些来去无常的势力清除，秦人一旦向东推进，他们随时都可以骑马南下，让秦国腹背受敌。

公元前 659 年，秦穆公一即位，就着手处理阻挡秦国东进的障碍——盘踞在陕西和山西交界处山西平陆境内的茅津戎。

应该是在登基典礼结束后不久，秦穆公再一次登上雍城东门，极目东望，关中大地庄稼茁壮，秦岭山脉云雾缥缈。秦穆公的思绪随着蜿蜒的秦岭向东，耳边就响起了声如擂鼓的黄河波涛。他知道，秦人要越过黄河，进入中原，有一个地方是必须攻取的，那就是黄河上的重要码头——茅津渡。

作为黄河三大古渡，茅津渡在春秋时期大概仅仅是一个可供行人渡过黄河的普通码头吧？然而，就是这个普通码头，却是从陕西到山西最便捷的通道。如果从茅津过了黄河，秦人不仅可以北上山西，还可以东进周王室洛阳。但茅津渡一带活动的几支戎人，一直是秦人东进路上除黄河天堑外的又一个巨大障碍。

茅津戎不灭，秦人霸业难成！

主意拿定后，秦穆公一身铠甲，挥戈上马，带领斗志昂扬的秦军从雍城出发了。

征伐茅津戎的战斗大概进行得非常顺利。司马迁在记述这次战役的时候，仅仅用了"缪公任好（秦穆公）元年，自将伐茅津，胜之"寥寥数语。

清除茅津戎，不仅扫除了秦国东部边境最后一支戎族边患，更重要的是让秦国获得了黄河渡口的控制权。此后，秦晋交好，秦晋交战，以及秦人挥戈东进，就可以从自己家门口扬帆渡过黄河了。十九年后，秦穆公通过茅津进入晋国，取得讨伐晋国的韩原大战胜利后班师回朝途中，还忘不了顺便将东部边境上曾经在秦武公时期主动朝拜秦国的两个小国梁国和芮国收入囊中。

在东面，再向前挺进，就已经很接近周王室的都城洛阳了。在各种情势都不利于秦国加速向东扩张的形势下，秦穆公自然不会贸然践踏虽然名存实亡，但毕竟每个诸侯国面子上还要遵守的与周王室之间的君臣关系。秦穆公清楚，秦国当前最大的敌人，还是西部戎族势力。曾经盛极一时的西周，就是被这些分如一盘散沙、聚则坚如磐石的西戎击败的。只有彻底将西戎赶跑，秦国才能腾出手来淬炼国土东扩的利剑。

征伐茅津戎和后来清除武功县境内的陆浑戎，仅仅是秦穆公从根本上解决西戎问题的尝试和实战演练。秦武公时代，秦国在边境设立的县虽然在巩固边防上发挥了至关重要的作用，但在甘肃西部和关中西北部众多戎族部族还在聚合、壮大。这些当时尚处于氏族社会末期的游牧民族于月圆之夜围拢篝火载歌载舞、祭天拜月的尖啸声，仍然是秦穆公最大的心头之患。

黄河西岸的土地，已经是秦穆公巡游车辇任意穿行之地。

这位自秦非子以来最有野心，也最有作为的秦国国君，一边等待时机，一边厉兵秣马，仔细盘算着向西部狄戎发动总攻的计划。秦穆公在想，这次秦国对西戎的战争不同以往。过去的征讨，是握起拳头追打流落在荒原上的狼；而这一次，他要深入狼窝，与狼群展开殊死交战。没有十分的把握，不能一拳将狼赶跑，极有可能把一群狼激怒。一群狼集中起来，秦国的麻烦就大了。尽管多年来，在关中一带秦国消灭的戎狄残余部族已经在渭河冲积而成的关中平原定居了下来，关中温润的气候，优越的自然条件，已经让他们放弃鞍马，游牧民族强悍善战的本性已经丧失殆尽。但居住在陇山以西的西戎则不同，他们仍过着逐水草而居的游牧生活，刚烈骁勇，剽悍且杀掠无度的传统，依然在血管里燃烧。

要啃硬骨头，必须先磨好自己的牙齿，并且找准下手的机会。

历史上的西戎，并非关山以西的土著，他们大都是从今甘肃以西和蒙古高原甚至更遥远的西方迁徙而来的西方民族。周礼治天下的西周王朝，就是被这些当时还处于群居时代的戎狄赶出关中的。到了秦穆公时代，活动在秦国西方的戎族林林总总，还有上百个部落。其中势力较为强大的，有居住在今甘肃省天水市麦积区东部渭河北岸的绵诸戎、活动在甘肃宁县的义渠戎和陕西大荔东的大荔戎。三股西戎部落的领头羊中，绵诸戎不仅距离秦人在西汉水上游的老家最近，而且在诸戎中率先称王，在西戎各部落的影响力和号召力最大，对秦国威胁也最大。

打蛇先打头。秦穆公鹰隼般的目光，首先盯上的就是绵诸戎。

长期与秦人为敌的西戎也很清楚，秦国这位已经将关中境内戎族扫荡干净的秦穆公，下一步肯定要将锋利的矛头指向与西垂紧紧相邻的西部戎族，只是秦国在边境设县后，西戎军队出入秦国领土，已经远不及过去那么方便了。秦国目前实力如何，秦穆公在对戎政策上有何考虑，西戎方面一无所知。

这一年，绵诸戎王派由余来到雍城，名义上是朝拜秦穆公，实际上是充当间谍，考察秦国国家实力。

由余是轩辕黄帝后裔，他的先祖是晋国人，后来为躲避战乱来到了天水。绵诸戎从遥远的西方来到天水后，由余成了绵诸王的谋臣。

一脚踏进雍城，由余肯定也为离开西垂仅一百余年的秦人新建都城的豪华与璀璨惊讶过、慨叹过。然而，当秦穆公向他炫耀雍城的宫殿珍宝时，由余却很有些嘲讽意味地对秦穆公说，这么辉煌的宫殿，这么精美的奇珍异宝，要鬼神制造出它们来，也很劳神费力的，如果让老百姓做这些事，不知道老百姓要受多大的苦难。作为一国之君，你要这么奢侈华丽的东西做什么？

由余的观点，让秦穆公感到费解。秦穆公反问由余说，王宫和珍宝是王权的象征，它代表了一种法度和等级制度。中原华夏各国治理国家，靠的就是诗书礼乐制度。即使这样，要治理好一个国家也很难。你们狄夷没有典章制度，要把国家治理好岂不更难？

由余反驳说，问题恰恰就出在这里！上古圣人黄帝创立了礼乐法度并身体力行，也不过实现了短暂而有限度的太平。黄帝以后，历代君王自己骄奢淫逸，却用他们制定的法律制度压制百姓，让百姓接受他们的奴役和监管。老百姓忍无可忍时，就会对君王产生怨恨情绪，而君王也会因为他的子民不遵守他制定的法律制度怨恨百姓。这样恩怨结得多了，就会出现篡权杀戮，甚至灭绝家族的事端，这些都是礼乐法度惹的祸端。而我们戎族则不同，我们的君王用仁德之心对待臣民，臣民也用忠信之心侍奉君王，整个国家从上到下，就像一个人支配自己的身体一样协调，没有必要了解是什么治理方法。这才是真正的圣人治理国家的方法。

由余一番话让秦穆公大为震惊。他没有想到，在荒蛮落后的戎狄，竟有如此见解独到、思想深邃的圣贤！

　　见过由余，一向自信的秦穆公立即对自己征讨西戎的计划多了许多忧虑。他在想，如果不将由余这样的人吸引到秦国，不仅是秦国的损失，更是秦国征伐西戎的一大障碍。

　　和大臣商议后，秦穆公决定采取离间之法，把由余吸引到秦国来。

　　在与由余的交谈中，秦穆公了解到绵诸王多疑，就在各种场合赞美由余，并有意将他对由余的溢美之词散布出去，设法传进绵诸王的耳朵。秦穆公还在与由余的交谈中了解到，绵诸王有一个致命的弱点——好色。

　　按规定，由余早该启程返回绵诸了。但秦穆公一方面千方百计拖延由余的返回日程，想方设法让由余多在秦国停留些时日；一方面从全国选拔一群年轻美貌、能歌善舞的女乐，派人翻过关山，专程送给绵诸王，并说这些美女和音乐是秦王对绵诸王的一点心意。秦王对由余的才华非常赏识，希望由余能暂时陪伴秦王一些时日，过些日子，就会返回。

　　绵诸王虽然对从各方面传来的秦穆公对由余的赞美和由余长期滞留秦国颇为不快，但眼前貌若天仙的秦国美女和大帐里回荡的美妙如仙乐的秦国音乐，让他无暇思考秦国挽留由余的真正意图。原本常年驰骋在马背上，沉迷于杀戮和掠夺的绵诸王的精神和肉体，顿时被秦国美女顾盼生辉的皓眸和缠绵舞姿击倒了。

原本逐水草而迁徙的王庭大帐，日日夜夜被歌舞声和欢笑声淹没。绵诸王一手举着酒杯，一手拥着美女，看这些花容月貌的美人跳舞唱歌。喝醉了，看累了，绵诸王大手一挥，就有美女陪他寻欢作乐。这种胜似天仙的生活，让绵诸王将征伐和游牧之事抛到了九霄云外。锃亮的马镫生出了绿锈，无所事事的部属也学着大王的样子饮酒作乐。冬天来了，本该迁徙到别处放牧的牛羊，被成群饿死、冻死，绵诸王全然无暇顾及。

待秦穆公将由余放回绵诸时，国内牛羊已经死了大半。王庭内夜夜笙歌，根本无人打理朝政。由余心焦如焚，劝谏绵诸王说，秦兵的利剑已经指向西戎，为了部落利益，请大王放下怀中美女，废除使人斗志消弭的秦国音乐，带领子民横刀立马，回到草原上去。

绵诸王早已对由余长期滞留秦国疑窦丛生，哪里舍得放弃这种胜似天仙的生活。面对滞留秦国久去不返的由余，绵诸王勃然大怒，拍案呵斥说，谁如果再提秦军来犯之事，立即将他射杀。

由余知道，秦穆公精心设计的离间之计已经奏效，绵诸王已经无药可救，西戎的末日就要到来了。追随绵诸王多年的由余在万念俱灰之际，被迫逃离西戎，投入秦穆公的怀抱。

一到雍城，秦穆公立即提升由余为上卿，共同商讨征伐西戎之事。

公元前 623 年，根据由余设计的作战方案，秦穆公亲自率领大军从关中出发，掉头西进，向西戎发起突然袭击。

秦军攻入绵诸戎王庭时，绵诸王还在大帐中烂醉如泥。秦军不费吹灰之力，就将西戎阵营中的领头羊荡平。秦穆公大旗一挥，秦军乘胜追击，一鼓作气又消灭了二十多个西戎小国。

绵诸王被俘，陇山以西诸戎兵败如山倒的消息迅速传遍秦国西部广袤的草原，尚未遭遇秦军攻击的西戎部落如惊弓之鸟，立即沿着当年东进路线，向西方和北方仓皇逃窜。

西戎之患从此彻底解除，秦国国土一下子从东面陕西、山西交界处的黄河之滨拓展到了南至秦岭，西达甘肃临洮，北至宁夏盐池的广大地区。整个中原以西的广袤大地，成了秦穆公放牧战马的牧场。

西戎残部逃离秦国西部后，一路打马狂奔，抵达亚欧大陆，后来融入了欧洲。西戎部族的大部分，早年就是来自西方的游牧民族。我们无从知晓这些西方民族是从什么时候开始来到东方，与中国西北少数民族融合并在这里扎下根的。现在，在秦穆公的刀戈追击下，这些走投无路的游牧部族，如惊弓之鸟四处逃窜，并在自感无处藏身之际，只好凭借祖先口头流传下来的故事，一直向西，再度回到他们遥远而陌生的故乡。毕竟，他们与秦人既邻又敌的日子太漫长了，秦人顽强而旺盛的生命力，以及秦穆公诛灭戎狄时让大地震颤的马蹄声，留给他们的印象太深了。以至于这些部族在逃回西方好几个世纪后，他们的后裔在讲述自己种族的来源和历史时，还念念不忘地不断重复着一个东方国度的名字："赛尼""希尼"。

从此，秦国、秦人的影响，因为战争，以及贸易中西戎的迁徙、流动，传遍西方世界。成书于公元前四五世纪的古波斯弗尔瓦丁神赞美诗称中国为"塞尼"，古希伯来称中国为"希尼"，其实都是"秦"的音译。

公元前 7 世纪末叶，秦国已经成了西部世界名副其实的霸主。凯旋雍城后的秦穆公尖利的目光，又一次投向了黄河浪声汹涌的中原大地。

中原大地在这位西部霸主的刀光剑影下，感受到一种前所未有的震慑，秦国从此将以一个全新模样登上春秋争霸的历史舞台。

对此，秦穆公充满信心。

渭／河／所／谓

WEI HE SUO WEI

黑色的朝服

———

这位身着黑色朝服的少年登上国君宝座的那一刻，内心充满了堂堂秦国不被中原各国重视的屈辱和仇恨。登基大典上，面对群臣，秦孝公发出了"诸侯卑秦，丑莫大焉"的怒吼。

这是 2008 年，我为康建宁执导的纪录片《大秦岭》撰写的解说词中，安排秦孝公出场时的一段话。

秦人尚黑色，大概应该是从秦文公出猎开始被固定下来的一种文化元素吧？当年，秦文公来到宝鸡，在秦岭山中狩猎时捕获一条黑龙，秦文公马上就联想到了自己部族的图腾玄鸟也是黑色的，认为这种黑色从阴阳五行来看主水德，是上天赐予的大吉大利之兆。于是，官员穿黑色朝服，军队擎黑色大旗、穿黑色军服，就成了秦国的"国家颜色"。

公元前 361 年，即将对秦国未来前途产生重大影响的国君隆重出场，自然是要穿这种浸透着厚重肃杀的铁血之气的朝服的。

秦孝公继任国君时刚刚 21 岁，正值青春年少，血气方刚。

他的父亲秦献公看到了秦国自我封闭，抱残守缺，内忧外患的危机。然而，先王的革故鼎新才刚刚开始，秦献公走后，留给儿子孝公的事情还很多。面对黑压压挤满大殿的王公贵族，秦孝公登基时慷慨陈词的就职演说，多少显得有些激动、冗长。

秦孝公目光炯炯，声情并茂地回顾秦人入关后起落沉浮的经历。

秦僻在雍州，不与中国诸侯之会盟，夷翟遇之。孝公於是布惠，振孤寡，招战士，明功赏。下令国中曰："昔我缪公（穆公）自岐雍之间，修德行武，东平晋乱，以河为界，西霸戎翟，广地千里，天子致伯，诸侯毕贺，为后世开业，甚光美。会往者厉、躁、简公、出子之不宁，国家内忧，未遑外事，三晋攻夺我先君河西地，诸侯卑秦，丑莫大焉。献公即位，镇抚边境，徙治栎阳，且欲东伐，复缪公（穆公）之故地，修缪公（穆公）之政令。寡人思念先君之意，常痛于心。宾客群臣有能出奇计强秦者，吾且尊官，与之分土。

看来，这位没有多少特殊经历的国君，下决心要闹出大动静。

为了网罗治国之才，秦孝公将自己的就职演说作为一份特殊的求贤诏令，颁布全国，公告天下。

与东方诸国寡于交往时间太久了，秦国落后于别的国家太远了。要大刀阔斧改革，要让秦国在他手里发生巨变，恢

商鞅雕像

复过去的荣光，第一要务是人才——把有胆有识、敢作敢为的有用之才吸引到秦国来。

颁布了求贤令，秦孝公首先要用实际行动让国人相信他的能力和决心。

变法改革是长远之计，要鼓舞国人士气，最直接的办法就是战争。

秦孝公的第一刀，刺向的是被魏国占领的今河南省三门峡市陕县的陕城。围攻陕城胜利后，秦军乘胜前进，调转矛头，向秦穆公之后反扑而来的戎族发起进攻。年轻的秦国国君即位，不仅发出了奋发图强的铮铮誓言，而且在东出西进的攻伐战场频传捷报，周天子开始用心思忖，秦国再次走向复兴的时间指日可待了，赶紧为这位年轻的秦国国君送上祭祀用的腊肉表示祝贺。

秦孝公登台亮相的第一步棋取得了成效，但秦国的蜕变，还在等待一个人的到来。

这个人就是卫国人商鞅。

到处碰壁的商鞅在遭受一次又一次打击后，于秦孝公求贤令颁布四年后，姗姗来到秦国。

迟了就迟了。秦孝公毕竟苦苦等了四年，才等来了他。哪怕等到老，秦国非变法不可了，在父亲秦献公之前，魏国利用李悝、楚国起用吴起图强变法，先后成了战国七雄中的老大。秦国如果还按部就班维护旧制，不仅仅要被动挨打，被东方诸侯吞并也是迟早的事。

到了秦国，商鞅被大臣景监推荐给秦孝公时，还没有弄清楚这位急于革故鼎新的君王的心思，所以商鞅前两次口若悬河地大谈帝道和王道时，秦孝公满脸失望，差一点将商鞅开除出局。直到第三次，商鞅向其讲起"强国之术"的王道，秦孝公几近熄灭的希望之火，才突然被点燃。

一场在父亲秦献公手里未完成的事业，将由秦孝公来完成。

一场摧枯拉朽的革命开始了。

秦穆公之后，秦国这架吱吱呀呀、浑身是病的战车，终于要开始一次从里到外脱胎换骨的大修理了。

秦国沿袭三四百年的旧制度毛病太多，需要变革的内容也太多了。

秦孝公和商鞅大概也清楚无粮不稳这个道理，所以再一次将解决国人和军队的吃饭问题，放在第一位。要称雄天下，首先要有粮食。当时的秦国虽然拥有广袤肥沃的关中平原，但人稀地广，大片土地荒芜。秦孝公和商鞅首先颁布诏令，废除井田制，开拓阡陌，扩大种植面积，将过去分封给贵族的国有土地上的界桩、标注去掉，实行土地私有制，鼓励开荒拓田。作为加强农本思想的强制手段，实行重农抑商、奖励军功的政策。

变法诏令一颁布，关中平原骤然间就变得热闹起来了。

过去被分割成块的土地连成一片，荒芜的土地种上了庄稼，荒山荒坡和新开垦的山间林地稻黍飘香，人欢马叫。

不论出身，无论国界，随便哪个国家来的人，只要你想成为秦国农民，不仅可以随便在秦国领土上开垦种田，而且生产粮食和布帛多了，还可以免除劳役和赋税。

如此优惠的政策，不仅让秦国本土国人甩开膀子拼命劳作，而且吸引不少邻国百姓也到关中开荒种田，淘金创业。大批来自敌国魏国、赵国等国的流民，纷纷涌入关中东部，进行农业开发。粮食收获的季节，八百里秦川大地泛金，谷物飘香。沉醉在丰收景象中的秦孝公乘坐车辇，行走在丰收在望的渭河两岸，内心充满了喜悦。

秦孝公庆幸自己遇到了商鞅这个人，更庆幸秦国的勃勃生机还在。

然而，要让秦国真正恢复元气，成为一个大国和强国，不仅要富民，更要强国。接下来，秦孝公支持商鞅继续往前走，在富民强国之路上加快步伐。统一度量衡的经济改革，以及包括奖励军功，重新制定爵位制，废除世卿世禄制，改革户籍制，实行连坐法，全面推行县制，焚诗书，制定《秦律》，等等，一系列政治改革也全面推开了。

重农抑商、奖励军功措施出台后，摆在想出人头地的秦国人面前的道路只有两条：要么好好种田，发家致富；要么杀敌立功，跻身贵族行列。更多的人则在什五连坐户籍监督制约束下，只有奉公守法，做一个良民。

眼看国库一天天殷实，士卒斗志一天天高涨起来，国力一天比一天强盛起来，秦孝公开始思考秦国更长远的前景了。

变法刚刚开始，秦国就摆脱了持续三百多年颓废、衰败的阴影。如果商鞅的变法措施实施十年、二十年，秦国会是怎样一种情形呢？一统天下，在当时秦孝公心中或许也只是一个背影朦胧的幻象。然而，面对商鞅变法为秦国带来的新气象，秦孝公已经明晰地感觉到，秦国军队理直气壮地越过阻绝秦人数百年梦想的黄河，纵马中原，已经是不太遥远的未来了。

如果东出函谷关的时日即将到来，那么就得及早考虑选择既有利于坐拥秦国，俯视天下，又便于富国强兵，挥戈东进的新国都。这个时候，商鞅已经是秦孝公最为信任的左庶长了，秦孝公和商鞅商议迁都问题时，两人的战略思考不谋而合。

当初，秦孝公父亲秦献公迁都栎阳，是为了对付魏国。现在魏国在秦国威慑下，已经将国都迁往开封。秦国在收回

渭河所谓

黄河西岸的土地后，下一个目标是突破函谷关，挺进中原。而栎阳在渭河以北，偏离秦人苦心经营数百年的关中平原中心区，无论从东进战略，还是富国强兵国策来讲，都已经不适合做初显大国气象的秦国国都。

秦孝公将目光从关中平原东部收回来，向西瞭望，故都雍城东，新都栎阳西，渭河北岸紧依在渭河和黄土高原之间的一个地方，让他怦然心动。

这个地方就是咸阳。

几乎就在秦孝公的意识与咸阳相遇的一瞬间，他的内心骤然间变得一片澄明，似有神明指导。秦孝公凝目瞭望，咸阳身后高隆平坦的高原后面群山绵延，如一座坚实浑厚的靠背；渭河对面秦岭如障，莽莽苍苍，遮天盈地；紧邻开阔的咸阳一带，滔滔渭河逶迤东去，从距函谷关不远的潼关附近涌入黄河；渭河和秦岭之间，是关中出入函谷关的通衢大道；渭河两岸，辽阔的关中平原稼穑茁壮，富裕丰饶。

这里是天赐的建都息壤！

如果有朝一日挥师东进，秦军既可以从陆路进击，也可以从都城门口扬帆渭河，直抵函谷关。坐镇富裕的关中平原中心，战时可及时调配军队所需，守时周边物产也可保证国库殷实。

公元前350年，秦孝公做出了秦人迁都史上最重要的一次迁都决定。

伴随着咸阳城的崛起，在变法中强大的秦国让热衷于中原争霸的东方各国突然感到，一股逼人的阴森之气自西方呼啸而来，让人不寒而栗。多少年了，齐、楚、赵、魏、韩等国忙于杀戮，抢占人口和地盘，竟久久忽视了曾经长期被他们比作戎狄蛮夷的秦国的存在。当他们的神经被来自函谷关以西的腾腾杀气惊醒的时候，一切已经晚了。秦国已经脱胎换骨，从一个曾经身心衰竭、手无缚鸡之力的垂暮之人，突然变成一位身躯魁伟、魂魄逼人的强壮武士了。

战国时期是一个弱肉强食的时代，国力强盛，可以任意横行，想教训谁就教训谁；而一旦国力衰退，在战场上拼杀不过对方，低下头来臣服或者忍气吞声请求和谈，是无力在这个乱世生存的国家的明智选择。

秦孝公第一次出手，以武力显示新政后的秦国实力，选择了当时武器装备最精良的韩国。秦军首战告捷后，曾经是宋、卫、韩、鲁诸国盟主的魏国国君魏惠王不得不放下身价，亲自跑到澄城拜见秦孝公，请求与秦国结盟，并开始在今内蒙古一带修建防御秦国进攻的长城。

一个一百年前可以在秦国国土上任意出没的诸侯国，不得不以和谈和修筑防御性工事防范秦国了！这是让当年收留流亡魏国的秦孝公父亲公子连的魏武侯，做梦都没有预料到的结局。

从秦简公开始，魏国就是秦国的头号敌人了。一百年来，秦国东部边境被魏国搅得支离破碎，几近连关中腹地都被魏国攫取。所以，要秦国与魏国媾和，是件很难让秦孝公心悦诚服的事。但碍于情面，更是为了便于向世人显示秦国威势，秦孝公给了主动上门会盟的魏惠王一个面子。

然而，澄城会盟后的第二年，秦孝公瞅准机会，在魏兵围攻赵国都城邯郸之际派兵从后面包抄魏军，并攻下魏国都城开封。元里之战的第二年，已经升为大良造的商鞅乘魏、赵、齐、楚混战，再次攻克魏国旧都安邑，并越过魏长城，歼灭魏国固阳守军。

魏国本来已经向秦国主动做出了和好的姿态，却连遭秦国背后捅刀，既丢了面子，又窝了一肚子火，便联合宋、卫、邹、鲁等国，准备以周天子名义联合攻打秦国，报一箭之仇。而这时，秦国的变革还在进行，与魏国决战的时机尚不成熟，秦孝公就派商鞅到魏国游说，拖延时间。

当年，商鞅四处奔走推销自己时不被魏惠王重用，曾在魏相公门下做过一段时间家臣，很清楚这位好大喜功的魏惠王千方百计笼络诸侯国的目的，无非是想过一把称王的瘾。所以见到魏王，商鞅对魏惠王说，魏王有这么大的功劳，完全可以做号令天下的王了，但大王现在仅仅统领十二个诸侯国，是很难王于天下的。魏王要真正称王，除了号令宋、卫、邹、鲁等小国外，北面还要争取燕国，我们秦国也很愿意推举魏王为天下之王。有了这些国家的支持，大王就可以先穿上王服，然后率领大家吞并齐国和楚国了。

已经被称王的渴望冲昏头脑的魏惠王哪里知道，商鞅一是为了拖延魏国进攻秦国的时间，二是为魏惠王设置了一个让他最终将无地自容的陷阱。在商鞅的劝诫下，糊涂的魏惠王竟"广公宫，制丹衣，旌建九斿，从七星之旞"（《战国策·齐策五》），"乘夏车，称夏王，朝为天子"（《秦策四》），并召集宋、卫、邹、鲁等十二国在河南开封附近的逢泽开会，俨然以天子身份自居。

战国后期，周王室虽然已经气息奄奄，但作为王权象征，周天子才是各诸侯国公认的王。魏王的狂妄自大，自然是楚国和齐国所不能容忍的。魏惠王要称王，楚国和齐国不答应，魏惠王便将进攻的矛头立即从秦国转向了楚国。

让魏国和楚国好好闹吧，秦国正好利用商鞅争取来的时间磨刀。

两年后，魏国又卷入与齐、宋、赵等国的战乱。齐国的田忌、孙膑在马陵击败魏军，魏军在溃退途中又陷入齐、宋两国重围。

秦国乘势出击，重创魏军。

秦国的突然崛起，让东方诸国震惊，也让周王室刮目相看。公元前 343 年，周天子把诸侯之长方伯这个名称送给秦孝公。从此，秦国不仅可以凭借自己的实力开疆拓土，而且可以在众多诸侯国中挺直腰杆说话了。

公元前 340 年，齐国和赵国再次联手伐魏。

眼看魏国末日将至，秦孝公再次派商鞅率兵从西面向魏军发起进攻。

这次战争，是魏国存亡的决战。魏国派出强大的军队，由公子卬亲自指挥。面对阵容强大的魏军，商鞅再次采用不光彩的手段，诱骗公子卬到秦军军营饮酒叙旧，乘机活捉公子卬，将魏军打得大败，魏国被迫将黄河以西大片土地割让给秦国，与秦国讲和。

一个强大的魏国，就这样被还在改革中发展的秦国彻底击垮，一蹶不振。而秦孝公却在一手整治内政，一手实施改革的同时，将秦国以煌煌大国的形象，推上了群雄争霸的舞台。

庆祝伐魏大捷的庆功宴上，秦孝公仍然是一身泛着幽光的黑色朝服。挤满大殿的文武百官，也是清一色的黑色礼服。那黑色像铁，也像青铜的颜色，闪烁着厚重的幽光。秦孝公预感到，从现在开始，秦国将以前所未有的凌厉之势，与经过三百多年的诸侯争霸，最终分化并重新组合的齐、楚、燕、赵、魏、韩六国共同参与瓜分天下，重新调整利益关系的争斗。

而且，在下一轮的争霸斗争中，秦国这铁血浸染的黑色战服和战旗，将是征服和主宰天下的象征和标志。

黑色朝服在秦孝公身上潇洒地飘舞、自信地摇曳着，像一种暗示或征兆。

几十年前，行走在秦人故地关中和天水大地，在寒冷的冬季，我看见两千多年前秦人走过的地方，这种颜色凝重的黑裤子、黑棉袄、黑布鞋，还在渭河与秦岭之间这块积淀了秦人历史与梦想的土地上闪现、跃动……

渭／河／所／谓

WEI HE SUO WEI

行进中的都城

长期与戎狄相处杂居的秦人，血统里早已浸透了西北游牧民族的血性与刚烈。进入关中之前，他们平日的生活习惯，大概与戎狄差别并不大。

对于一个出身高贵的东方民族来说，要习惯这一切、接受这一切，并不是一件容易的事。但在狼群里生存，必须比狼更熟悉和了解狼的优点与缺点。在关山以西的那几百年岁月里，秦人就是抱着这样的想法，忍住泪水和伤痛，慢慢忘记了东海之滨老家的炊烟屋舍，渐渐习惯了赶着成群的马匹和羊群，在西汉水上游和渭水上游不断袭来的西戎部族强悍残忍的刀戈利刃下顽强生存下来的。

就像他们的先祖在东方时知道自己的祖神在西方一样，到西方几百年后，嬴秦部族的每一个人从未忘记自己的老家在东方。但在非子受封秦地之前，秦人所有的精力，只能用来求生。直到公元前890年非子获得秦地封邑之后，在周王室心目中地位节节提升的秦人，才随着一座座都邑迁徙行进的脚步，开始了向中原挺进，向东方进发的梦想。

殷商末年，被作为战败俘虏和奴隶流放到渭水上游的嬴秦先祖，先聚集在渭河上游秦岭支脉朱围山，后又移居西汉水上游礼县大堡子山附近的西犬丘一带的时候，既没有能力也没有权利建设自己的都邑。但那里以及天水境内的渭河谷地，是他们的生存之根，求生之地。在默默忍受和等待中，他们多么希望在水草丰美、气候温润的秦岭北坡和关山草原，建设自己永久的家园啊！

等待和渴望是需要时间来完成的。

公元前 890 年，秦人先祖来到西垂三百多年后，非子为周王室提供的膘肥体健的战马，不仅洗刷了这个失姓亡国的部族从一代贵族降落到奴隶的屈辱，而且第一次获得了一座属于秦人自己的都邑——秦亭。

关于非子所建秦人第一处都邑的位置，过去学术界一直有两种说法，一种说法是在关山以东宝鸡境内的千渭之汇，一种说法是在关山以西天水境内张家川回族自治县境内张川镇附近的瓦泉村。然而，近年来由甘肃省文物考古研究所会同陕西省文物考古研究所、中国国家博物馆、北京大学考古文博学院和西北大学文博学院组成的秦文化考古队的考古发现证明，位于清水县境内渭河支流牛头河畔的李崖遗址，极有可能就是秦非子受封后建立的都邑秦亭。

无论众说如何纷纭，秦人第一座有名号的都邑叫秦亭，则是确定无疑的。

千渭之汇我是去过的。那里现在是平坦的农田，宝中铁路就从当年水草肥美的千河与渭河交汇处穿行而过。面对与

八百里秦川连为一体的平畴沃野，我怎么也想象不出2900多
年前牧草茫茫、牧马成群的景象。而位于清水县城边上的李
崖，地处牛头河中游，逆牛头河而上，既可抵达关山，亦可
越关山进入宝鸡境内的陇县。而且牛头河上游的山巅高岗，
至今尚有起伏绵延的高山牧场，从清水县冯河草原翻过山梁，
就是如今牧草茫茫的关山牧场。同时，在牛头河上游至今还
有秦亭镇、秦亭村、秦子梁等与秦人有关的地名。按照朱中
熹先生的观点，非子最初的封邑秦亭，应该在宝鸡境内千河
和渭河交汇处的千渭之汇，随后出于战略上的考虑，才迁移
至天水境内的。

秦人刚刚得到秦亭的时候，身份还仅仅是周王室的牧马
人，老家和本部还在陇山以西的天水、礼县一带，非子将秦
邑从远离祖居地的宝鸡迁至天水，不仅合情，而且合理。那
时候的秦人，大概还没有想到自己这个在狼群中生存的部族
的将来会是怎么样的吧？所以非子此次迁移，应该只是一次
既着眼于现实，又着眼于未来的战略退却。

秦亭不仅让秦人有了一座属于自己的城邑，更重要的是这
支被剥夺宗姓的部族，终于重新获取了祭祀先祖白帝的权利，
而且有了一个属于自己的姓氏——秦。

在迷雾隔阻的茫茫时空中，秦非子的面目一直模糊不清。

从零碎涣散的历史碎片里，我们甚至只能想象这位秦人的开宗先祖，只是一位出色的牧马人。但对于秦人的过去和未来来说，他带领扬鬃奋蹄的烈马驰骋在关山一带的时候，矫健的马蹄下已经有一条宽广的道路，在杂草与迷雾中悄悄延伸、拓展。秦亭，这座在当时或许仅仅就是一座城堡，或者仅仅是一个可以供一部分族人聚居的聚落，就是这条通天大道的起点和开端。

2008 年秋天，西汉水上游大堡子山一带刚刚破土的麦苗一片翠绿。温暖秋阳照耀下的大堡子山一带天空高远，静谧安静。我陪同谢冕、林莽来到大堡子山的时候，又有几座秦人早期古墓被发现。其中一处已经搭起巨大保护棚的遗址上，宏大的建筑遗迹清晰可见。礼县文博部门的同志告诉我，那里可能是一座巨型仓库遗迹。遗址周围这片山包上，就是当年发现了数以百计的先秦古墓的地方。

那么，当年的西垂宫是不是就在大堡子山上呢？

从公元前 11 世纪初来到西汉水上游，秦人就一直生活在以大堡子山为中心的西垂或西犬丘一带。如果从实际意义上来说，西垂宫应该是秦人最早的都邑了。但非子以前，身为奴隶的秦人还没有建立自己都邑的权利。所以西垂这个秦人的祖脉之地，还在等待一个名分，一种机遇。

公元前 9 世纪上叶，秦仲和秦庄公父子在协力替周王室抵御清剿西戎的过程中，政治地位节节提升。秦人的身份从牧马人转而成为西周王朝的西部边疆卫士，并再一次获得了在西垂建都封邑的礼遇。在秦仲的儿子秦庄公被封为西垂大夫之后，秦人终于可以在埋葬了几代人遗骨的西犬丘建立自己的城池了。

在天水境内自东到西，秦人有了关山西侧的秦亭和西汉水上游的西垂两个都邑。这两座城邑就像两个相互守望的巨人，在关山与渭河之间默默注视着四周群戎虎视眈眈的秦人故园。

几千年之后，秦亭终于从浩荡黄土下露出真容，而在秦始皇咸阳登基前一直是秦人精神和灵魂终极之地的西垂——那座曾经辉煌而庄严的西垂宫，却至今踪迹难觅，扑朔迷离。

西垂都邑建立之后，秦人将政治和文化中心再次西移，迁移至远离关山和秦亭的西汉水上游。但秦人觊觎关中的梦想，却在都邑一次又一次退却的迁移中不断成长。

秦襄公是秦人在西垂生活时期最有作为的一位国君。

公元前 770 年，在救周王室于危难中获得诸侯爵位后，秦襄公虽然仍然居住在西垂，但领兵救驾获周天子口头封赐的岐沣之地，已经让他大喜过望。再加上长期在群戎包围中的日子，总归要有个尽头的，更何况跻身诸侯之后的秦人要发展壮大，就必须越过关山，走向更广阔的天地。于是，秦襄公在即位后做的第一件事，就是在清剿通往关中道路上的西戎的同时，将第三座都城的选址方向向东推进。

这一次，秦襄公将国都选在了关山东麓宝鸡境内的陇县。

天水境内的清水、张家川和宝鸡陇县，是莽莽关山通往关中的东西关口。秦襄公在今陇县县城东南附近、千河上游的磨儿塬，建起了秦人通往关中的第一座都城——千邑。

长期蜷缩在关山以西秦岭山区的秦人，双脚终于踏上了曾经是周王室京畿之地的关中西缘，一个新时代的大幕，随着秦襄公在新都邑城墙上秦字大旗的升起徐徐来临。

虽然，伴随着秦文公东猎的脚步声，千邑在经历短短十多年荣光之后，很快就被更接近关中平原的陈仓城所替代，但这座小小的山间小城，却是让秦人梦想变成现实的跳板和桥梁。通过这座桥梁，秦人将都城步步推进，将指向东方的利剑，淬炼得寒光四射。因为秦人都城的每一次迁徙，都是在与西戎绵绵不断的战争中完成的。在关山左右，在关中平原上，秦人一次次迁都，犹如一场场步步为营的战斗。秦人每一次迁都，都伴随着对戎族势力的一次大消弭，而标榜着这支来自西垂边地的部族的一次大扩张。

秦人用青铜铸就的刀戈，让都城一步一步朝关中腹地推进的时候，远在函谷关以东的周王室却一天天走向衰微，中原其他诸侯国也还不曾意识到这个偏居西部的小国，会在群戎杂生的环境中以这么快的速度成长、壮大起来。

战争和磨难，是锤炼一个民族最好的老师。

离开了西垂老家，秦人再一次陷入了，一边要与戎狄作战，一边要在关中站稳脚跟的状态之中。要生存，要发展，秦人就得用让都城步步逼近的方式，将戎狄逼走，把自己的地盘扩大。

公元前 716 年，一代明君秦文公在陈仓城去世之际，这位胸怀高远的国君已经让岐沣之地变得空前繁荣。然而，周王室东迁后乘机而入的戎狄，还阻挡着秦人继续西拓东进的步伐。遍布在岐山东面和西面的西戎据点，依然威胁着这个刚刚在关中落脚的部族。

根据文公遗愿，刚刚继位的秦宪公将秦文公遗体运抵西汉水上游祖邑大堡子山安葬后，将寒光闪射的利剑指向盘踞在宝鸡周边的西戎部族，并在两年后再一次将都邑从陈仓城迁移至更接近伐戎前线的宝鸡市陈仓区平阳镇。

一座都邑诞生的时候，利刃和鲜血在前头开道。

其实，从陈仓到平阳路程并不算长，即便是从过去的千渭之汇算起来，直线距离也不过几十公里。但在那个时代，秦人在戎狄盘踞的关中每前进一步，都要踩着鲜血的泥泞和死尸堆积的山丘艰难前行。几百年来，秦人本来就是在生与死的夹缝中生存下来的，对于流血和牺牲，他们从来就没有惧怕过。在战斗中，从士卒到将领，秦人只和刀戈利刃一起前行，除非倒下，绝不后退。

迁都平阳的第二年，秦宪公的利刃直捣临近新都城平阳附近的戎族荡杜。在秦人的杀伐声中，这支自殷商以后活动在三原、兴平、长安一带的戎狄，转瞬间就土崩瓦解，溃不成军。戎军死伤殆尽，首领亳王逃亡西方，荡杜苦心经营数百年的城邑杜，成了秦宪公清除都城边患的战利品。

秦人在关中的疆域，一下子从关中西部拓展到了关中腹地的长安一线。

都城东进的步伐，让秦人看到了更辽阔的疆域。但在关中还有虢国，在天水老家的甘谷、清水一带还有冀戎、邽戎。几乎整个秦武公时代，就是在秦人与这些戎族绵绵不绝的作战中结束的。到秦武公十一年（前687），在平息内乱中不断强盛的秦国，已经控制了西起甘肃中部，东至华山一线的广大土地。在关中，整个渭河流域都在为秦国生产粮食，牧养战马。

一个大国气象初露端倪，进入关中后的两个都城千渭之汇和平阳，都已经无法容纳一个国家陡然壮大起来的梦想。

公元前 677 年，在位仅仅两年的秦德公做出一个大胆决定，将都城从平阳迁至今陕西凤翔，建起几乎影响了整个秦人争霸大业的新都城雍城。

这座总面积超过十平方公里的城池，坐落在周原最富庶的雍水附近。巍峨的宫殿，高大的城墙，矗立在居高临下的周原。秦德公之所以相中这里作为新的都城，就是看准了雍在西周时期是西进东出的交通要道。从雍城出发，向西翻过陇山可以抵达天水老家，向东自千河进入渭河可直抵黄河，南越秦岭可以直抵巴蜀和荆楚。从秦德公到秦献公二年（前 383）的294 年间，横跨春秋、战国时期，秦国 20 代国君在这里筹划争霸大业，将秦国威名传向遥远的东方。

和西垂成为秦人童年时代的精神圣地一样，雍城成了秦人开创千秋基业的新起点。此后几百年间，秦人都城就沿着这个起点，在渭河北岸渐次向东挺进。后来，经历了栎阳短暂的迁都历史之后，秦国终于在距雍城不远的咸阳，建立了中国历史上第一个封建帝国的政治、经济和文化中心。

然而，对于在关中几百年拼杀征伐中成长起来的大秦帝国来说，雍城永远都是他们的宿命，是秦人实现帝王之梦的神示之地。秦德公迁都雍城 439 年后的公元前 238 年，秦始皇在走上千古一帝的皇帝宝座之际，隆重的加冕登基仪式地点，依然选择在故都雍城。

高隆的粮仓

———

一片铺天盖地的黄色突然涌入视野。

那是一种无法用色彩描绘，只能用心灵感受的黄色。它像黄金铺地，却没有黄金的狂妄与高贵；它如金色海洋上奔涌的波浪，又比金色的波浪显得温情、真切和抒情。

它的的确确是一种令人惊喜、幸福的黄色。

那是麦子成熟的颜色，世界上独一无二，让人心动，流连忘返的颜色。

端午节前后，这种耀眼的黄色就被熏热的南风吹送着，从潼关起步，沿着渭河一路向西，一直涌向当年秦人翻过关山最早落脚的西府宝鸡。八百里秦川被这种飘浮着神秘的金黄色的光芒映照着，在整个麦子收获的季节，溢荡着令人沉迷、微醉的气息。

然后，就有一座座金黄的麦垛，像一座座金色的小山，一夜之间挤满渭河两岸。所有这个季节从关中平原走过的人都会慨叹：关中是一座大粮仓！

所以，很长时间以来，当有人问及为什么从西周开始，有十三个王朝选择了在关中平原建都时，我除了告诉他这里襟山带河的地缘优势外，还要特别强调关中平原古老的农业文明。

关中农业区成为战国末期最为富庶的地区之一，这里"粟积如山"，到处都是"万石一积"的粮草仓库，秦国都城咸阳的粮仓，甚至"十万石一积"。关中东部的农业生产水平也迅速提高，栎阳屯聚的粮草仅次于咸阳，达到"二万石一积"。

我手头有一本樊志民先生著的《秦农业史研究》。上面这段话，描述的是秦惠文王时期秦国农业发展和国内粮食积蓄的情况。

2009 年，康健宁和我讨论纪录片《大秦岭》提纲，谈到秦与秦岭的关系时，这位国内纪录片著名导演认为，充足的粮食储备，是秦能够战胜群雄，统一中国的重要因素。他用了一个很形象的比喻说："关中平原和成都平原像两张巨大的翅膀，让秦人起飞、翱翔，最终荡平六国，建立了秦帝国。"

秦人进入关中，首先面临的一个问题，就是生活方式从半农半牧向耕作农业的转变。好在岐山、丰京一带的"周余民"，是中国农耕文化鼻祖后稷的后裔，西周时期的关中已经是中国农业文明最发达的地区之一。接收"周余民"之后，秦人很快就在这些周平王东迁时未迁徙的周人那里，学习并掌握了当时最先进的农业生产技术，开始为成就霸业积累财富。

最初，当秦人一手放下牧鞭，一手拿起锄头的时候，西戎的威胁还没有解除。他们只能将原来拿牧鞭的一只手腾出来，再次拿起刀戈，一手对付西戎，一手开始跟"周余民"学习先进农耕技术。刚到关中的时候，跟随秦文公从天水一带过来的秦人，大概主要是军队，但岐山沣水一带大量周王室东迁之际留下的遗民，成了他们的奴隶。爱田制实行后，他们将土地按照肥沃贫瘠情况分为上、中、下三个等级，分配给奴隶耕种，每三年实行休耕一次。最初这些为秦人种田的农民，正是秦文公进入关中后收留的具有丰富耕作经验的"周余民"。

一个王朝结束了，另一个王朝建立后，前朝遗民就成了新王朝的奴隶，这是奴隶社会铁的定律。

这些"周余民"既是农民，同时也是秦人战时的战士。他们被像军队一样组织起来，平时种田，有了战争就去打仗。为了保证土地肥力，他们今年在雍城收获，明年又去陈仓播种，一座又一座粮仓，也跟着就在身后高隆起来了。

巨大的粮仓，装满了粟和黍，让秦国有了足够养活一支庞大的军事力量的粮食储备，也让秦国在称霸西方的道路上加快了脚步。

公元前 647 年，秦穆公以万石粮食救助晋国的泛舟之役，是秦国农业立国的首次亮相。我不知道当时的计量单位一"石"是不是相当于后来的十斗，如果一石和十斗的计量关系可以相互代替的话，那么当年秦穆公运抵晋国的粮食，就有十万斗之多！而要储备这么多粮食，得建多少粮仓呢？

秦国不仅要以十万斗粮食救济晋国，还要保证本国国民当年所需、酿造王公贵族各种节庆宴会美酒所用。所以我猜想，秦人进入关中的一百年间，关中平原西部应该到处长满了庄稼，雍城、陈仓、平阳和其他人口聚居的地方，除了辉煌的宫殿，最显眼的建筑，应该就是一座座巨大的粮仓了。

公元前 356 年，是秦国历史上最重要的一年。

这一年，秦孝公颁布了第一道变法令。

在落后东方其他国家二百多年后，秦国要补上"革旧鼎新，变法强国"这一课。在商鞅变法的内容里，就有两条与农业有关，其中对刺激秦国农业发展尤为重要的一条，是商鞅在历史上第一次将农业和军功提高到同等重要的地位。他认为，可以让一个国家富强的途径只有两条：一是农民积极种田可以富国，二是军队勇敢作战可以强国。所以那些既不种田，又不打仗立功的人，即便出身再高贵，也不能赐官授爵。

农业，被商鞅提高到了与国家兴衰存亡攸关的高度了。

从周人开始，依靠秦岭孕育的纵横交织的河流，渭河冲积扇肥沃的土壤，渭河北岸深厚的黄土层，以及比现在更加温润宜人的气候发展先进农业生产的关中平原，迎来了农业发展的又一个高峰期。

更多的土地被开发出来，更多的粮仓建了起来，更多的军队被组建起来了。有了粮食和军队，秦献公开始向晋国灭亡后的头号敌人魏国反击了，秦孝公也有能力收回河西之地，并让东方诸侯感觉到来自函谷关以西的腾腾杀气。

到了秦惠文王时代，充实的粮食储备和不断壮大的军队，已经成为他南拓东进、纵横捭阖的强大动力。张仪到来之前，苏秦跑到秦国推销自己的纵横之学时，不无献媚之意地盛赞秦国占据的关中之地，说："大王之国，西有巴蜀汉中之利；北有胡貉代马之用；南有巫山黔中之限；东有崤山函谷之固。田肥美，民殷富。战车万乘，奋击百万。沃野千里，蓄积饶多，地势形便。此谓天府，天下之雄国也。"

有了一个"天府之国"的关中平原，秦国就能统一天下吗？

面对国库越积越多的粮食，秦惠文王还在暗自发问。所以，在征求张仪和公孙错是否发兵灭蜀的意见时，公孙错"得其地足以广国，取其财足以富民"两句话，应该是最终让他决定先放下进攻韩国，转向攻取巴蜀策略的关键。

巴蜀攻下了，总不能叫这块秦国觊觎已久的丰腴之地闲置吧？但秦惠文王那时还要忙着对付合纵抗秦的诸侯，只能先让岷江之水任意泛滥，巴蜀大地稻谷自生自长。直到秦昭王

渭河所谓

时期，秦国人才意识到，天下归秦已成定局，但大仗还在后面，秦国需要更多更大的粮仓，储备更多的粮草。

公元前 256 年，也就是东周最后一位天子周赧王跑到咸阳向秦昭王叩首认罪的那一年，一项改变四川盆地命运，也决定秦国统一大业的水利工程开始实施。

担任这项任务的，是秦国刚刚任命的蜀郡太守李冰和他的儿子。

四川盆地温暖的气候，肥沃的土地，是当初秦惠文王发

都江堰

兵灭巴蜀的原因之一。但占据了那里后才发现，每年春夏之交，正当成都平原稻谷成熟的季节，奔涌的岷江，就会将成都平原西部丰收在望的庄稼淹没在一片汪洋之中。洪水退去，随巨浪而来的沙石堆积起来，又会阻塞江水东流，东部亟待灌溉的庄稼就会干旱而死。

　　李冰父子就是肩负着秦昭王变害为利、制伏岷江的重任而来。

　　李冰知道，秦国正在向一个前所未有的帝国冲刺而去。

要荡平六国，就要有庞大的军队，要养活上百万的军队，就需要更多的粮食。虽然关中平原已经有了数也数不清的粮仓，但秦王要他从治理岷江开始，为秦国再造一个巨大的粮仓。有了一南一北两座大粮仓，诸侯们争夺了几百年的天下，就是秦人的了。

对于远远走来的秦帝国来说，李冰父子是如何历尽艰辛建成都江堰的，其实并不重要。重要的是，集防洪、灌溉、水运于一体的都江堰建成后，辽阔的成都平原真的就变成了旱涝无忧，四季稻谷飘香，天下少有的丰饶富庶之地。一百多年后，司马迁在考察了都江堰后慨叹说，都江堰使成都平原"水旱从人，不知饥馑，时无荒年，天下谓之天府也"。

又一个"天府之国"在秦国版图上诞生了。

以秦岭为界，雄踞关中平原的秦国拥有了一南一北两个巨大粮仓。关中平原的小麦，成都平原的稻谷、果蔬，源源不断地充实着秦国仓廪。

军队在战场奋勇杀敌，农民在关中平原和成都平原辛勤劳作，一座座粮仓建立起来，秦国成为战国七雄中最富足的国家。群雄争霸的战国时代已经接近尾声。

就在这时，一个胸怀宏才大略的千古一帝，不失时机地登上了秦国国君宝座。

这位 13 岁即位，21 岁在故都雍城登基的国君，就是秦王嬴政。

挺进关中五百多年的奋斗与抗争，秦国要用兵甲利剑开拓实现帝国梦想的道路。秦国的强大和雄心，让各诸侯国惶惶不安。于是，在秦国利刃威胁下寝食不安的六国，纷纷将暗杀、离间、阴谋的暗箭瞄向秦国。

这六个国家中，最感到朝不保夕的是秦国近邻韩国。

秦嬴政登基的第二年，韩桓王想出一个拙劣的计谋，派韩国著名水利专家郑国游说秦嬴政，以兴修沟通泾水和东洛水之间的水利工程，试图消耗秦国国力，拖垮秦国，阻止秦人东进的步伐。

韩王哪里知道，嬴政当上秦王后，也在考虑如何在关中发展灌溉农业的问题。郑国的建议，与嬴政不谋而合。这出拙劣的"疲秦记"败露后，秦王并没有杀死郑国，而是让他继续完成了这项可以灌溉渭河北岸四万亩良田的水利工程。南有都江堰灌溉成都平原，北有郑国渠保证关中平原旱涝丰收。韩王的阴谋不仅没有影响秦国东进的步伐，反而让更多的粮食流进了秦国粮仓。

有人对郑国渠灌区为秦国带来的经济效益做过计算，灌区内良田每年产的 260 万石粮食，可供应 15 万人一年食用。

这个数字，相当于汉唐时期朝廷通过漕运每年从全国各地向关中地区调运粮食的总和。

秦岭南北两个巨大的粮仓建成了。

秦帝国要在两只巨大翅膀的推动下起飞。

秦嬴政还在盘算诛灭六国所需的粮草费用。

当时，秦国拥有百万之师，而讨伐六国，耗时至少在十年左右。上百万大军的后勤供应，是关系到统一战争成败的关键。秦嬴政掐指一算，都江堰和郑国渠完工后，成都平原和关中平原每年所产的粮食不仅能够保证国内所需，而且完全可以保证百万大军征战所需。

公元前 230 年，秦嬴政在咸阳城公开向六国宣战。

铠甲利兵走在前面，运送粮草的车船浩浩荡荡，紧随其后，一场改写中国历史的征伐战全面拉开。

历史学家认为，秦灭六国得益于远交近攻的战略。但长达九年的统一战争从根本上说，是交战双方综合国力的较量。公元前 308 年，司马错率十万军队伐楚时，秦国从四川一次性调运的六万石大米，成为秦军以少胜多，战胜楚军的有力武器。公元前 229 年，秦灭赵的战争一打响，赵军试图利用拖延战机的方式迫使秦国撤军。但让赵国国君没有预料到的是，长达一年的对峙，还是没有挽救一代战国枭雄赵国被长途奔袭的秦军吞并的命运。

公元前 224 年，秦楚两国展开决战。

楚国是六国中实力最强大的一个。

这一次，秦王调集了六十万大军。开战前，秦嬴政已经仔细计算过了，关中平原和成都平原所产的粮食，正好可以保证六十万大军一年的供应。王翦带领六十万秦军进入楚国后，汲取李信和蒙恬失败的教训，凭借充足的粮草，坚壁不战，整天让士兵好吃好喝，沐浴游玩，与楚军展开了长达一年之久的消耗战。

这场战争的结局，最后由秦楚两国国力做了决断：一年后，守在家门口的楚军草断粮绝，楚国大厦轰然倾塌。

秦岭南北两个巨大的粮仓，为秦嬴政清除了统一道路上的最大障碍。

渭／河／所／谓

WEI HE SUO WEI

粮食与战争

2004 年 7 月中旬，我对中华民族父亲山秦岭进行全程考察，到达宝鸡前一个多月，考古人员在秦德公始建的秦人在关中第三座都城雍城遗址附近凤翔县长青镇孙家南头村，发现了一座汉代粮仓遗址。2004 年 5 月 21 日出版的《西安晚报》报道说，在距这个相当于一个足球场大小的漕运仓储遗址六百米远的地方，早年还发现过秦始皇当年举行加冕仪式的蕲年宫遗址。

长青镇西北面，就是千阳县境内利用千河建立的冯家山水库。每次来到凤翔长青镇附近，我就想这个汉代漕运仓储附近，会不会有公元前 647 年泛舟之役，秦国经渭河向晋国输出万石粮食的码头还埋在地下呢？

秦人先祖来自东方，原本就是一个具有古老农业传统的民族。在山东半岛时，还为嬴姓的秦人，就已经是种植水稻的好手。甲骨文卜辞里"秦"字的象形表意，就是抱杵舂米或双手抱禾的意思。到了渭河和西汉水上游，与戎狄杂居期间特殊的命运和生存环境，迫使他们不得不远离早已熟悉的农耕而转向牧马为生的游牧生活。但秦人在西垂的时候，放牧之余间或在渭河和西汉水谷地种些小米，也不是不可能的事。所以徐日辉先生在论述"秦"的含义时说："秦本为黍，是产黍区的代名词，后演化为地名。"那么当时周王室封非子的秦地，也应该是除了生长丰茂的牧草外，也生长谷子和糜子的地方了。

公元前 736 年，秦文公东猎的真正意图，是越过关山向东扩张。但在我看来，已经习惯了牛羊肉膻味的秦人对关中的向往和留恋，还有一个潜在的引力，那就是弥漫在关中平原上的粮食的香味的诱惑。

文公东迁后获得的第一笔财富，就是那些在周平王东迁洛阳时未来得及跟随周天子迁徙的"周余民"。他们是关中的主人，也是中国先进农业最早的开发者。

春秋时期周人居住的周原，气候温润，土地肥沃，河流众多，农业生产条件十分优越："周原膴膴，堇荼如饴。"（《诗经》）周原下面不远的渭河平原，又是中国历史上最早的天府之国。秦文公来到这里，在经历第一个五谷丰登的收获季节时，内心充满了激动和亢奋。

人类发展的最初阶段，有一个很有趣的现象，即在攻伐武力决定生存的时候，大块吃肉、大碗喝酒的游牧民族，总能让一个时代发生重大改变。然而，在治理、经营国家时，那些很早就定居下来，并能够依靠娴熟的农耕技术养活越来越多的庶民百姓的民族，往往是世界的主人。

收复岐沣之地后，秦国眼下的问题是稳固在关中的基业。

所以秦文公的目光就集中在了刚刚收编的"周余民"身上。他让从西垂迁徙而来的秦人跟周民学习种植粮食、经营农业的技术，把刚刚出现的铁器，也使用到农业生产上来。

征伐战争暂时告一段落，周原上、渭河岸边，荒芜的土地长出了茁壮的禾苗，破败的茅舍修葺一新，袅袅炊烟在村庄上空弥漫，金黄的谷穗让大地充满生机。迅速恢复的关中农业，让秦文公感到踏实、幸福。

到了秦穆公时代，秦国已经成为一个农业大国。

我们现在已经很难从史料中查找到秦穆公时期秦国农业现状的史料，但秦穆公送重耳回国时，光动用的步兵就有五万。这就是说，秦国必须有足够的粮食，才能养活强大的军队。此外，进入关中才百余年，奢侈之风已经盛行于宫中。那个时期，秦人已经习惯了大量饮酒，而酿酒是需要大量粮食的。史书上说，秦穆公妻妾成群，一生生了四十多个儿女。这不仅证明这位嗜好征伐的君王具有旺盛的生命力，也说明那时候的秦国已经非常富足。否则，秦穆公用什么来养活妻儿老小、朝廷重臣和数量众多的军队呢？

关中富庶，只要有人劳作，就会收获粮食。秦穆公不怕吃饭的嘴多。他自信有了足够的粮食，养活更多的百姓和军队，就有了称雄天下的资本。所以在那位狂妄自大，把秦国不放到眼里的晋献公在位时，为了牵制晋国，秦穆公甚至不怕麻烦地白白供养了夷吾和重耳两位晋国公子。

两位公子和他的家小能消耗多少粮食？为他们提供登上王位的费用也算不了什么，秦国有的是粮食。秦穆公只希望他费尽心血和资本扶植的晋国新君能听从他的调动，为秦国做事。

然而，第一个由他扶上王位的夷吾，是位没有良心的无赖。晋献公死后，秦穆公乘着晋国宫廷内乱，将信誓旦旦的夷吾扶上王位后，这位泼皮不仅赖掉了早先给秦国许诺的河西五城，还杀了晋国国内亲秦大臣。秦穆公本来已经被这位薄情寡义、言而无信的小人激怒了，准备伺机教训一下这小子。没想到几年后，做了晋惠公的夷吾，竟又厚着脸皮伸手向秦穆公借粮。

为了粮食，晋国向秦国弯下了腰。

大概是晋惠公时运太差的缘故吧，他即位后天怒人怨，晋国连续几年不是旱灾就是风灾，在连绵不绝的灾荒中艰难长出的庄稼刚一出穗，铺天盖地的蝗虫又来了。公元前647年，本来就国库空虚，老百姓流离失所的晋国，再次遭遇旱灾。三晋大地，饿殍遍野，晋惠公连养活士兵的粮食都拿不出一粒了。

在秦国白吃白喝多年，又向秦穆公耍赖的晋惠公拉下脸皮，派人去见秦穆公，希望能买些粮食救急。

在卖不卖粮食给晋国的问题上，秦国君臣分歧很大。有人认为晋惠公忘恩负义，秦国不应卖粮食给他们；也有人认为，晋惠公无道，秦军正好借此机会灭掉晋国。

秦穆公在这件事情上也犹豫不决。按照夷吾的无信无义，秦穆公不想卖粮食给晋国；但自己是晋献公女婿，秦晋两家已经是盟友了，现在晋国有了困难，秦国见死不救，于情于理都讲不通。

那时，蹇叔、百里奚和由余都已经是秦穆公的重臣了。蹇叔和百里奚认为，哪个国家也不能避免天灾，秦晋两国国土相连，秦国帮助晋国渡过难关理所应当。由余也说："仁者不乘危以邀利，智者不侥幸以成功。秦国应该卖粮食给晋国，而不可乘人之危。"

最终，秦穆公还是很大度地做出了向晋国卖粮食的决定。

秦穆公做出这个决定，既着眼于救百姓于水火的怜悯之心，同时他也把给晋国卖粮，作为一场没有硝烟的战争来筹划的。他想通过此举，向晋国老百姓和其他诸侯国表明秦国的大度和实力。

既然卖粮也是一种政治斗争，就要把声响搞大些，把动静闹大些。秦穆公要让天下人都能看到、听到，秦国是如何不计前嫌，把救命的粮食运到晋国的。

秦穆公向全国发出征集向晋国出口粮食的车辆、船只的公告，大张旗鼓地造势。很快，运粮所需的交通工具从西垂、关中各地到达秦都雍城，从各地仓库调集的粮食也运抵渭河码头。

救济晋国的一万石粮食出发的那天，渭河码头白帆高挂，桅杆林立，数百只木船从渭河起锚，排成一字长队，浩浩荡荡向东驶去。从雍城附近渭河码头到函谷关附近黄河入口，五百里河道白帆相望，首尾相接。

运送粮食的船队过了黄河后车载马驮，转入汾河漕运，抵达晋国都城绛城。

这是秦人入主关中后，向世人展示国力的第一次成功亮相。来自秦国的粮食让晋国度过了灾荒，救命的粮食也让晋国百姓对秦穆公和秦国充满了感激之情。

但秦晋两个盟友之间的裂隙，已经无法愈合，围绕粮食的斗争还将继续。

秦国向晋国输出粮食的第二年，富庶的关中遭遇多年不遇的灾荒，大面积农田颗粒无收。解决百姓和军队所需的粮食，成了秦穆公面临的最紧迫的问题。

至于这年秦国遭遇的灾荒，究竟是旱灾还是水灾，史书上没有说。但黄河对面刚刚从连年灾荒中活过来的晋国，这一年却迎来了一个绝少看到的丰收年。漫山遍野的五谷除满足国人一年之需外，多年未存过一粒粮食的国库也堆满了余粮。前一年，秦国用自己国库的粮食挽救了晋国百姓，现在秦国遭遇困难，秦穆公首先想到的就是跟晋国买些粮食，以度荒年。

虽然秦穆公知道晋惠公是个知恩不报的家伙，但泛舟运粮的事情过去还不足一年，他总不至于这么快就忘记了吧？

这一次，秦穆公对晋惠公的判断又错了。

晋惠公召集大臣讨论卖不卖粮食给秦国的问题时，和秦穆公去年讨论向晋国输出粮食时一样，大臣中同样表达了三种态度：第一种态度认为，秦国是救过晋国的恩人，应该给秦国粮食；第二种态度认为，自从惠王赖掉河西五城，秦晋两国已经结怨，没有必要卖粮食给秦国而壮大敌人；第三种态度更加直接，建议晋惠公不要干秦穆公养虎为患的傻事，应该立即发兵，乘机灭掉秦国。

晋惠公采取了最后一种意见，不仅拒绝了秦国买粮的请求，而且开始厉兵秣马，准备乘人之危，进攻秦国。

请粮使臣两手空空回到雍城，秦穆公本来已经怒火中烧了，一听晋惠公不仅不帮助秦国，还要趁火打劫，积蓄在这位既酷爱杀戮也很讲仁制的秦国国君心里的秦晋两国恩恩怨怨，一下子就转化成了熊熊燃烧的冲天怒火。

他当即诏令天下，举兵讨伐不讲道义的晋惠公。

虽然蹇叔、百里奚和由余一直反对秦穆公过多参与东部事务，但这一次在讨伐无义之辈晋惠公的问题上，秦国上下没有一个人提出异议。而在晋国那一边，晋惠公知恩不报反为仇的不义之举，则在这场著名的秦晋韩原大战一开始，就让晋国百姓和士兵从心里把胜利的希望，交给了秦国。

韩原之战的胜利，与其说是秦国军队的胜利，还不如说是秦穆公的宽厚、仁慈从心理上击败了晋惠公。所以在活捉了晋惠公，怒不可遏的秦穆公准备用其人头祭祀先祖白帝时，他再一次听从公孙支劝诚，将晋惠公放回了晋国。

公孙支说："我们现在如果杀掉晋惠公，只能激发晋国人对秦国的仇恨；如果把他关进监牢，他更只是一个毫无用处的匹夫；如果流放他，别国肯定会收留他的。不如让他把早年允诺的河西五城割给我们，放他回国继续做他的国君算了。"

韩原大战后，晋国再次发生饥荒，秦国再度伸出援助之手，向晋国输出粮食，让晋国度过了灾年。

经历了连续两次灾荒和战争的失败，晋惠公在秦穆公面前变得乖巧多了。直到后来秦穆公扶植重耳当上晋文公后的几十年间，秦国和晋国再没有发生正面的战争冲突，两国之间貌合神离的盟约关系还在继续维系。

一粒粒粮食如一颗颗子弹，彻底击败了晋献公统一晋国后第二位君王的精神。秦国东部边境，进入较长时间的和平和安宁时期。

隔着黄河涛声，秦晋两国都在静静凝视着对方。

渭／河／所／谓

WEI HE SUO WEI

昆明池笔记

初识昆明池

与湮没古长安城郊两千多年的中国古代最大人工湖、中国历史上第一座水军训练基地——昆明池相遇，是在 2011 年一个秋高气爽的日子。

这年秋天，为追寻孕育了周秦汉唐绝代风华的陕西人民母亲河——渭河的文化精神，我从甘肃天水出发，经渭源鸟鼠山、翻六盘山，追逐着泾河滚滚浊浪翻山越岭，从渭北黄土高原周秦故地进入西安近郊时，关中平原腹地庄稼成熟、秋意正酣。穿过如今已高楼林立、成为西咸新区核心腹地的三桥，进入紧依着终南山的长安区马王镇、斗门镇一带，便是周人立国以来第一个真正意义上的都城丰京和镐京旧址——丰镐遗址。

五六年前，西咸新区尚未启动，但丛林般蔓延的高楼让西安和咸阳这两座千年古都之间的界线愈来愈模糊，如果不是泾渭分明处渭河泾河两水相汇，一清一浊的自然奇观提示，从紧逼渭河与泾河岸边的高楼丛林里人们已经很难分辨出哪是西安，哪是咸阳了。不过，有古长安八水之中的沣河、滈河、潏河由南向北绕西安城汇入渭河的长安区马王镇、斗门镇沣东新城一带，那时还是一片长满玉米的沃野。

距今三千多年前，这片南毗秦岭、北望渭河、川原相依、

河湖交错地带，是周人自岐山、扶风一带壮大起来，顺势东进，
图谋天下的京畿之地——丰京城和镐京城所在地。寻访过分
别在沣河西岸和东岸的镐京遗址和丰京遗址，从密不透风的
玉米林穿过的那一刻，我尚不知道我双脚叩问的泥土下面，
沉睡着汉武帝开凿的总面积相当于 4 个西湖的水乡泽国——
昆明池。

　　一座供奉中国民间爱情女神织女石刻头像的石婆婆庙出
现，将两千多年前一座水波浩渺，楼船游弋，戈船穿梭，似
云汉之无涯的灵沼神池推到了我面前。

　　斗门镇东玉米林深处，关中乡下常见的那种大红大绿、
色彩酷似户县农民画的庙宇香烟缭绕，端坐在正殿中央的不
是佛教菩萨，也不是道教神仙，而是一尊披红挂彩的半身石
雕女神像。石雕雄浑圆润，刀法粗犷刚健，尽管岁月侵蚀让
石雕线条显得有些模糊，但写意刀法勾勒的面部轮廓依然清
晰可辨。

　　守庙的两位老妇人坐在殿前树荫下绣花聊天，见我行色
匆匆且看得仔细而好奇，其中一位便停下手里的针线介绍说，
石婆婆庙最早建于汉武帝时期。这庙是新修的，这石像就是民
间传说中的织女，石婆婆庙东面还有座石爷爷庙，供的是牛郎，
它们都是 20 世纪 80 年代从庙前庄稼地里发现的。那妇人还说，

长安区斗门镇一带是牛郎织女传说的发源地。为了证明她的观点，还领我走进侧殿，指着一张被装扮成闺阁绣床的石板床说，这是牛郎织女的床榻，也是从昆明池湖底淤泥里发现的。石床一侧，还有同时出土的一只石鲸尾巴。

临出门，另一老妇人扬手指着庙门外玉米地画了一圈，说这里就是汉武帝时期长安城的昆明池。以前沣河水很大，昆明池水面也很大。石婆婆庙在昆明池西岸，石爷爷庙在昆明池东岸。石婆婆庙内新修石婆婆庙碑文也说，石婆婆庙为汉武帝元狩三年（前120）所建，是当年汉武帝开凿用以训练楼船水师的中国历史上第一大人工湖——昆明池林苑宫馆建筑组成部分。

告别石婆婆庙，继续在玉米林穿行，我怎么都无法将脚下这片长满庄稼的平畴沃野与一座水波浩渺、舟楫穿梭的平原湖泊联系起来。后来查阅史料才知道，在今西咸新区沣东新城所在的沣水与滈水之间，历史上曾经有过一座烟波浩渺、前后延续一千多年繁华的汉唐皇家池苑，它就是水域面积三百余公顷、相当于4个西湖的昆明池。《三辅旧事》记述汉武帝开掘的昆明池时说"昆明池周三百三十二顷，中有戈船各数十、楼船百艘，船上建戈矛，四角悉垂幡旄葆麾，盖照烛涯涘"，是中国古代水军摇篮。不过更多时候，这座处在汉长安城、秦阿房宫与西周都城丰京、镐京之间的水域泽国，则是汉唐皇家宫苑和八水绕长安盛景的滋润者、见证者。

时隔六年，一个春雨蒙蒙的午后，我再次来到西安市西南沣河东岸斗门镇、马王镇所在的昆明池旧址时，沣东新城蓬勃崛起的楼群已经蔓延到曾经遍地庄稼的沣河东岸，作为引汉济渭核心工程的斗门水库工程初具雏形。由秦岭南麓汉中境内黄金峡穿山越岭而至的汉江水，在昆明池原址形成的800 亩水面，碧波荡漾，画舫亭榭，桃红柳绿，激滟生辉。沣东新城管委会的同志告诉我，昆明池消逝于宋代，汉唐时期，昆明池不仅是林泉俱佳的皇家林苑，还是汉唐长安城城市用水的保障地。近年来，为实施"丝绸之路经济带"起点发展战略，为建设中的大西安提供充裕的水利支持，陕西省委、省政府决定借助引汉济渭工程，利用昆明池旧址低洼库盆遗存和该区域土壤天然防渗的地质条件，在昆明池原址建设昆明池遗址公园，重现汉唐盛世昆明池水波荡漾、兰棹摇曳的盛景。昆明池遗址公园核心工程——斗门水库一期，2017 年 2 月已经完成注水试验。

漫步在花木扶疏、曲径通幽的环湖路，沣东新城管委会的同志说："规划中的斗门水库总面积 10.4 平方千米，总库容 4600 万立方米，相当于 4 个西湖。届时，昆明池将重现'汪汪积水光连空，重叠细纹晴漾红’的风采。一座湖堰相通、水波浩荡的湖畔新城将崛起在昆明池故地，消逝一千多年的‘八水绕长安’盛景，将重现十三朝古都、古丝绸之路起点——西安。”

灵沼神池

大唐开元年间一个芳草青翠的春日，宰相张嘉贞和尚书省同僚陪唐玄宗到昆明池赏春宴饮，面对水波浩荡、杨柳依依的昆明池，张嘉贞在记述这次游宴活动的应制诗《恩敕尚书省僚宴昆明池应制》里写道：

灵沼初开汉，神池旧浴尧。昔人徒习武，明代此闻韶。
地脉山川胜，天恩雨露饶。时光牵利舸，春淑覆柔条。
芳酝醒千日，华笺落九霄。幸承欢赍重，不觉醉归遥。

在诗星璀璨的大唐盛世，张嘉贞算不上有影响的大诗人，但《恩敕尚书省僚宴昆明池应制》却是这位大唐名相入选《全唐诗》仅有的三首诗之一。这首唐玄宗命题，张嘉贞受命创作的应制诗，描述的是汉武帝开掘昆明池一千年后的水景风物，却为后人探寻昆明池古老身世提供了一条重要线索。这线索，就是昆明池的另一个称谓"灵沼神池"。

历史上水波浩荡、宫馆弥望、水域面积纵横 300 多公顷的昆明池，早在公元前 120 年已经出现在汉长安城龙首原西南沣水和潏水之间。然而，第一个探寻昆明池神秘身世的文人，却是中国历史上第一帅哥、西晋文学家潘安。潘安，原名潘岳，字安仁。潘安在《关中记》里说："昆明（池），汉武帝习水战也。中有灵沼神池，云尧时理水讫，停船此池，盖尧时已有沜池，汉代因而深广耳。"

潘安所谓昆明池里有"灵沼神池"、尧帝大禹治水时曾在此泊船休息的说法，应该是来源于《三秦记》。《三秦记》是记述汉代三秦故地长安一带山川地理、都邑宫馆、风物民俗的早期地方志书，为汉代辛氏所著。根据其记述了许多稀奇古怪的怪异故事断定，《三秦记》许多素材来自民间传说。其中有关昆明池里有灵沼神池和汉武帝开凿昆明池的描述，就充满神秘色彩。

《三秦记》说，昆明池里有灵沼，名曰神池，尧帝治水时曾停船于此。还说昆明池之水与秦岭北麓的白鹿原相通，原因是有人在白鹿原钓鱼，鱼拉断鱼线，带着鱼钩从白鹿原逃到了昆明池。而这神奇故事的见证者，正是昆明池的开凿者汉武帝。《三秦记》说，一天夜里，汉武帝做了一个梦，梦中，一条鱼嘴上挂着鱼钩鱼线，说它从白鹿原一位钓鱼人手中死里逃生，祈求汉武帝将它嘴上的鱼钩鱼线取掉。第二天，汉武帝到后来成为昆明池一部分的西周池苑镐池游玩，果然发现一条体魄巨大的鱼嘴上挂着鱼钩和鱼线在水中痛苦挣扎。汉武帝见状，回想起经历的梦境，觉得甚为神奇，立即命人去掉鱼嘴上的钩和线，将大鱼放生。几天后再游此地，汉武帝在池边得到一对夜明珠，惊喜过望，认为这是放生大鱼给他的回报。为了纪念这次奇遇，汉武帝修造昆明池时分别在昆明池和太液池置放了两条长达三丈的石鲸造像。

据介绍，太液池石鲸前半部收藏在陕西省博物馆；石鲸尾部，就是我在石婆婆庙见过的那一部分。历经两千多年的风雨侵蚀，让石婆婆庙那节鲸尾的鳞纹有些模糊，但大汉雄风孕育的刀法简洁、造型粗犷的艺术风格依然清晰在目。

汉武帝兴建昆明池的起因，自然与这场难辨真伪的奇梦奇遇没有多少直接联系，但《三秦记》和潘安都煞有其事地追溯昆明池与尧帝大禹的关系，显然不是猎奇，而是为了证实昆明池古老神奇的身世。后来的《搜神记》里说，汉武帝开凿昆明池挖到很深的地方，尽是黑如墨迹的堆积物，却不见泥土。这一发现让汉武帝和当时的东方第一智者东方朔十分惊异，却无人辨识此灰墨为何物。直到距汉武帝开凿昆明池180多年后的汉明帝时期，来自西域的僧人才将昆明池底发现的灰墨谜底揭开。西域僧人在仔细辨认这些从西汉保存到东汉的灰墨结块后告诉汉明帝说："此乃世界毁灭之际大火燃烧留下的灰烬。"

如果《三秦记》和《搜神记》所述真有其事的话我们就可以确定，汉武帝开凿昆明池发现的灰墨，应该是后来考古学界确认是否有人类文明存在最可靠的依据——灰土层。这似乎又从另一个方面证明了大禹治水期间曾停船于昆明池原址传说的可信性。既然汉武帝在昆明池很深的地方发现了人类生活的遗迹灰土层，那么是不是可以说在华夏文明混沌初启的夏商时代，沣东新城所在的斗门镇、马王镇一带已经有一群临水而居、渔猎为生的先民在这里繁衍生息呢？

从民国时期开始，围绕汉昆明池的考古揭秘工作就一直没有中断。2016年，陕西省阿房宫和上林苑考古队考古人员在对昆明池面积与深度进行再次勘探研究时，在斗门水库库区发现了灰坑和文化堆积层。北京大学碳十四实验室对从昆明池原址采集的人、兽骨骼标本进行测定后得出的结论也证明：在关中其他地区荒无人迹，还是一片荒寂的夏朝和商代早期，昆明池所在的沣东新城一带已经人声熙攘、灯火明灭了，是关中先民栖息的乐园。汉武帝开凿昆明池出现大量灰土的地方，正是西周镐京城所在地。

与正在兴建的斗门水库和昆明池遗址公园隔沣河相望，是三千多年前周人到达渭河南岸后第一个首都——丰京遗址，往北和东北，依次有西周镐京城、秦阿房宫和汉长安城在距今两三千年前相继崛起。

商代末年，从渭河北岸周原渐次东进的周人来到沣河西岸，将宗庙和王室苑囿安置在丰京后随即又越过沣河，在沣河东岸建立了镐京城，周人将围绕沣河而建、护佑西周近三百年的两座都城合称丰镐，且分别以一个专用于统治者建都之地称谓的名词"京"字，命名他们的精神首都和政治首都——丰京、镐京。中国历史上一个全新的政治地域概念——"京都""京城"由此诞生。

三千多年前的镐京城内，就有一座水波潋滟、后来与昆明池池水相通的池苑——镐池。我们不知道镐京城里的镐池是不是当年大禹停泊过的灵沼神池，不过从考古研究已经得出的结论看，有沣水和滈水环绕，又有众多湖沼镶嵌其中的丰京城和镐京城，无论建筑形制还是建筑规模，都堪称中国历史上第一座真正意义上的城市。

根据《诗经》"考卜维王，宅是镐京"的记述可知，周文王选择丰镐之地建都，绝非一时冲动，而是经过占卜问卦，得到了神明指示。

果然，周人占据丰镐之地后迅速成长为让统治中原 500 多年的殷商王朝如鲠在喉的西方大国。公元前 1046 年，在镐池水波掩映中，周武王抬着父亲周文王的灵柩，以姜尚为主帅，统帅兵车三百乘、虎贲三千名、甲士四万五千人，从镐京挥戈东进，联合诸侯各国展开诛灭商纣的大决战——牧野之战。

公元前 1020 年 12 月某一天清早，一队车马告别寒意渐浓的西周都城镐京，朝东都洛邑匆匆而去。端坐车辇中央的一位白发皓首老者，是周武王的弟弟，著名的政治家、军事家、思想家周公旦。周武王去世后，周公旦辅佐周成王推翻商纣王朝统治，东至大海、南及江淮的辽阔土地，已尽归坐镇丰镐之地的西周版图。为了适应新的形势，周公旦部署的东都——成周洛邑也已建成。这次，周公旦从宗周丰镐出发，前往洛邑的任务除册封诸侯、封赏诛灭商纣有功之臣外，还有一项更为重要的工作，就是向天下诸侯颁发他筹谋已久的各种典章制度——礼乐大典，推行礼乐治国。

礼乐制度看似是规范人们日常生活的行为准则，实则是一种以人为本的政治管理制度。礼乐制度颁布实施是在东都洛阳，然而这种最终影响并造就了中国成为礼仪之邦的文明规范体系的萌发、形成，则是在后来倒映在昆明池潋滟波光中的镐京城，由为辅助年幼的周成王"一日三吐哺"的周公完成的。

为了推行礼乐治国之道，周公旦还在镐京城内设立了当时世界上最早、规模最大的音乐教育和表演机构——大乐司，选拔诸侯长子、公卿大夫子弟和民间优秀青年培养学习，学成后派遣各地，向全国推广礼乐教育。

西周都城东迁洛阳后，依然河湖交织、水波盈盈的丰镐之地并不寂寞。伴随秦阿房宫在镐京城东侧崛起，这里又成为秦皇家林苑上林苑的核心。当时的上林苑林木葱郁，河湖环绕，犹似仙境。一生都想得道成仙的秦始皇仿照蓬莱、方丈、瀛洲海上仙山的样子挖池筑山，建造了三座他想象中的海上仙山。

历经周秦两朝，后来有昆明池出现的莽莽秦岭山下这片河汉地带，正在孕育着一个人水合一、水脉担当的崭新形象。

楼船笙鼓

公元前 202 年 12 月，持续三年的楚汉战争以刘邦胜利宣告结束。

夺取政权后，刘邦最初准备以东周都城洛阳为国都，后经张良、娄敬劝说才改变了主意。张良和娄敬劝说刘邦建都长安最有说服力的论据，就是关中不仅沃野千里、物产丰富，更重要的是拥有"被山带河，四塞以为固"的军事地理优势。这里的山，指的是关中屏障大秦岭，水指的是渭河及其众多支流——其中自然包括发源于秦岭山区的沣河、潏河、滈河等长安八水。

萧何接受汉高祖刘邦诏令，将新建的汉长安城都城城址选择在现西安未央区的龙首原。这里不仅是渭河南岸难得的一块台塬，而且北邻渭河、泾河，南面有密如蛛网的渭河支流奔涌而来，无论地理位置还是风水地脉，都堪称可保大汉江山长治久安的风水宝地。果然，刘邦定都长安后，经文景两代皇帝苦心经营和胸怀宏图伟略的汉武帝刘彻开疆拓土，一个气象万千、威仪凛然的西汉帝国庞然身影巍然出现在世界东方。

汉武帝元狩三年（前 120），奉命出使西域的大汉使臣张骞已经回到长安；以河西之战两战两捷为标志，西汉帝国全面掌握了丝绸之路控制权；从根本上清除匈奴边患的漠北大决战战机成熟，开战在即。在胸怀宏才大略的汉武帝苦心经营下，西汉帝国疆土已经拓展到东抵日本海、黄海、东海、朝鲜半岛中北部，北逾阴山，西至中亚，西南至高黎贡山、哀牢山，南至越南中部和南海的广大地区。然而，就在一个威震四海的强大帝国巍然出现在世界东方之际，汉武帝试图打通经西南抵达印度和阿富汗的计划却在昆明国受阻，这无异于对已经做好四海朝服准备的汉武帝迎头一击。

汉武帝对远在万里之遥的印度（时称身毒）和阿富汗（时称大夏）产生兴趣，缘于张骞第一次出使西域归来后告诉武帝说，他在印度和阿富汗见到过产自西汉蜀地的布匹和邛崃的竹制手杖。这一消息让急于与西方世界建立联系的汉武帝预感到，在汉帝国西南，有可能存在一条通往西亚的商道，便立即派使臣出使印度。未曾想到的是西汉使臣到了昆明，却被西汉初年摆脱北方统治、建立少数民族割据政权的昆明国阻止。

这时的汉武帝已经是名副其实的东方世界主宰，对于昆明国的阻挠与藐视，自然不能容忍。这位后来被孙中山用以与拿破仑相提并论的西汉帝国缔造者当即决定，他要像远征大宛、车师、龟兹一样剪灭昆明国，开通另一条从西南通往南亚的丝绸之路。

为了打通这条国际通道，汉武帝萌生了在长安开凿一座人工湖训练大汉帝国强大水师的想法。

此前，无功而归的使臣告诉汉武帝，昆明国有一座方圆300里的滇池，训练的水兵非常厉害，要诛灭昆明国，必须依靠强大水师。汉武帝也十分清楚，秦国在诛灭东方六国时曾拥有一支训练有素的楼船水师，并在诛灭楚国及南粤诸国中发挥了重要作用。为了清除昆明国，也为了保持东方世界领导者地位，大汉帝国迫切需要建立一支强大的水上作战部队。产生这想法的那一刻，汉武帝的目光已经锁定了上林苑南沣水与潏水之间一片荆莽丛生的天然湖泊和池沼星罗棋布的洼地——这里也是西周滮池故地、秦上林苑旧址。

西汉立国之初，文景两代倡导休养生息、勤俭治国，秦上林苑一度被荒废，西汉皇帝只有在闲暇时才到这里游猎取乐。到了汉武帝时代，祖父和父亲积攒的财力不仅可以保障他为开疆拓土连年用兵，国库里堆积如山的财富也让他有足够的信心重塑帝国形象。

此前，汉武帝已经着手在这里扩建宫殿、疏浚湖沼，八水环绕、纵横三百里的汉上林苑初具规模。但南依秦岭的上林苑南，湖沼闪烁的西周灵沼一带依然一片沉寂，等待汉武帝再一次施展他的宏才大略。

动工之前，汉武帝对昆明池的定位非常明确——这就是仿照天上银河和滇池模样，建设一个大汉水师部队训练基地，为帝国培养强大水师，并且将这个为剪灭昆明国而修建的大汉水军基地，命名为昆明池。汉武帝还要求，昆明池水面面积要超过滇池。据史书记载，当时滇池方圆 300 里，而汉武帝建成后的昆明池水域面积 320 公顷，相当于 4 个西湖，地点就在现长安区斗门镇沣东新城南。

元狩三年（前 120），由从陇西、北地调来的戍边士卒和被贬谪官员组成的昆明池开凿大军进驻龙首原下沣水、滈水之间上林苑南的湖沼之地，开始修筑昆明池。汉武帝选择在斗门一带开凿昆明池，看中的正是这里地势低洼，湖沼密布，南有莽莽秦岭提供丰富水源的地理优势。

汉武帝开凿昆明湖的具体细节，史书上记述极为简略。但从各种史料零星分散的文字可知，昆明池分两次、历时三年修建而成。从诸多史料来看，元狩三年（前 120）开工的昆明池一期工程，更像对荒废已久的周秦池沼和众多天然湖泊的挖凿疏浚改造工程。三年后，与第一次开凿昆明池同步进行的盐铁专营政策让汉武帝国库更加丰盈，西汉朝野也传来南越和东越欲利用水战与朝廷对抗的消息，昆明池二期工程于是开工。昆明池二期工程动工时，为荡平昆明国，讨伐南越和东越训练强大水师，为大汉帝国占据河海控制权建造强大水军基地的想法，在汉武帝心中愈加坚定。

开始于元鼎元年（前 116）的昆明池二期工程，到元鼎二年（前 115）完工。这一次，昆明池修筑大军不仅砍树伐荆、凿池拓展、疏通渠道，将沣水、滈水、潏水引入池中，形成了浩浩荡荡总面积 320 公顷的湖面，还让昆明池与上林苑池沼相通，并在周围修建了建章宫、豫章台等一系列宫苑建筑。三年后，一座水天相连、烟波浩渺、宫苑环绕，令后人叹为观止的我国古代第一大人工湖赫然出现在长安城西南。昆明池 320 公顷湖水与林水俱茂、宫馆林立的上林苑遥相辉映，不仅为长安城又添一处皇亲贵胄趋之若鹜的游乐盛景，西汉帝国一支强大水军也即将在这里诞生。

既然汉武帝开凿昆明池的目的是为帝国打造一支训练有素、装备精良的水战部队，昆明池建成后最先登台亮相的自然是大汉水师部队。《三辅旧事》记述昆明池战船云集的盛况时说："（昆明池）中有戈船各数十，楼船百艘，船上建戈矛。"

《汉书·食货志》也说，当时昆明池停泊的"治楼船，高十余丈，旗帜加其上，甚壮"。昆明池来往穿梭的战船上，是披甲执利、摇橹挥桨的大汉水兵。他们将成为自轩辕黄帝以来中国历史上第一支具有独立水上作战能力的新军种——中国海军的前身楼船水师。

　　要拥有一支强大的水师部队，还需要装备精良的战船。

　　西汉时期，我国造船技术已经非常发达，昆明池西汉水军基地的建立，让汉武帝时期的造船技术进一步提升。当时的汉军拥有动辄就能集中两千艘战舰的强大水师，其中不仅有楼船、戈船等可用于近海作战的大型战舰，还可以制造出比罗马海军战舰高将近一倍的巨型楼船。《史记·平准书》记载，汉军当时在昆明池建造的楼船高十余丈。按照当时的计量单位计算，汉军当时制造的楼船高度可达 15 米，而罗马海军当时的战船最高也只有 8 米。除楼船、戈船外，又被称作楼船水师的汉军水师还拥有桥船、斗舰、艨冲、突冒、先登、赤马舟、下獭、走舸、斥候、龙舟等二十多种不同型号和功能的战船。

　　昆明池不仅是水军训练基地，同时肩负着制造各种军用战船的使命。这些模拟海战训练的楼船水师在昆明池经受严格的水战训练后，将驾驶同样诞生于昆明池的各种战船沿漕渠进入渭河，然后驶向江南和大海，与习惯于水上作战的南越国、东越国的军队作战。紧随其后的，还有从昆明池驶出的保障军需供给的舟师船队。

　　昆明池水师基地建成后，汉武帝很快建立起了一支无论从装备还是兵员规模、素质和作战能力上都堪称世界上最庞大、最先进、最专业化，具有大规模海军江防和近海海防作战能力的海军舰队——楼船水师部队,它也是中国历史上第一支真正意义上有正规建制的海军部队。后来汉武帝在江淮一带组建的富于水上作战的 10 万水师常备兵员,也是在昆明池完成训练后才派往江南的,昆明池因此成为中国海军诞生的摇篮。

大抵是慑于汉武帝在昆明池组建的楼船水师强大威力的缘故吧,西汉楼船水师组建后昆明国和西汉之间的水战并没有打起来。昆明池建成 6 年后,昆明国土崩瓦解,变成了西汉王朝的一个郡,汉帝国从西南通往缅甸、印度的商道宣告开通。不过,汉武帝在昆明池精心打造的楼船水师并非无用武之地。在平息南越、东越叛乱和征服朝鲜的战争中,汉武帝在昆明池打造的楼船水师所向披靡,立下了赫赫战功。

与此同时,作为汉长安城水域面积最大的水景林苑,昆明池建成后成为上林苑核心。据史书记载,每年三四月春暖花开,昆明池碧波荡漾,花木扶疏,汉武帝都会带着后妃宫女,坐着雕梁画栋的游船画舫游弋于昆明池上。当时的昆明池上除了林立的楼船战舰,还有可载万人的游乐船——建章大船,供皇室聚会游乐。汉武帝后,汉帝国向外扩张告一段落,昆明池作为西汉楼船水师基地的作用渐渐丧失,昆明池迅速以另一种风情韵致进入人们的视野。湖面上林立的战船被往来穿梭的游船画舫替代,装饰华丽的游船、笙歌燕舞的鼓乐、翩跹起舞的宫女，陪伴着惬意游乐的皇亲贵胄，转身而为长安城最令人销魂陶醉的皇家游乐池苑。

这种状况一直持续到唐代。公元 623 年三月，刚刚建立大唐王朝的唐高祖李渊还专门在昆明池举办盛大宴会，"宴百官，习水战"。此后，李世民、李隆基和他们的宠妃宫女、文人贵族都是昆明池的常客。这种现状，一直持续到唐末昆明池干涸。

公元 1750 年，昆明池消逝 800 多年后，和汉武帝一样胸怀宏才大略的乾隆皇帝在对北京西郊瓮山泊进行疏通扩建时，联想起 1000 多年前汉武帝在西汉都城长安开凿的昆明池，遂借用汉昆明池之名，将瓮山泊改名为"昆明湖"。

长安绿肺

汉武帝元光六年（前 129），卫青率 1 万铁骑直捣匈奴祭天圣地龙城凯旋之际，一条保障汉长安城生活供给的人工运河——漕渠，开凿工程修建犹酣。这条古老运河与渭河平行，从秦岭北麓向东直抵潼关，可沟通黄河水道。

漕渠修浚时昆明池尚未动工，但从昆明池完工后即与漕渠相通并成为这条保障大汉都城物资供应大动脉的漕渠入口来看，利用昆明池和漕渠构筑沟通全国各地直通长安的水运网络，也应该是汉武帝开凿昆明池的目的之一。

自从汉武帝扩建上林苑，引灞、浐、泾、渭、沣、滈、涝、潏八水出入其中后，八水绕长安格局基本形成。但在漕渠开通之前，汉长安城规模已经发展至现在西安城城内面积的三倍，长安城内生活的近 50 万居民的生活保障，特别是已经开始的对匈奴作战急需的大量军需物资源源不断地集中到长安。此前，尽管绕长安城北滚滚东流的渭河也可以通航，但由于航线漫长且受河水季节性变化影响明显，从山东通过黄河和渭河向长安运送一趟粮食，运输船要在蜿蜒曲折的河道漂泊 6 个月。无论从长安城物资供给保障，还是大汉帝国开疆拓土的战略需要考虑，正在成长为东方第一大国的汉帝国迫切需要一条方便快捷、畅通无阻的水运航道将帝国心脏长安与全国各地连接在一起。

这是汉武帝在秦岭北麓开凿漕渠的根本目的。

漕渠修浚 9 年后，汉武帝时期又一重大水利工程——昆明池动工。尽管众多史料记述，汉武帝开凿昆明池的真正目的是训练水师对付善于水战的昆明国，然而在昆明池与漕渠相通相连，成为漕渠起点和入口后，昆明池对保障长安城物资供应及汉帝国战略安全的意义，和其作为西汉水军训练基地的意义同等重要。

近些年，考古人员在昆明池东侧发现的昆明渠和漕渠遗迹，正是汉武帝将漕渠和昆明池这两大战略性水利工程融二为一的见证。考古结论证明，昆明渠的开凿年代是汉武帝元狩三年，即公元前 120 年。也就是说，在汉武帝第一次开凿昆明池时，连接昆明池和漕渠的人工水道——昆明渠，同时动工。

有沣水、潏水、滈水汇流其中的昆明池与行走在秦岭渭河之间的漕渠相互勾连，让漕渠航运通过昆明池延伸至长安城。漕渠也在以昆明池为渠首后，不仅与环绕长安城的另外 5 条河流渭河、泾河、涝河、浐河、灞河连为一体，直抵潼关，与黄河相通，一条以昆明池为起点，经黄河连接全国的航运大通道也就此形成。漕渠与昆明池联通后，长安城朝廷文武百官出游巡视、军队调遣外运，只要从昆明池码头上船，即可轻松东进黄河、南下江南；来自江南的稻米丝绸、山东的粮食布匹，只要通过水道，即可迅速北上西进，经漕渠到达昆明池货运码头。一度扼制汉帝国政治中心的物资保障供应问题，随着漕渠和昆明池的建成彻底改观。昆明池与漕渠沟通之前，重型物资运输船无法进入长安，运输也非常耗时耗力；漕渠未与昆明池沟通前，漕渠水源只有水文状况受季节影响极大的渭河一个，漕运航道水量极不稳定，直接影响着漕运速度和运输能力。昆明池开通后很快成为漕渠第二水源，昆明池不仅成为漕渠直抵长安城的货运码头，还成为漕渠水源的重要调节地。每至汛期，昆明池成为接纳漕渠过剩水量的蓄水池；到了枯水期，昆明池及其积蓄的沣水、潏水、滈水等又可以随时补充漕运所需水源，确保漕运一年四季畅通无阻。昆明池与漕渠相互依托的长安水运系统形成后，长安与全国各地的航运时间迅速缩短，航运能力也随之迅速提高。有资料显示，沟通昆明池的漕渠开通前，通过水路运抵长安的粮食每年只有几十万石；漕渠与昆明池联通后，全国各地经漕渠进入长安的粮食迅速提升至六百多万石。漕渠与昆明池互为依托，全国各地的粮食和物资源源不断进入长安城，也让汉武帝有了足够的底气和实力动辄发兵数十万、上百万，北伐匈奴，南平吴越，实现他开疆拓土的宏图伟业。

然而，这还不是昆明池与汉帝国及其都城长安城不舍情缘的全部。

晚年的汉武帝，尽管拥有之前任何帝王都没有过的辽阔疆域，但连年的征战挞伐也让他意识到了帝国的潜在危机。汉武帝不仅通过《轮台罪己诏》反思自己穷兵黩武的过失，还重提轻徭薄赋、与民休息的治国策略。到了昭宣二帝时代，无为而治的黄老思想再度成为汉帝国的主流文化，昆明池上白帆林立的楼船战舰销声匿迹，在规划建设阶段已经考虑到除供皇室游乐，保障漕渠航运畅通外，昆明池所肩负的为长安城长治久安提供充足的城市供水、调节并滋养长安城生态繁荣的功能更加凸显。

元狩三年，汉武帝开凿昆明池时关中遭遇大旱。《汉书·五行志》记载："元狩三年夏，大旱。是岁，发天下故吏伐荆上林，穿昆明池。"由此我们可以看出，开凿昆明池以保证长安城用水安全，也应该是汉武帝不惜耗费巨额财力人力两次开凿、扩建昆明池的题中之义之一。

我国古代，威胁北方的最大自然灾害是旱灾。上海交通大学陈业新教授研究证明，两汉时期全国共发生旱灾112次，平均每四年就有一次。对于深处西北内陆的西汉都城长安和关中地区来说，旱魃来袭也就更加频繁。汉武帝时，长安城的规模和人口超过西方最大城市罗马城三倍，居民生活起居、朝廷宫苑绿化、城市日常管理用水量与日俱增。作为一位襟怀天下的帝王，汉武帝在修建昆明池这项当时的世纪性水利工程时，必然考虑到了保障与西方罗马城齐名的东方第一大都会长安城的供水问题。2016年和2017年，中国社会科学院考古研究所在昆明池遗址相继发现了一条进水渠和四条出水渠遗迹，其中就有昆明池与漕渠沟通的昆明故渠。出水渠有调剂昆明池水量的泄洪渠，也有引昆明池水供应长安城及其周边地区生活用水的供水道。长期参与汉长安城考古发掘的中国社科院考古所原所长刘庆柱，还在三桥附近发现了当年为保障并调节昆明池向长安城供水量修建的揭水陂。修建这座人工水库揭水陂的意义在于，从昆明故渠流出的水一支东流注入漕渠，另一支专门用于长安城供水的昆明池水则在揭水陂经水库调蓄后再次分流，一部分注入滮水供应宫城，其余两支，一支引入建章宫经太液池泄入渭河，另一支则进入未央宫、长乐宫，经沧池、酒池调蓄后汇入渭河。

如此复杂而科学的供水系统，不仅让长安城旱涝无忧，昆明池也因此成为保障汉唐都城千年繁华的蓄水池。

在反观西汉时期水波连天的昆明池历史时，我还看到历代记述者对昆明池出产的鱼类津津乐道。不过在汉代，昆明池出产的鱼鳖一度只有皇亲贵胄才有口福享用。《汉官旧仪》记载说："上林苑中昆明池、镐池、牟首诸池，取鱼鳖给祠祀，用鱼鳖千枚以上，余给太官。"一开始，昆明池的鱼鳖首先用于皇家祭祀和皇家御膳，如有剩余还可分赏给贵族。大抵是昆明池生态环境过于优越的缘故吧，昆明池的鱼鳖繁殖十分迅速，产量越来越大，以至于后来皇室在昆明池发展起了鱼类养殖业。养鱼业一兴起，鱼翔浅底，鲤鱼腾跃，"千鳞万尾无所之，一网牢笼莫知数"成为 320 公顷昆明池又一胜景。有史书记述，昆明池发展起养鱼业后其产量迅速攀升，陵庙祭祀和皇室贵族根本无法消耗，只好将剩余的鲜鱼拿到市场上出售。一时间，由于昆明池养殖的鱼上市，导致长安鱼市鱼价大跌。这件事被《西京杂记》和《三辅旧事》描写得绘声绘色。昆明池作为长安城渔业养殖基地，一直持续到唐代。只是到了唐代，由于白居易一首《昆明春》上疏，昆明池渔业一度时间向百姓开放，老百姓可以到昆明池养鱼，然后拿到长安集市出售。昆明池美景和渔业的收益太令人眼馋了，唐中宗时安乐公主请求父皇将昆明池赏赐给她，中宗皇帝以"百姓捕鱼所资"的理由，拒绝了爱女的请求。

大唐帝国是一个气象万千的时代，为了皇室成员游乐享受并标榜大唐盛世繁荣，先后修建了曲江池、骊山等一系列离宫别馆。然而，要保持当时已经拥有百万人口的世界第一大都市的繁荣，昆明池依然是唐长安城命脉所系。长安城的城市供水、保障漕运畅通离不开昆明池，甚至备受唐玄宗和杨贵妃钟爱的曲江池一部分池水，也来自昆明池。由于长安八水和昆明池的滋润，盛唐时期的长安城清流环绕、碧水漫流，皇宫坊里、大街小巷婉转环流的波光水影，一度让长安城酷似东方威尼斯。长安城内外河道纵横，渠道相连，游船画舫，往来穿梭。人们出行或者在城内游览，乘船犹如现代人乘坐城市公交车一样，是最为便捷的交通工具。乘船郊游，游船览胜，是当时居住在长安城里的文人的生活常态。大诗人王维的辋川别业在浐河上游蓝田县秦岭山中，但这位亦官亦禅的半隐诗人往来于隐居地辋川与长安之间，常常是坐着类似于现在私家车或公务用车的游船来往于长安和蓝田之间。由于昆明池和漕渠对环绕长安城的包括浐河、灞河在内发源于秦岭山中众多渭河支流的调节，即便是冬季枯水季，王维的游船照样可以在灞河上自由自在地行驶。

从唐太宗到唐文宗，唐朝曾先后对昆明池进行过三次疏浚清理。其中，前两次主要是为了整治并改善年久失修的昆明池水源和水系，保障昆明池对长安城用水供给，改善昆明池对长安城蓄水泄洪功能。第三次整修，则纯粹是唐文宗为了粉饰太平，试图恢复盛唐时代长安盛景。由于这次整修工程浩大，唐文宗甚至不惜以征收茶税方的式筹措资金，并以宣传昆明池与长安城阴阳五行对应关系的方式统一人心。

唐朝三次整修，不仅扩大了昆明池水域面积，也让昆明池重现水波潋滟、游船画舫往来穿梭的胜景。然而对于历经千年沧桑的昆明池来说，这种昙花一现的繁华，也是这座中国古代第一大人工湖消逝之前的回光返照。到了宋代，这座曾经为汉唐帝国崛起立下汗马之劳，为汉唐长安城持续繁荣留下绮丽迷人记忆的长安绿肺，终于耗尽最后一滴水珠，从长安版图上彻底消失。

昆明池干枯了，但昆明池所赋予汉唐盛世的绝代风华却从未被一个民族的历史情感和记忆淡忘。

1949 年春，全国解放在即，中国人民政治协商会议正在紧锣密鼓地筹备。3 月 28 日，受毛泽东邀请来京参加政协会议的国民革命委员会中央常委兼秘书长柳亚子，以一首《七律·感事呈毛泽东》送交毛泽东，宣泄抑郁不满情绪。一个月后，毛泽东以一首《七律·和柳亚子先生》回赠柳亚子，希望他以国家和民族利益为重，留在北京为新中国效力。其中"莫道昆明池水浅，观鱼胜过富春江"句，就是以汉武帝开凿的昆明池作比，劝解柳亚子先生放开眼界，不要消极遁世。

在昆明池消逝一千年后，我在汉唐昆明池旧址——建设中的斗门水库和昆明池遗址公园施工现场看到，斗门水库波光莹莹，库区两岸桃红柳绿，重建中的亭榭廊桥倒映在浩荡水波之上。曾经给汉唐长安城带来一千多年繁华与富足、滋润并哺育了让世人仰望的汉唐雄风的昆明池，即将以它曾经有过的惊艳迷人的风姿神韵重现在世人面前。昆明池这种跨越千年的盛世重光，是不是也暗含了昆明池兴衰与一个时代之间的神秘宿命呢?

碧水鹊桥

　　被当地人称作石婆婆和石爷爷的牛郎织女出现在昆明池遗址的那一刻，原本徘徊在昆明池舟楫穿梭、画舫游弋、鱼翔浅底历史中的我，突然被一种恍惚迷幻的情绪领向一个遥远而熟悉的神话世界。

　　在这个如梦如幻的世界里，有一座只有中国人的"情人节"——七月七日七夕夜，才会在一轮明月照耀下凌波出现的爱情之桥——鹊桥。然后，就有一对阔别已久的恋人分别从鹊桥两侧飘然而至。神话传说中万千喜鹊搭成的鹊桥横卧银河，牛郎织女踩着鹊桥，双眸含情，款款而至。牛郎织女相拥的那一刻，月光更加澄明，星汉更加闪烁明亮，天河之水也愈加清澈宁静。

　　这就是从古至今，每个中国人耳熟能详的牛郎织女的故事。

　　在斗门镇石婆婆和石爷爷庙，面对昆明池旧址出土的牛郎织女石雕像，听当地百姓讲牛郎织女的故事并再三声明昆明池就是牛郎织女故事的发源地，总觉得有些迷离恍惚。然而，一旦打开汉昆明池的历史身世，再比照昆明池考古发现的实物，你又不得不承认汉武帝建造的这座汉长安城巨型水库，的确与鹊桥相会的牛郎织女故事之间有一种说不清、理还乱的纠葛。因为牛郎织女的故事作为一个完整的爱情故事最早被文人记录在案，是在南北朝时期南朝人萧统选编的《古诗十九首》，而在《古诗十九首》里的《迢迢牵牛星》登上大雅之堂的500多年前，汉武帝已经在昆明池为牛郎织女竖起了两尊高达2米左右的石雕像。

牛郎和织女原本是银河两边两颗最亮的星宿。牛郎星也叫牵牛星，在银河西岸，织女星在银河东岸。牛郎织女最早出现在古代文献，是在《诗经·小雅·大东》和湖北云梦泽出土的秦代占卜简书《日书甲种》中。但《诗经》和《日书甲种》中的牛郎和织女，还只是两颗星星，与人无涉，也与爱情无关。汉武帝在昆明池建造牛郎织女石雕像，也仅仅是为了将先秦以来代代相承的象天思想具体化、形象化，所以后人记述这件事时说，汉武帝"立牵牛、织女于池之东西，以象天河"。也就是说，当年汉武帝仿照又称天河、天汉的天上银河模样开凿了昆明池，而在昆明池东西两岸建造牛郎织女石雕像，无非是告知世人：长安城西南这座水波浩渺的西汉水军训练基地，就是人间天河，并以此彰显大汉帝国国威。

昆明池边两尊石雕像的出现，让牛郎和织女从浩渺星空降落到人间，成为有性别之分的人，也为其后由两颗浩瀚太空中隔银河相望的星星演化出一曲缠绵悱恻的爱情故事做好了铺垫。接下来，由于《淮南子》"鹊桥填河（天河、银河）而渡织女"的记述，又名鹊桥相会的牛郎织女神话爱情故事开始孕育萌生，并最终在东汉和南北朝经民间补充完善，渐渐成型。

关于牛郎织女的爱情故事，与昆明池一山之隔的汉水流域也流传得颇为广泛。2014 年我考察汉江，发现甘肃西和，湖北郧西、襄阳，河南南阳，都说他们那里是"乞巧之乡"、牛郎织女故事诞生地。从汉水之名来源于"天汉"之说来看，汉江流域诸多地方与牛郎织女神话传说发生瓜葛顺理成章。不过，在考古专家已经得出结论，发现于昆明池遗址的牛郎织女石雕像的确是汉武帝元狩三年（前 120）的实物，而其他地方只有地方史料记载没有实物依据的情况下，昆明池和牛郎织女石雕也就成为后来人们演绎创作牛郎织女神话故事的最初依据——有了被汉武帝比作人间天河的昆明池，有了昆明池岸上两尊石雕勾勒的牛郎织女形象，人们才能够借助想象的翅膀，将发生在人间的爱情悲喜剧附丽于隔着滔滔天汉遥遥相望的两颗星星身上。

大唐盛世是一个充满开放格局和浪漫情怀的时代，牛郎织女的故事经民间百姓和历代文人共同创作已经完全成熟，以七月七日夜万千喜鹊聚集银河之上，展开翅膀搭建鹊桥供隔银河相思相望整整一年的牛郎织女短暂相会的"乞巧节"风俗，也广泛流行于全国各地。每年七夕，唐太宗都要在清宫与妃子夜宴。这一天夜里，封闭在后宫的宫女们也可以自由自在地乞巧，向织女星祈求智巧。公元 798 年，唐德宗还在昆明池修建织女庙，将汉武帝时期的织女石雕像供奉在庙内。

此后，由昆明池西汉石雕像催生的牛郎织女故事，成为最能打动对纯真爱情充满憧憬的青年男女的中国式爱情故事，"七夕节"也成为长期受封建礼教桎梏的青年男女可以披着月光幽会、互诉爱情的中国式"情人节"。

在有了昆明池后迅速成为流传千古的我国四大神话爱情故事之一——牛郎织女传说中，每年的"七夕"夜，牛郎织女可通过横跨滔滔银河的鹊桥相聚一次。然而在天文学上，牛郎（牵牛）星和织女星之间相距 14 光年，即便是乘坐当今世界上最先进的火箭，两颗隔银河相望的星星要聚会一次少说也得几百年。

不过时隔两千多年，一旦碧波荡漾的斗门水库建成，千秋昆明池重现汉唐风姿，碧水连天、杨柳依依、廊桥相连的昆明池遗址公园，倒不愧为现实中的青年男女相拥相依，滋养爱情的好去处。

渭／河／所／谓

WEI HE SUO WEI

枕着涛声入眠

—

陕西境内规模最为宏大的古代帝王陵园有五座，一座是华夏人文始祖黄帝的衣冠冢，一座是千古一帝秦始皇陵，一座是汉武帝刘彻的茂陵，一座是唐太宗李世民的昭陵，还有一座是埋葬一代女皇武则天的乾陵。

它们都在渭河流域。

在渭河流域带领华夏部落顺流而下、统一黄河流域华夏诸部族的轩辕黄帝，据传活了一百一十八岁。最后，黄帝没有像一般人一样去世，而是在流经陕北的渭河支流北洛河附近的桥山，被一条从天而降的黄龙接走了。所以现在黄陵县桥山下面埋葬的，是轩辕黄帝升仙之际留在人间的衣冠，而不是他的肉身。

流经黄帝陵附近的，是北洛河支流沮河。最早的黄帝陵建于秦代。跋山涉水、劳顿远足祭祀黄帝，在古代是历代帝王祈求国泰民安、永葆皇位的必修课。每年清明祭祀黄帝，即便是当朝皇帝忙于政务或龙体欠安，也要诏令文臣拟一份祭文，派一位钦差，从长安或者后来的北京紫禁城出发，车辇相随，浩浩荡荡，来到黄帝陵前叩个首，焚一炷香。

历代帝王中，祭祀黄帝规模最为壮观的，恐怕要数汉武帝了。

元封元年（前110），汉武帝率十八万骑兵北征匈奴，迫使匈奴单于臣服西汉帝国。凯旋途中，汉武帝为夸耀武功，带领十八万汉军在桥山黄帝陵拜祭黄帝，向先祖祭告自己创建的丰功伟绩。当然，还有一个只有汉武帝自己才知道的秘密，也在这次祭拜内容之列。那就是汉武帝还在黄帝面前，祈祷自己能够长寿成仙。然而，让汉武帝没有想到的是，在向黄帝祷告后二十三年，他还是死了。只不过汉武帝的陵寝没有选择在北洛河流域，而是葬在了能看到渭河滚滚波涛的咸阳原。

尽管汉武帝拜祭黄帝时祈祷自己长生不老，却在建元二年（前 139）十七岁那年，就开始修建自己的寿陵茂陵。这座汉武帝死后尚有包括宫女、守陵人等工作人员在内五千人祀奉的陵园，是秦咸阳城被项羽烧毁后咸阳原上最宏伟的建筑。汉武帝葬在咸阳原后，生前与汉武帝朝夕相处的李夫人、卫青、霍去病、霍光、金日磾等人，也将他们的墓葬选择在了这位文能治国、武能攻伐的西汉帝国主宰者的周围。围绕茂陵东、西、北三面，包括汉武帝自己在内，西汉十一个皇帝的九个陵寝及其大臣、皇后、妃子的墓葬绵延几十公里，与南面的渭河遥遥相望，蔚为壮观。渭河波光映照下的咸阳原，几乎就是汉武帝死后与他所钟爱的文臣武将在另一个世界聚会的天堂。

也许是流连于生前创建基业的这片土地，也许应验了有人说"秦岭是历代建都关中帝王的龙脉"那句话，关中大地几乎遍地都是自西周以来到盛唐时期历代帝王的陵寝。这些帝王陵寝选择的墓葬形制也大体相似，即关中帝王陵寝大多数建在渭河北岸台塬上，而且都是紧临渭河，遥望秦岭。所以在渭河北岸台塬上行走，如果开阔平地上突然出现一座不大不小的山包，你可千万不要以为那就是一座山，那极有可能就是某位生前曾经不可一世的帝王的陵寝。

关中帝王陵中，也有依山建陵，甚至将整座高挺的山岭作为陵墓的。能够建造并配得上安卧在这样气势非凡陵寝中的帝王，必然是横空出世、让万世敬仰的非凡帝王。

享有这样待遇的，是唐太宗李世民。

为寻找昭陵，我曾经在礼泉县西北九嵕山下的茫茫山野中东奔西走，盘桓了很久。虽然不断有路标指示前往昭陵的方向，但面对头顶上突兀高耸、苍茫雄健的九嵕山，我怎么也不能相信，一座帝王陵总不至于将坟包堆积成一座让人望而生畏的莽莽山岭吧！

偏偏唐太宗昭陵，就是这样一座山。

从山下一路攀缘，环绕在越来越高峻的山谷间的公路让人惊心动魄。及至抵达山顶，那种四周群峰伏拜、唯我独尊、高出人世、君临天下的气势让人震撼并慨叹：对于开创了大唐盛世基业的唐太宗李世民来说，也许只有安卧在这样以渭河北岸最高峻苍茫的山岭为陵寝的坟墓里，才足以向世人显示，这位中国历史上罕有的伟大帝王博大的襟怀和他所缔造的让世界引颈仰视的大唐文明的盖世光芒吧。

唐太宗陵寝，占据在九嵕山顶峰极高处。但通往主峰的通道四周，仍然是唐太宗灵魂涌动的地方。九嵕山不是一座独立的山峰，它的支脉面向渭河，并向东、西和北面继续曼延。朝东和朝西的峰峦被李世民安卧的高峰压住之后，就变换着姿势向远处延伸，而在昭陵正门朝北的方向，一片浩大辽阔的高原才刚刚展开——从这里向北，黄土高原就开始了。如果沿着昭陵正门，从被北洛河及其支流切割出无数沟壑的高原继续往北，就可以到达黄帝陵。

据说唐太宗依山为陵，是为了节俭。而这句话，是唐太宗发妻文德皇后临终前向唐太宗交代后事时说的。文德皇后死后，唐太宗在为其撰写的碑文上也说："王者以天下为家，何必物在陵中，乃为己有。今因九嵕山为陵……不藏金玉、人马、器皿，用土木形具而已，庶几奸盗息心，存没无累。"这也许是唐太宗受了文德皇后影响而吐露的真实心迹。待到文德皇后和唐太宗葬在那里后，包括长孙无忌、程咬金、魏徵、房玄龄、李靖、尉迟敬德、长乐公主、韦贵妃在内的一百八十余座皇室墓葬，都紧紧围绕在李世民身旁，渭北塬上的九嵕山，也就成了中国大地最为壮观的帝王陵寝。

九嵕山唐代帝王陵中，唯独少了一代女皇武则天和唐高宗李治。他们夫妇的陵墓在九嵕山西面、渭河北岸乾县北面的梁山上。这也是一座依山为陵的陵墓，只不过乾陵的气势和规模，远远不能与昭陵相提并论。但乾陵的结构形制，也许是所有渭河北岸帝王陵中最富有想象力的一座。有不少勘察过乾陵的人说，整座乾陵看起来就像一个仰卧在渭河北岸的女性。从乾陵东边西望，梁山就像一位新浴之后的少妇披着长发，头北足南，仰面躺在蓝天白云之下，北峰为头，南二峰为胸。

关于乾陵的建造年代，有人说始于唐高宗李治，也有人说是在武则天做了女皇之后。为了选择陵寝，武则天这位不拘礼制、情欲旺盛的女皇，还请了当朝大堪舆学家为她和李治寻找墓地。这位堪舆学家到了渭北乾县梁山下察看风水后说，梁山山形配以渭水，大利于女主，武则天这才把梁山选为唐高宗和自己百年后的"万年寿域"。

武则天和李治死后不入昭陵，也许更深的原因还在于，唐太宗死后，李治和武则天乱了辈分的婚姻吧？虽然大唐盛世两性关系的开放程度，在我们看来远非当代已经极度开放的人可以想象的，但年轻时的武则天毕竟是唐太宗的昭仪，位列皇帝妃嫔之列，也是皇帝的女人。但父亲死后，儿子李治却和武则天结为夫妻。李治死后，武则天更是放荡无忌，把宫廷闹得乌烟瘴气。也许直到人老珠黄，武则天不再有那么大魅力，也不再有那么旺盛激荡的情欲时，这位女皇才明白了自己被那么多辈分不同、身份相异、年龄不等的男人使用过的身体，的确是不适合和大唐皇室先祖葬在一起的吧！

这一切秘密，也许就掩埋在乾陵前面那尊无字碑下面。

我不知道秦始皇时代，渭河在骊山脚下的走向是不是和现在一样。几乎所有关中帝王陵都选择在渭河北岸，唯独秦始皇陵雄踞渭河南岸。

"尼罗河上的古埃及金字塔，是世界上最大的地上王陵；渭河南岸骊山脚下的秦始皇陵，是世界上最大的地下王陵。"

这只是考古界和史学界根据现有勘探，发掘秦始皇陵园周边附属建筑规模得出的结论。这些勘探结论表明，秦始皇陵总面积有七十八个故宫大小，仿照秦国都城咸阳布局建造，大体呈回字形，陵墓周围筑有内外两重城垣。我们现在可以勘探到的，还仅仅是秦始皇陵园突出在地面的部分。真正令人惊讶，让我们无法想象的地宫，还尘封在两千多年前的地下。虽然司马迁在《史记》里为我们描述了秦始皇陵园地宫的情况："穿三泉，下铜而致椁，宫观百官奇器珍怪徙臧满之。

令匠作机弩矢，有所穿近者辄射之。以水银为百川江河大海，机相灌输。上具天文，下具地理，以人鱼膏为烛，度不灭者久之。"但秦始皇走进陵园地宫的时候，那些曾经为他设计、修建过陵园的技工和苦力，已经被斩杀，有谁会知道和千古一帝秦始皇一同埋葬了的，还有多少奇珍异宝和鲜为人知的历史秘密呢？

　　实际上，秦始皇陵至今让世人猜测不透的规模和地下秘藏，也用不着猜想，只要看看作为秦始皇陵园冰山一角的秦始皇兵马俑陪葬坑，我们就可以想见，这位从十三岁刚刚即位就开始为自己营造陵园的秦始皇，在穷其一生诛灭六国的同时，肯定将无数一旦公之于世必然震惊世人的历史秘密和他的尸骨一起，埋葬在了渭河岸边的浩浩黄土之下！

渭／河／所／谓

WEI HE SUO WEI

汉字的光芒

让刚刚诞生的文字具备一种让人心动的美感，不是当年居住在渭河流域的大地湾人和半坡人将他们对世界万物的印象以一种象形图案刻画在陶器上的最初愿望。然而，恰巧是原始人类对文字和世界那种朦朦胧胧的意识，催生出中国汉字朴拙迷人的线条，让人们至今对大地湾人和半坡人留在陶器上的那些刻画符号所呈现的审美情趣沉迷不已。

大体是由于汉字自它们伴随渭河古老涛声诞生的那一刻，就在承担记事功能的同时，已经具备了一种形神兼备的审美趋势的缘故吧。汉字在它发展成熟之后，便立即从单一的记事符号中脱身而出，上升为一种供人欣赏、品读、把玩的艺术。

甲骨文诞生的时候，渭河已经将在自己浇灌下经大地湾人、半坡人和后来仓颉一手培育的汉字种子，传播到了中原。在那里，这些沾染着黄土芳香的文字被刻写在龟甲或兽骨上，用以记述殷商时期的重大事件。但那些承袭了渭河流域最早诞生汉字的基本形态的记录者，在有更多的文字可以记录更多、更复杂的事物的同时，由于刻写工具和刻写材料状况不同，让大地湾人、半坡人创造的那种似是而非的汉字书写形态，朝着书写艺术的境界大大前行了一步。

当初，那些俯身在零碎龟甲兽骨上刻写后来被称为甲骨文的书写者，还没有意识到发源于渭河中上游的汉字在他们手里完成族群演化之后，即将上升为一种独立的审美艺术。因为那时的甲骨文，仅仅是书法艺术诞生的萌芽时代。它的成熟与发展，还需要更深厚的历史和文化土壤，需要更多的人在不同质地的书写材料上以更加多样的方式进行书写，这样我们才能看到汉字艺术更加真实的艺术魅力。

就这样，当转身朝诞生过中国最早汉字的渭河流域遥望的时候，我看见了周原和渭河平原上甲骨文之后的金文、石刻文所绽放的让人眼花缭乱的艺术光芒。那种文字的光芒下面，更多的文字被书写者内心的激情唤醒。那些俯身文字的书写者，也被他们刻写在青铜器物、石碑、石头上或者后来书写在竹简、纸张上汉字的迷人风采深深陶醉。

公元 7 世纪到 10 世纪，渭河和她的其他七条支流环绕着长安城。商业、文化和艺术的高度文明，已经将长安城打造成当时的世界艺术中心。大唐初年，长安城即将诞生像后来的柳公权、颜真卿这样的书法大家。然而，一个偶然的机会，当埋藏在宝鸡市凤翔县三畤地下一千多年的十个形状如鼓的古代石刻作品被发现的时候，还是在已经书法名家林立的长安城引起极大震动。后来，杜甫、韦应物、韩愈，都对一千年前生活在渭河之滨的书写者和石刻工匠联手创造的这十个体势整肃、端庄凝重、笔力稳健的大篆石刻艺术精品赞不绝口。直到这时，人们才惊喜地发现：原来中国书法艺术的根源，在大唐都城附近的渭河两岸！

这十个形状如鼓的石刻作品，就是后来被称为中国石刻之祖的石鼓文。现在，如果沿渭河顺流而下，或者从西安经咸阳溯渭河而上，矗立在宝鸡城区渭河南岸的中华石鼓园，就是后人为怀恋这十个将中国汉字上升到精美绝伦的书法艺术的石鼓而建造的。石鼓园附近的渭河岸上，还有一个叫石鼓镇的地方。

石鼓文诞生的时候，那时叫作陈仓的宝鸡渭河南岸，不是一片荒芜，就是淹没在渭河下面的河道。因为那时是距盛唐一千三百多年，距现在两千七百多年的春秋时期。

公元前 761 年，为父亲秦襄公守了三年孝的秦文公，带领七百士卒，佯装狩猎的样子，从渭河上游天水境内来到渭河中游宝鸡，探听占据在这里的戎族虚实，踏勘迁都地点。从现有史料可以看出，秦文公此行最大的收获，是确定了将秦国都城从天水境内的西垂宫迁移至陈仓。如果没有石鼓文的出现，我们自然不会知道，以游猎为名，即将对盘踞在岐沣之地的西戎实施复仇性进攻的秦文公还曾经在这一带游山玩水、赋诗题词，并在不经意间为后世留下了中国最早的石刻艺术作品。

　　这十个以籀文，即我们所说的大篆，记述秦国国君游猎之趣的石刻作品的诞生时代，至今存有争议。其实，石鼓文到底诞生于周宣王、秦襄公时期，还是诞生于秦文公时代并不重要。对于在渭河两岸孕育数千年，已经从甲骨文和金文中脱胎换骨，彻底幻化为一种书法艺术的石鼓文来说，它那从刻画文字符号中涅槃的书写方式和结构形态，诗与字浑然一体，充满古朴雄浑之美的审美情趣表明，渭河的古老神韵，让中国汉字在它的故土获得了艺术上的重生。

　　如果要从源头梳理汉字上升到书法艺术的过程，我们还必须从诞生于西周、盛行于秦代的石鼓文上出现的籀书——大篆，再往回走，在弥漫在渭河北岸的周人所创造的青铜之光那笔笔入里的青铜铭文里，寻找书法艺术最初的呼吸。

　　那么多绽放着黝黑凝重幽光的青铜器物摆放在一起的时候，一种神秘和悠远的情绪就会悄然袭来。但当俯身还残留着岁月绿锈残迹的青铜铸造的礼器、祭祀器和生活用器上，端详那铭刻在青铜器内侧、底部的一笔一画，我们所看到的，不仅仅是那些正在成长中的汉字所记述的三千多年前，生活在渭北周原上的西周王室、贵族和庶民百姓多姿多彩的生活场景，还有这些青铜铭文的书写者和镌刻工匠，面对中国汉字所激发的那种让人着迷的激情与创造才华。

　　我此生见到最多的青铜器铭文，是在宝鸡青铜器博物院。

　　甲骨文在殷商出现的时候，其功用仅仅局限于占卜问卦。后来虽然出现了青铜器，但商代可以从龟甲兽骨上转刻到青铜器上的铭文寥寥无几，书写风格也还笼罩在甲骨文的阴影里。直到生活在渭河北岸台地上的周人，将一度东移中原的中国政治、经济和文化中心再度扭转到渭河流域的关中平原之后，一个全新的时代让甲骨文脱胎换骨。以周原为中心纷纷诞生的青铜器铭文——钟鼎文的出现，预示着中国书法艺术迅速成长时代的来临。

　　西周时期的金文或曰钟鼎文，是由书写者和青铜器、青铜铭文制作者共同完成的书法艺术。身为王室贵族或者青铜铭文的书写者，将文字用书写工具（应该也可能是毛笔吧！因为在距今五千多年的渭河岸上的陕西临潼姜寨遗址，我们已经发现了人类绘制彩陶纹饰的毛笔痕迹）书写在青铜器软坯上，然后由工匠用只有他们熟悉的特殊工艺，按照书写者的笔法、线条，显示在青铜器上，或以阴文，或以阳文，镌刻到泥胎上，最后连同青铜制品一起放到窑窖中高温烧制。一件件青铜器烧制出窑，那些刻写在青铜器上的铭文，也就与一件件青铜器一起出现在了遥远的西周时代。

　　这种在青铜器底部和壁部镌刻或雄浑典丽，或严谨端庄的金文的过程，我们现在只能凭想象去复原。让我感到震惊的是，三千多年前包括《毛公鼎》《大盂鼎》《散氏盘》在内的钟鼎文书法精品，竟都是在西周王朝雄踞关中渭河之滨的周王朝昌盛期诞生的。

宝鸡境内琳琅满目的青铜铭文绽放的金石艺术光芒在中国大地四面八方弥漫的时候，石鼓文出现了。

公元前 770 年，周王室被迫东迁洛阳后，周天子将管辖渭河流域的权力赏赐给了还生活在渭河上游天水一带的秦人。进入关中之后，秦人的抱负和愿望，已经远远不是统领一条渭河上下的子民，还有更宏伟的理想在不远的前方呼唤着他们。除了战略上的征伐，秦人还需要文化上的占领。石鼓文匀称的笔画、圆整的笔势、工整的线条都告诉我们，一种比青铜铭文钟鼎文更趋于完整和完美的汉字——大篆，已经在秦人的成长过程中诞生并走向成熟。

刻在青铜器上的钟鼎文，在整个青铜时代还将延续。但石鼓文出现后，中国汉字成为一种独立于书写工具之上的艺术的可能性已经凸显，中国书法艺术走向更为广阔天地的大门从此被打开。接下来，秦文公的后裔秦始皇统一六国后，又一次与当年仓颉收集整理文字有异曲同工之妙的文字改革运动，在秦始皇倡导下将由丞相李斯完成。

秦始皇时代的文字改革运动，就是我们所熟知的"书同文"。

那时候，大篆繁复难认，书写难度大，已经到了非改革不可的地步。李斯在收集整理并甄别六国文字优劣差异时发现，齐国和鲁国使用的蝌蚪文，结构简单，笔画俭省，便以当时流行于秦国的大篆为基础，将大篆笔画予以删减，吸取蝌蚪文优点，创造出一种全新的文字——小篆，作为统一通用的规范文字，在全国推广。

秦始皇创建大秦帝国，本身就是一次史无前例的革新和创新。秦朝建立之初，也是中国历史上一个罕有的革故鼎新的时代。所以，在李斯改造的又叫秦篆的小篆成为全国通用文字的时候，还有人在琢磨用另一种形态结构的中国汉字。这个人是个囚犯，叫程邈。

程邈是秦朝县衙里的一位抄写吏，不知道犯了什么事，被关进监狱。那时小篆已经推行，作为天天抄写公文的小吏，蹲监狱的日子过于寂寞，于是便琢磨如何将小篆改造为另外一种更便于书写又美观大方的文字。就这样，被关在渭河支流泾河流经的陕西淳化县云阳监狱的程邈，用十年工夫，创造出一种书写更为简便且美观大方的文字——隶变，也就是我们现在使用的隶书。

渭河所谓

由于创造了隶书，程邈不仅被秦始皇释放，还任命他为御史。这种彻底打破古汉字书写规范的隶书，从笔画结构等方面也为楷书诞生奠定了基础。虽然程邈创造的隶书一开始只限于劳改犯人和狱卒一类的下层官吏使用，但到了汉代，这种以蚕头燕尾、一波三折、庄重大方见长的书体，已经从渭河流域开始，流传至全国。到现在，我们从中国大地林立的碑石和摩崖石刻上看到的汉魏隶书精品，几乎都在渭河流域。

与岐山相邻的麟游，在渭北黄土丘陵上。境内纵横交织的沟壑间有不少大小不一的河流，它们虽然同属渭河流域，但一条自西南进入麟游的千山山脉支脉页岭山，却让麟游南北的河流分别流入北面的泾河和南面的渭河。不过，无论进入泾河的流水流多远，它们每一滴奔跑的水珠，最终还是要汇入渭河。隋唐时期，麟游是大隋和盛唐的皇家避暑胜地。整天劳于案牍或烦心于你争我斗的宫廷斗争的皇室成员，来到这块清凉的高地，也就有了远绝尘世的逍遥与自在。于是，笙歌燕舞之余，赋诗题碑，成了皇室贵胄以及尾随而来的文人雅士消耗悠闲时光的必修功课。在唐高宗李治留下《万年宫铭》之前，欧阳询的《九成宫醴泉铭碑》已经屹立在那里了。

《九成宫醴泉铭碑》出现的时候，大篆、小篆和隶书已经成熟，草书、行书、楷书也已出现，中国书法艺术还在等待一个大家林立、精品迭出的集大成时代。矗立在渭河北岸的天下第一楷书出现后，这个时代也就伴随着大唐盛世的到来翩翩而至。

　　盛唐时的中国大地，是中国历史上文风最为鼎盛的时代。各地为官的官宦、四处漫游的文人雅士、隐居寺庙的修行者，几乎都是盛唐文化之风积极的倡导者和推动者。这种文化之风的源泉，在渭河环绕的都城长安。以我们现有的笔墨，已经无法再现大唐盛世长安城文风蔚然、中国书法艺术登峰造极的壮观景象。但当我们在记忆深处与欧阳询、张旭、颜真卿、柳公权这样的书法大家相遇的时候，我们只能说盛唐时期流经关中大地的渭河，几乎一半是流水，另外一半则是那些为后世留下众多精美绝伦碑帖的书法大家临池书写之际留下来的醉人墨香。

　　如果有人要身临其境地理解大唐盛世中国书法艺术的独矗高峰，还有一个方式，那就是从诞生过石鼓文的宝鸡开始，自西向东，沿渭河，顺掩映在山水之间的山间寺庙、古城街坊之间行走寻觅。当然，如果到了西安碑林，你就可以从那里珍藏的众多石碑中，探寻到滔滔渭河让古老的中国汉字充满迷人魅力的所有秘密。

渭／河／所／谓

WEI HE SUO WEI

青铜之邦

|

宝鸡是除天水之外我最熟悉的一座城市。

幼年时知道宝鸡，并开始以想象为常常被有些闯州过县经历的老人描述成物产丰饶、粮米之仓的宝鸡画像，是借助语文课上《梁生宝买稻种》里柳青为我们提供的意象：和天水一样，宝鸡是一座有山有水，又一样有一身葱绿的火车沿陇海线呼哧呼哧驶过的西部小城。但到了后来，当有机会从列车车窗瞭望到宝鸡城，再后来一次又一次往来、徜徉、驻足西府大地之后我才发现，宝鸡不仅有浪花翻腾的渭河从城边流过，有逶迤秦岭若即若离，有一望无际的麦田翻卷着滚滚金浪从渭河两岸漫过，被秦岭渭河养大的宝鸡更是南来北往旅人心目中一个温暖宜人的梦乡，一个可供每一个心怀温情的人俯首留恋、沉思静坐的心灵之港。于是十年前，我曾经为当时已经日渐与我精神和情感交往弥深的宝鸡写下了这样的诗句：

早晨的微风／把秦岭上的云／打扫得干干净净／运载爱情的火车／从兰州和郑州的黑夜中／疾驰而来／一扇被渴望的黎明／打开的窗户／在秦岭的阴影中／倾听来自四川的赞美之声／／在列车与列车的惜别声中／一片金黄的麦子／把雨后的花朵唤醒／北部是塬／黄土与寂静／让窑洞里的灯光如此暗淡／南边是幸福的丛林／把汉中的流水和四川的姑娘／召唤到我的

面前 // 行色匆匆的秋天 / 在渭河两岸 / 留下高粱和玉米 / 一群转乘的旅客 / 在陌生的灯光下徘徊 / 他迷茫的眼神 / 让我想起了六月的麦场上 / 回家的麦粒 / 阳光和尘埃

　　十年前为宝鸡写下如此充满怀恋与忧伤的诗句的时候，我还没有与秦岭相遇；走进宝鸡城，我也还没有如此多的朋友让我感受温暖；与遍地埋藏着金光四射的青铜之光的宝鸡历史文化精神的沟通与交流，也还在等待时光赏予我契机和机缘。即便如此，每次坐火车从南方或者东部进宝鸡，内心就会有一种无限的温暖腾腾升起。不仅仅是我，几乎所有外地归来的天水人都有这样的感觉：即便是睡意蒙胧的深夜，只要列车广播传来"下一站列车将要到达的是宝鸡站"的声音，大家便睡意全无，开始收拾行李床铺，准备下车，仿佛远在渭河另一头的家门已经敞开，灯光温暖的窗户已经晃动着慈母或爱妻手捧热茶的憧憧身影……

　　天水与宝鸡之间如此不分彼此，兄弟情深的感情，既源于宝鸡与天水同饮渭河水、共靠秦岭山的地缘关系，更因为天水和宝鸡同是秦人故地，我们血管里同样奔涌着秦人热情激荡的鲜血。这种根深蒂固的历史情感基因，也许才是天水与宝鸡相互之间有着那么多认同感和融合感的根本吧？

2004 年夏天，我是从南秦岭的汉中境内经太白县进入宝鸡的。那时候的宝鸡已经全然不是梁生宝时代的宝鸡，也绝非 20 世纪八九十年代我匆匆驻足或者从疾驰而过的列车车厢里所看到的宝鸡城。高楼与商业已经使过去曾经长满稻谷麦菽的渭河南岸成长为一座现代化新城。一路从大散关流下来的清姜河让渭河水变得更加急切流畅，而生机勃勃的秦岭葱绿更让成长与生长中的宝鸡城彰显出一番山水相依、风味别具的韵致。

到达宝鸡的当天下午，我在《宝鸡日报》符广成副总编和当时还是摄影记者的韩强娃陪同下，参观了酷似一只巨型铜鼎的宝鸡市青铜器博物馆——那是我此生第一次见到数量如此众多、年代如此久远、造型如此精美的青铜器。所以，面对宝鸡青铜器博物馆幽暗神秘灯光下陈列的 5 万多件出土于宝鸡境内的青铜器，我的情感和记忆立即就返身走进了周原上炉火燃烧、西府大地金光闪烁的周秦时代——那既是宝鸡历史天空最为光彩夺目的时代，也是中国历史真正意义上的文明曙光璀璨升起的时代。

尽管，我丝毫没有贬低华夏大地别的区域远古与古代文明对中华文明做出巨大贡献的意思，但我们同时也不能不正视这样一个历史史实，即如果没有崛起于宝鸡周原的周人所

大盂鼎

创建的西周王朝倡导的礼乐文化，没有西周确立的宗法制度，没有秦人依托西府大地所创建的大秦帝国，中国封建社会的文明进程和文明程度，还会不会如我们现在所看到的这样生生不息、灿烂辉煌呢？

2004年盛夏，我徜徉在宝鸡青铜器博物馆的时候，眉县马家镇5位农民因无意间挖出27件"旷世国宝"级青铜器而与巴金、王蒙同时获得2003年度中国杰出文化人物的新闻余波未平，岐山周公庙附近发现周公大墓的消息又被国内外媒

大盂鼎铭文拓片

体炒得如火如荼。当时，我虽然没有机会到被看守得连央视
记者都无法接近的周公大墓挖掘现场，感受自西府大地上吹
奏起礼乐文明之声的周公旦墓葬所标榜的西周文明的辉煌与
高度，但从宝鸡青铜器博物馆幽光逼人的青铜之光，从凤翔

雍城秦公大墓所蕴含的秦人辽阔高蹈的襟怀中，我已经理解了三五十年前曾经和天水一样黯淡、渺小的宝鸡城，之所以能够在这些年展开如此辽阔的襟怀，带着满身犀利夺目的青铜文化光芒快步发展的原因。

一座城市有一座城市的文化传统，一座城市的人也有一座城市人的精神历史。如果要我概括宝鸡的历史与现实精神的话，我觉得青铜的硬度与光芒，是宝鸡文化精神最恰当的喻体。

中国的青铜时代始于夏商，但将中国的青铜文明推向极致的，则是壮大于宝鸡周原的周人，以青铜利器开拓一个民族辽阔未来的，是从天水进入宝鸡，在宝鸡练就了强壮筋骨、锤炼出铁血精神的秦人。

一群赤裸着膀子的汉子出现在遥远的视野。火烈的骄阳炙烤下，他们每个人的皮肤都和眼前堆放的金光灿灿的黄土陶泥有着同样的颜色。这些两三千年前在岐山县凤雏村周人都城岐邑干活的人，是西周青铜器制作工厂的工人。他们是一群有明确分工，掌握了各种娴熟青铜器制作技术的劳动艺术家。这些人被分为制范、冶炼等工序，分工合作，共同完成一件青铜器具。制范工用眼前这些可以用来烧制陶器的黄土泥巴，按照已经设计的各种器物图样和纹饰，制作出鼎、壶、簋、樽等器具陶范，并在陶范内壁饰以花草植物、飞禽猛兽、山水云龙之类装饰图案。制作青铜器的陶范，一般有内范和外范。内范与外范相结合，才能组合成一个可供制作青铜器具的模具。青铜器的装饰图案和纹饰，一般在外范上；如果拥有这器物的王公贵族有特殊要求，以当时流行的钟鼎文为表现形式的铭文，也被一次性制作在陶范上，与青铜器一同诞生。

这是我在《渭河传》里描述当年生活在宝鸡境内的周人锻造中国历史上青铜文明高峰时代的一段文字。其实，根据这些年在西府大地游走的经历，我发现在公元前10世纪到秦始皇创建大秦帝国之前的近千年时光里，铸造青铜礼器和兵器的熊熊火焰，几乎从未在西府大地上片刻熄灭。炉膛里燃烧的激情，未氧化之前金光灿烂的青铜礼器和兵器，将周秦时代西府大地的天空映得一片金黄，也让两三千年前的华夏大地将惊羡、仰慕、神往的目光投向过去的陈仓、现在的宝鸡。这种发源于西府大地，耀眼如黄金的青铜之光留给宝鸡的，是至今让人能够感受到燃烧烈度的创造激情，留给中国历史的，则是让世界至今引颈仰视的一个民族的庞然背影。

诞生于周原的第一只青铜器，也许是周人向先祖神灵祝祷祈福时使用的礼器。它可能是鼎，也可能是簋，或者是樽。

但当更多的青铜器皿在宝鸡出现的时候，中国的历史已经进入了一个崭新的时代——这就是由生活在宝鸡境内的周人一手缔造的以青铜器为载体、以礼乐文明为代表的文化文明时代。虽然到了稳居雍城二三百年的秦人以青铜铸造的兵器开道，将秦国的麟麟战车驶向东方、南方与北方的时候，从燃烧的炉膛里走出来的青铜兵器上面淋漓着汩汩鲜血，但正是这青铜兵器宁折不屈的经历，才造就了中国历史上第一个封建帝国。最早出现于宝鸡出土的青铜器上的"中国"这个词，才以一个完整而强大的国家形态巍然出现在世人视野里。

青铜器的出现，是人类走向新的文明的重要标志。青铜器，这种铜和锡合金铸造的复合制造技术和铸造工艺，在宝鸡境内大放异彩，发展到辉煌巅峰之际，也将中华文明和中国历史带入一个崭新时代。而当青铜兵器与农具被同样最初诞生于宝鸡的铁器所取代的时候，青铜的影响和青铜的光芒不仅并未消失，而是以另外一种形式让古老中国的青铜文明绽放出更加绚丽夺目、亘古不朽的艺术光芒——这就是仍然在西府大地孕育成熟并发展到极致的中国书法艺术之母：钟鼎文。

中国书法史上，最早具备书写艺术的书体是甲骨文、石鼓文和钟鼎文。如果从严格意义上说，甲骨文也许只能算是中国书法孕育发展的母胎，而到了崛起于宝鸡周原的周人在经由青铜器铸造工匠与中国历史上最早的文字书写者合作，将王室贵族对神灵先祖的祝祷、周王室史官或法官对发生于当代的历史或生活事件、典章制度刻写在青铜陶范上，然后投入一年四季昼夜不熄的炉火之中，定型于刚出窑窖时金光闪烁的青铜器皿上时，原本只是用于记事的中国汉字，才从单纯的实用性书写载体破土飞升，成为一种有意味、有形式，具备了审美价值的艺术形式。不仅《毛公鼎》《大盂鼎》《散氏盘》这些中国钟鼎文的开山之作诞生在宝鸡境内，后来崛起壮大于宝鸡境内的秦人承袭刻写于青铜上的钟鼎金文书风，留诸后世的陈仓石鼓，以及宝鸡青铜器博物馆收藏的琳琅满目的秦代青铜器皿上更趋规范优美的钟鼎铭文，不仅让周秦两代升腾于宝鸡境内的青铜之光绽放出更加迷人的光彩，也将中国文字与中国书法艺术推向了前所未有的辉煌巅峰。

于是，多少年来每每回想起宝鸡，我的内心里就会涌起一种黄金般温暖而激情的光芒。我知道，那是我们的先祖在创造中国历史上青铜文明时代时，遗留在宝鸡大地上金属般的精神光芒的持续回响。这光芒的内部是那么炽烈、璀璨、坚韧，而长满绿锈的外表在历经了千百年岁月覆盖之后又显得如此凝重内敛——这是青铜的本色与质地，也是宝鸡这座中国历史与现实中的青铜之邦的精神与灵魂。

渭\河\所\谓

WEI HE SUO WEI

终南仙境

　　渭河在周至县境内的最大支流，是发源于太白山二爷海，流经周至老县城附近，然后从群峰高叠的秦岭山谷中向北，流向渭河和古都长安的黑河。现在，黑河在即将从群山之间奔流下来，进入渭河之际，被周至县马召镇后面山脊之间突然筑起的一道大坝截断了奔流的去路，黑河之水就在那里的高山之巅形成了一座水波浩渺的黑河水库。这座水库是西安城市用水的水源地。水库旁边，曾经孕育了白居易《长恨歌》的仙游寺法王塔的倒影，荡漾在高山平湖之间。

　　如果站在法王塔朝东望过去，还可以遥望楼观台的依稀背影。

　　莽莽秦岭从甘肃甘南临潭县白石山起步东行不久，就与渭河相遇了。穿越甘肃和陕西之际，秦岭与渭河就像一对相依为命的兄妹，一路并肩而行，相互照料。到了接近十三朝古都长安附近的眉县至蓝田一线，渭河进入关中平原腹地，流水变得愈加开阔从容，与渭河结伴而行的秦岭，也骤然间变得愈加高峻挺拔起来。纵横其间的幽谷峰岭，起伏跌宕，神秘莫测。

　　这一段秦岭，就是终南山。

　　也不知从什么时候开始，终南山成了中国历史上道教神仙、云游道士和远离俗世的隐士高人聚集的神秘家园。从《诗经》中"终南何有？有纪有堂"的记述可以断定，早在西周时期，与西周都城镐京相去不远的终南山，就是先秦时期贤人高士云集的地方。只不过，那时候道教还没有诞生，往来于群山密林深处的那些高人，大抵都是如隐居崆峒山的广成子和在楼观台结草为楼修行的尹喜一样，渴望通过隐居修行，达到如庄子《逍遥游》所描述的"肌肤若冰雪，绰约若处子；不食五谷，吸风饮露；乘云气，御飞龙，而游乎四海之外；其神凝，使物不疵疠而年谷熟"的神仙境界。但到了汉唐以后，渭河凝望的终南山，就从凡尘俗界中逐渐脱离出来，成了神仙和隐士的专有家园。

沿渭河再度进入蓝田和楼观台依靠的终南山崇山峻岭之际，沉寂已久的终南山已经变得热闹非凡了。这大概缘于二十多年前美国人比尔·波特寻访中国当代隐士的那本书——《空谷幽兰》，让中国文化史上一个被大家遗忘已久的秘密再度引起关注的缘故吧。

2011年夏秋之交，当我再次进入渭河南岸这片莽莽山岭边缘的时候，面向古城长安的秦岭北坡众多沟峪、高山、密林深处，高耸的经幡伸出林梢，各式各样隐居者居住的石屋、窝棚、洞穴密布在山崖、林间。当时，"当代隐士"张剑锋隐居终南山事件，正被媒体炒得火热。

　　从草堂寺出来，望着一场大雨后圭峰上缭绕变幻、神秘莫测的云雾，我一直不清楚，现在的终南山是不是真的还有五千隐士在重现历史上隐士云集、风餐露宿的古代生活？不过，在历史上，自从渭河流水让关中成为中国古代文化中心之后，终南山就成了中国神秘文化的一个喻体和归结。

　　"隐士是中国保存得最好的秘密之一。他们象征着这个国家很多最神秘的东西。"这是比尔·波特20世纪80年代跑遍终南山后得出的结论。2004年行走秦岭和这次追随渭河足迹行走的时候，《空谷幽兰》这本书一直跟随着我。我也曾经在2004年进入终南山密林深处，面对留下过去和当代隐居之士生活气息的古洞石屋长久驻留过。

　　如果要寻找历史上有名有姓、最早在终南山的隐居者，也许就是在函谷关挽留老子写下《道德经五千言》的尹喜，还有后来隐居在商山的秦朝四位博士东园公唐秉、夏黄公崔广、绮里季吴实、甪里先生周术。到了西汉初年，在刘邦打下大汉江山过程中立下大功的张良，也从原本可以得到令人羡慕的爵位赏赐、广田豪宅、美女金钱的俗世中脱身而出，遁出长安城，回到终南山密林深处，享受他梦寐以求的饮风吸露、云游四海的神仙生活去了。

　　如果从渭河支流沣河流出的沣峪口进山，高山上、山林间随处可见的被遗弃了的石洞土室，是已经还俗或者云游别处的当代隐士留下的遗迹。而高山之巅旗幡下面隐约可见的建筑，是迷恋于终南山谷幽林密、清流山岚的隐居者，试图达到灵魂与天地自然相通境界的当代隐士的修行之处。

"现在人们所说的'终南山'这个词，既是指西安南面40公里处的那座2600米高的山峰，又是指与之相毗邻的东西各100公里以内的山峦。但是3000年前，'终南山'是指从河南省的黄河三门峡的南岸，向西沿着渭河，直到这条河的源头——位于甘肃省的鸟鼠山——为止的所有山脉，长达800公里。"这是当年美国人比尔·波特概念中的终南山。比尔·波特还这样阐述他对终南仙境的印象："这部书关于西部群山的章节，始于三门峡南面的那些山，然后向西沿着终南山和昆仑山一直到达乔戈里峰，并且超过了乔戈里峰。在它们神秘的群峰中，坐落着帝（天神中之最高者）在尘世的都城，那儿还有西王母（月亮女神，长生不死药的施予者）的家。另外还有一些山，萨满们在那里收集配料，自己炼制长生不死药，并飞升上天；在那里，死得早的人也要活上800年。在此期间，他们随心所欲，尽情享受。那里是太阳和月亮睡觉的地方；在那里，一切都是可能的；那里的动物奇形怪状，令人难以置信，无法描述。"

终南仙境

　　在这里，美国人比尔·波特显然接受了中国古代将秦岭统称为南山、终南山的影响。同时在他的意识里，终南山与渭河显然有着密不可分的关系。

　　其实，历史上的终南山和往来于云雾缥缈的终南山之间的神人、仙子和修行者与这座神秘山岭的关系，远远要比比尔·波特的描述生动、具体得多。

　　户县草堂寺西边，从终南山流入渭河的河流叫甘峪河。甘峪河流经的祖庵镇重阳宫，是活着的时候就被元世祖忽必烈封为重阳全真开化真君的道教全真教创始人王重阳，早年修行和死后葬骨之地。

重阳宫大门正对着的山岭，就是终南山上的一座高峰圭峰。

这位死后被列入道教神仙谱的全真教教主出生和修炼的地方，都在渭河两岸。他老家在渭河北岸的咸阳，后来出家，来到终南山下的祖庵镇，将自己关在一个叫作活死人洞的洞穴里修行。这位融道家、佛家、儒家思想为一炉的道教宗师生活的时代，是女真族和蒙古族入主中原的时期。王重阳并没有参与纷争的政治争斗，但他的弟子、曾经在宝鸡境内渭河南面支流磻溪和千河流经的宝鸡陇县龙门山修炼的丘处机，却赢得了金朝及蒙古族创建的元帝国的统治者的共同敬重。

如果说王重阳生前是一个活生生的人，死后才被终南山扑朔迷离的仙雾推到了神界仙境的话，那么据说老家就在离祖庵镇不远石井镇的钟馗，从出生到去世，就是被比尔·波特叫作月亮山的终南山养育的神仙。

神界的钟馗生得豹头环眼，铁面虬髯，相貌奇异却又才华横溢，满腹经纶，还有正气浩然、刚直不阿、待人正直、肝胆相照的品性。因此，由于有了钟馗捉鬼的故事，钟馗也就成了守护一家安宁的门神。唐代以来，钟馗就与中国百姓亲密无间地生活在一起。

遥望渭河，面向长安的终南山，到底有多少河流山溪从仙雾笼罩的终南山流入渭河？要弄清这个问题，只有顺着朝着长安敞开的道道谷峪走进去，才能看清一条条来自神山仙境的河流流向人间的蜿蜒姿态。但即便是走遍终南山所有山岭峡谷，我们还是无法破解那么多神仙遗留在渭河南岸高迈山岭之间的所有秘密。

唐元和十四年（819年）岁末，风雪交加的蓝关古道上，一位满脸悲戚与茫然的老者，乘一辆马车，在风雪交加的终南山深处艰难前行。他就是因反对唐宪宗从法门寺迎请佛骨到长安而被贬，赶往潮州上任刺史的一代文学大师韩愈。面对漫天风雪，韩愈立马驻足，遥望远处被茫茫雪雾遮掩的长安，为自己迷茫黯淡的前途与命运，也为一个爱恨交加的王朝，吟诵出了他那被后世千古传诵的著名诗篇《左迁至蓝关示侄孙湘》：

　　　　一封朝奏九重天，夕贬潮阳路八千。

　　　　欲为圣明除弊事，肯将衰朽惜残年。

　　　　云横秦岭家何在？雪拥蓝关马不前。

　　　　知汝远来应有意，好收吾骨瘴江边。

关于韩愈"云横秦岭家何在？雪拥蓝关马不前"的含义，有一种说法是，这两句诗，是八仙之一的韩愈侄孙韩湘子送给爷爷韩愈的暗语。

八仙中的韩湘子和吕洞宾，都是终南山中人，他们两个都是在终南山得道成仙的。这个传说还说，韩湘子是韩愈侄孙，后来经吕洞宾点化成仙。韩湘子成仙后曾劝韩愈放弃尘世生活，度化入道，但既不信佛又不信道的韩愈一直没有答应。为了规劝爷爷，韩湘子先后曾作云降雪，并在韩愈生日宴会上造酒开花。

那时，韩愈还在刑部侍郎任上。高朋满座的生日宴会上，侄孙韩湘子飘然而至。为了显示成仙后造化自然的本领，韩湘子让一空酒樽变出满满一樽美酒，随即又让一堆土转眼间长出一支碧翠鲜花，那朵鲜花花瓣上就有"云横秦岭家何在？雪拥蓝关马不前"的诗句。韩愈讨问这两句诗的含义，韩湘子说："天机不可泄漏，日后自会应验。"几年后，行走在蓝关道上，面对漫天风雪，韩愈突然想起自己今天的命运，多年前早已被韩湘子预言，才写下了这首诗。

蓝田县终南山深处，还有一条河最终将从仙雾弥漫的崇山峻岭流出，汇入渭河，这条河就是灞河。灞河源头附近的辋川，有被称作诗佛的唐代大诗人王维的辋川别业。韩愈途经蓝关的时候，曾经在辋川别业度过大半辈子半隐生活的王维已经去世。但在终南山的沟壑山岭之间，越来越多的神人仙子还将在这里聚集、留恋、往来。如果要将曾经让终南山充满仙气的古代隐士高人、道士神仙一一列举出来的话，他们分别有：门神钟馗、道教天神教祖太上老君（老子）、全真圣祖王重阳、文财神刘海、武财神赵公明、文史真人尹喜、药王孙思邈、八仙之汉钟离和吕洞宾、仙人刘海蟾、华严宗师杜顺、商山四皓、张良、姜子牙、诗佛王维及西域高僧鸠摩罗什、昙摩流支、阇那崛多。

这些生前是人、死后成为神仙的脱俗之人，沉浸在终南山雾霭仙境中所看到的秘密，我们永远无法破译。

渭／河／所／谓

WEI HE SUO WEI

道德之音

——

　　从泾河源头宁夏泾源县顺流而下，我没有上甘肃平凉的崆峒山，只是在泾河奔出两岸怪石巉岩后变得开阔舒缓的泾河岸上，遥望了一眼漫天霞光下高矗肃穆的崆峒山山影，便悄悄离去。因为崆峒山的峰峦、危崖、林海、烟云和置身其间恍若仙境的感觉，我前几年已经体验过了。

　　崆峒山还有别的称谓："西来第一山"或"道教之源"。前者是因为古老地理学认为，中国内陆所有东西走向的山脉，根系都在遥远的昆仑山。崆峒山是自宁夏南部奔涌而来，将渭河与泾河分开，向着东南倾斜，在宝鸡西北与秦岭遥遥相望，遥望渭河一路穿山越岭从天水奔向关中平原的六盘山上的一座高峰；后者则因为崆峒山是一座被古老传说和道教神仙故事烟云笼罩着的神秘山岭。而在崆峒山与道教渊源中，最让崆峒山充满神秘与神圣的，莫过于黄帝问道广成子的故事。

　　黄帝远足崆峒山，向居住在崆峒山修行的仙人广成子问道的时候，已经组建了强大的炎黄部族。虽然后来道教将黄帝和广成子都列入道教神仙谱，但那时候黄帝向广成子请教的，并非后来老子创立的道家学说中的道，也不是宗教意义上的道，而是修身治国之道。

　　泾河从崆峒山脚下向东，从供奉着另一位道教神仙西王母的泾川西王母宫前转身南下。陇东高原和关中北部黄土丘壑，

渭河所谓

在一道道幽深的沟壑深处为她让出一条道，泾河于是携带着一股股融汇了众多黄土的金黄浪花，急匆匆赶往咸阳与西安交界处与渭河相汇。泾河与渭河交汇后不久，又有一座道教名观出现在渭河南岸的秦岭山脚下，这就是楼观台。

老子出现以前，渭河南岸的终南山上已经有不少人和广成子一样，在山林深处修仙隐居："终南何有？有纪有堂。君子至止，黻衣绣裳。佩玉将将，寿考不忘。"（《诗经·秦风·终南》）西周时期，与渭河相望的终南山上建有不少的庙宇，经常有穿着华丽衣服，佩戴悦耳玉佩，充满仙风道骨，也弄不清多大年纪的贤人高士云游而来。最终将老子挽留下来，并让老子写下《道德经五千言》的尹喜是其中一位。

不过那时所说的道，还不是后来道教的道，也不是老子学说所讲的道，而是源于原始社会的自然崇拜和鬼神崇拜，以及通过占卜等方式试图实现人神沟通的原始宗教。

不知什么原因，对于尹喜这位在中国本土宗教道教发展史上具有承前启后意义的人物，史书上一直语焉不详。有一种说法说尹喜是天水伯阳人，即现在甘肃省天水市麦积区伯阳镇人。如果尹喜出生于天水伯阳的话，那么他也是古老渭河养育的一位圣贤。

渭河从天水市区流向宝鸡，必须穿越南岸是高耸苍茫的秦岭，北岸有莽莽关山山脉的高山峡谷。就在两岸并峙的高峰再次将曾经舒缓漫流的渭河河水携裹在幽深高峻的峡谷之前，南岸群山拥抱的一座古镇，就是伯阳。如果从伯阳后面莽莽群山中穿越而过，可以到达西周时期高人云集的终南山和终南山下当年尹喜筑基修行的楼观台。

尹喜是东周楚康王（前559—前545）时期的大夫。他自幼博览古籍，精通历法，酷爱天文和占星之术。工作之余，尹喜结草为楼，利用闲暇观测天象，悟道修行。周敬王时期，礼崩乐坏，眼见天下将乱，尹喜于是辞去大夫之职，请求出任函谷关令，藏身下僚，寄迹微职，静心修道。如此看来，当时的尹喜应该是在秦国供职。

那时的函谷关，是秦国最东部的边界。尹喜担任的函谷关令，也就相当于边境检查站站长。一天，尹喜登上函谷关关楼观测天象，忽然发现朗朗晴空一股氤氲之气冲天而起，势如飞虹，自东向西，滚滚而来。尹喜心中一动：紫气东来，必有圣人到来。于是沐浴净身，焚香斋戒，等待圣人入关。

果然，没过多久，一位白髯齐胸、鹤发童颜的老者骑一头青牛，飘然而至。让尹喜意想不到的是，来人竟是当时名震各国的大学者老子李耳。

老子是东周楚国苦县厉乡曲仁里（今河南省鹿邑县太清

宫镇）人，字伯阳，谥号聃，还有一个名字叫李耳。在道教神仙故事里，老子是彭祖后裔。一天，老子母亲在河边洗衣服，河里漂来一个李子，老子母亲随手捞起来吃掉，便怀上了老子。没想到，吃了李子而受孕后，老子竟在娘肚子里一待就是八十一年。老子出生的时候，须发和眉毛已经雪白了。

在天水民间还有一种说法，说老子李耳和尹喜同乡，都出生在渭河岸边的天水市麦积区伯阳镇。其理由有二：一是伯阳镇这个地名就是为纪念老子而自古流传至今的；其二是天水乃中国李姓郡望。李广、李陵、李渊、李世民祖籍均在天水，李唐王朝甚至还追认老子李耳是他们的先祖。诗仙李白自己也说："白，本陇西布衣，流落楚汉。"而天水，正是隋唐时的陇西郡。

传奇人物如果没有传奇的生平，似乎就容易被一般人忽视，因此中国文化总要给那些伟人和圣人制造出不同凡响的生平。不过，面对已经被神化了的道教意义上的老子出生，并不妨碍我们从史料上结识一位从小就对祭祀占卜、观星测象、治理国家和礼乐之道充满兴趣的老子。

少年时期，老子拥有的知识和学问，已经在老家找不到能够教他的老师。为了探索礼乐之源、道德宗旨，老子便来到当时东周的都城洛阳，进入太学学习天文、地理、人伦之道。

陕西周至楼观台老子骑牛像

很快，老子对《诗》《书》《易》《历》《礼》《乐》无所不知，文物典章样样精通，被推荐到周王室收藏室工作。在那里，汗牛充栋的图书典籍让老子如醉如痴。老子的知识和学识声名很快传遍了东周朝野，以至于让正在为创立儒家学说进行知识储备的孔子也仰慕不已。从二十八岁开始一直到五十岁，孔子曾多次毕恭毕敬地向老子请教道法自然宇宙观和老子所理解的圣人之道、修身之道、治国之道。后来，面对老子高深的学问，孔子曾经向他的弟子感叹说，他所尊敬的老师老子就是那种神秘莫测，可以腾云驾雾自由驰骋的神龙，只能仰望，无法近观。

尹喜与老子函谷关相遇的这一年，大概是在周敬王四年，即公元前516年。得益于周公倡导的礼乐制度而盛极一时的周王室，在国都从渭河之滨的宗周镐京迁移到成周洛阳后，衰落之象与日俱增。这一年，周王室发生内乱，周景王长子朝与周敬王争夺王位失败后，掠走周王室典籍逃亡楚国，老子因失职受到牵连。面对日薄西山的东周，老子辞去周王室图书管理员职务，骑上一头青牛，起程西行，朝函谷关以西渭河流域的秦国而去。

这一年，老子五十六岁。

自国都从渭河之滨迁至洛阳，周王朝就走上了一条朝政腐

败、王室衰微、大权旁落、诸侯国之间互相攻伐、战争频繁
的不归路。面对周天子权威不再，诸侯群起争霸的局面，一
批有抱负的知识分子开始思考国家前途和命运，并就如何统
一天下、治理国家、教化民众各抒己见，创立学派，四处游说，
向各国诸侯推销治国理念。中国历史上一个前所未有的思想
解放、百花齐放、百家争鸣的新时代初露端倪。后来在社会舞
台上各执其词、自成一派的儒家、道家、阴阳家、法家、名家、
墨家、杂家纷纷粉墨登场，宣传自己的学说。老子一生虽然
述而不著，但他主张的"道可道，非常道；名可名，非常名"
的宇宙观和"祸兮，福之所倚；福兮，祸之所伏。物或损之而益，
或益之而损"的辩证法，已经使他成为当时人们心目中道家
学说的创始人和鼻祖。

现在，尹喜把一代道家宗师挽留在函谷关关楼，不仅想向
他学道，还期望老子能够把他高深莫测的思想体系诉诸文字，
留给后世。在尹喜看来，如果不能让老子这样的大学者和大
思想家把自己的学问留下来，人类文化将蒙受永远无法弥补
的重大损失。尹喜也知道，老子一生只是讲他的观点和理论，
从来不著书立说，要让已经产生退隐之心的老子将他的思想
写成文字，并非易事。

也许是尹喜的真诚感动了老子，也许面对朝政腐败，民

不聊生，杀戮、流血、饥饿和死亡的现实，使老子也对自己所说的"天地不仁，以万物为刍狗；圣人不仁，以百姓为刍狗"，意思即天地因为无心，所以是没有所谓仁义的，但是它宽厚地养育了万物，让万物合乎自己的本性去自生自长的那种社会理想充满了渴望。在尹喜再三恳求下，老子终于坐在函谷关关楼中，面向秦岭雾岚，倾听不远处渭河与黄河相遇之际翻涌的滚滚涛声，写下了《道德经五千言》开首的第一行："道可道，非常道；名可名，非常名。"

完成《道德经五千言》后，老子还要继续西行。尹喜已经被老子所讲的道深深迷住了，所以再次辞官，追随着老子向西漫游。

老子入关，沿着渭河南岸，傍依着秦岭，很快就进入秦国腹地关中。

自从周幽王被戎人斩杀于骊山，当时还生活在渭河上游天水境内的秦国国君秦襄公护驾周平王东迁洛阳后，曾经是西周王朝京畿之地的关中西部被周平王赏赐给了秦人。秦襄公的儿子秦文公挺进关中，秦人不断开疆拓土，凭借渭河平原得天独厚的农业生产优势，已经成为雄踞西起甘肃临洮，东到函谷关，涵盖整个渭河流域的西方大国。

尹喜追随老子来到楼观台，老子被尹喜又一次挽留了下来。这一次，老子停留在楼观台，是为了向尹喜和追随者讲解《道德经五千言》。据说，老子当年在楼观台讲道的时候，慕名而来的学者、贤人和追随者数以千计。老子当时所讲的道，是关乎天地万物相克相生，相依相存，和谐相处，互为依存，相互转化的哲学理论和世界观、宇宙观，而并非后来道教所说的仙道。

《道德经五千言》已经完成，渭河南岸楼观台上空也留下了老子"一生二，二生三，三生万物"的智慧阳光，老子还要西行。然而，当老子骑着青牛逆渭河而上的身影隐没在渭河与秦岭的水色山光之后，人们不知道这位为世界文明史留下犀利夺目光辉的智者到底去了何方。所以司马迁也只能对我们说："关令尹喜曰：'子将隐矣，强为我著书。'于是老子乃著书上下篇，言道德之意五千余言而去，莫知其所终。"

离开楼观台，老子要继续往西走，只有沿渭河西上。

我在渭河流域漫游之际，在甘肃临洮看到当地文博部门的资料说，与渭河源头鸟鼠山一山之隔的临洮县城附近的岳麓山，是当年老子飞升成仙的地方。2010年，临洮县委宣传部、临洮老子文化研究会的一份资料说，老子离开楼观台后，"尹喜弃官为老子作向导，西出散关，翻过陇山进入夷狄地区。先后经过了天水（现有伯阳川老君庙为证）、清水、礼县、秦安、

渭河所谓

甘谷、陇西、渭源（有老君山、老君祠），翻关山进入狄道（今临洮县）境内。又到过兰州（皋兰）、广河、积石山、永靖、永登、武威、青海门源、张掖、高台、酒泉、敦煌等地。后来又回到陇西邑的临洮"。随后，在临洮岳麓山羽化成仙。

老子之后，战国时期的庄周、列御寇、惠施不仅是老子"道法自然"思想的追随者，庄子还将老子的哲学思想引申到现实生活中，思考、寻觅通向精神解脱的道路。老子和庄子虽然思想理论上互有差异，但精神实质上都指向无所不容的道，所以老庄也就成为道家学说共同的鼻祖。至于到了东汉末年，张道陵创立道教的时候，之所以将黄帝和老子共同尊为道教之祖，一方面因为自战国以来，黄帝和老子的崇拜者创立的"黄老学派"在秦汉时期已经有了非常大的影响力，另一方面有关黄帝与神仙之间交往的故事广为流行，以及老子《道德经》中所说的"长生久视"可以变通的观点，人的活动与大自然天地四时的对应联系等，对道教宣扬长生不老、修炼成仙的神仙理论非常有利，老子也就成了道教神仙中的道教教主。我们现在从道教宫观里看到的那位位列三清、居住在太清圣境的道德天君——太上老君，就是现实中的老子。

道教诞生于渭河南岸的秦岭山中，道家学说诞生于紧紧依偎着秦岭滚滚东流的渭河流域。所以行走在秦岭与渭河之间，

无论名山宫观，还是在乡间野寺，只要我们静心倾听，总能
听到老子和他传播的道德之音，至今在渭河谷地两岸的山川
沟峁之间闪现、回荡。

丝绸与茶马

|

从张骞出使西域路线图上看,公元前 138 年张骞和家奴堂邑父,还有一个归顺的"胡人"及一百多名随从出使西域时,从长安出发第一站到达的是渭河上游的天水。那时候,渭河水流湍急,张骞从长安溯渭河西进,到了宝鸡,只有沿千河北上,从陇县翻越关山,再经张家川、清水,才能到达天水。

从天水往西,张骞也只有从环绕渭河两岸的山岭河谷之间向西行进。也许有些地方有木筏和小渡船,可以帮助他在渭河之间行走,但要到达临洮,他还要翻越渭河源头的鸟鼠山。从临洮再往西,就是匈奴人统治的天下了。另一条从长安出关中,进入河西走廊的丝绸之路北线,虽然很长一段路程没有直接经过渭河,却也是沿着渭河支流泾河,从彬州、长武进入平凉,然后翻越六盘山,经兰州,沟通河西。

漫长的丝绸之路从长安越帕米尔高原直抵西亚,是世界上最早沟通东西方文明的贸易之路。汉唐时期,这条翻山越岭的商贸通道,最漫长的部分穿行在被西北游牧民族占据的戈壁、大漠和草原之间,只有从兰州进入渭河流域,看见了山谷之间波光闪闪的渭河和金浪翻腾的泾河,那些往来于汉唐都城和西域之间的丝绸商人、僧侣学者,就等于瞭望到了长安城里让他们温暖并激动的灯火。而告别了长安的丝绸商人,在渭河和泾河的陪伴下抵达天水或平凉后,也要在这条滋养

渭河所谓

了关中平原丰收的稻菽、长安城繁花似锦的花草树木的河流温馨宁静的浪声里，让匆忙疲惫的脚步暂时停歇下来，让贮满离情别绪的伤感和充满前路茫茫担忧的心境稍事休息之后，才会回过头来，遥望一眼被莽莽苍山阻隔在渭河另一头的长安城，然后继续遥遥无期的漫漫旅程。

由于丝绸之路，渭河及其支流沿线便蓬勃生长出一座又一座拥有歌楼酒肆的城镇。这些大小不一的城市和村镇，分布在渭河两岸的山谷之间，是赶着胡马骆驼前往长安淘金的胡人和西出阳关的丝绸商人漫漫旅途上温暖的梦乡，也是崇山峻岭的渭河上游谷地的经济文化中心。中原文明和西域文化在这里相融相生，胡音汉腔在这里交相辉映，成为中西文化交融的驿站码头。甚至到了唐代，大诗人杜甫为逃避安史之乱来到当时被称作秦州的天水时，看到的秦州城还是一派胡汉杂居的景象："州图领同谷，驿道出流沙。降虏兼千帐，居人有万家。马骄朱汗落，胡舞白题斜。年少临洮子，西来亦自夸。"（《秦州杂诗》）

如果没有渭河，张骞开通的丝绸之路也许就会是另外一种走向。但现在渭河让丝绸之路在从长安出发之后的最初行程，变得短促而且相对平坦。于是，来自西域的香料、象牙、珠宝、玉石，在走出流沙与风暴肆虐的大漠戈壁和鸣镝弯刀闪烁的西域之后，就可以被滚滚东流的渭河一路温情而舒缓地送往长安。而从长安城出发，讨伐匈奴的车骑，这时也与源源不断走向西域的丝绸并肩而行，一路沿着渭河向西。幽光闪射的刀戈和闪着柔曼温暖迷人光彩的丝绸，将一同被渭河的波光送往河西走廊。到了那里，那些闪射着冰冷寒光的兵器和它的主人，将驻守在遍布戈壁大漠的烽燧里或者奔赴马革裹尸的战场，而闪光的丝绸却要继续向西，从玉门关进入更遥远的西部世界。

一个是杀人的兵器，一个是给人类以温暖和无尽美丽感觉的丝绸。它们都从长安出发，被渭河送上漫漫丝绸之路。虽然它们各自的走向与让人感受存在的方式不一样，但自从有了这条沿渭河蜿蜒西进的丝绸之路，丝绸和守边士卒的刀戈，都是保障地处渭河腹地长安城安宁与繁荣必不可少的一部分。

公元前 138 年，张骞出使西域，只是外交意义上建立了西汉与西域诸国的联系。一开始，真正能够保证随时畅通的贸易之路和军事交通线，也只有从长安到大汉王朝属地的渭河源头临洮一段。因此，要保障丝绸之路全线畅通，唯有以武力荡平盘踞在漫漫丝绸之路上的游牧民族。

渭河上游，是汉武帝荡平盘踞丝绸之路异族势力的起点。

元狩二年（前 121），汉武帝任用霍去病，相继展开的两次歼灭盘踞在河西走廊的匈奴的河西之战，都是以临洮为出发地，以拥有渭河沿线畅通的后援供应供给线为前提展开的。两次开始于渭河上游的征伐之战，不仅将河西走廊南北两侧的匈奴和羌族分割开来，使河西完全置于西汉帝国控制之下，而且让张骞开通的丝绸之路畅通无阻，成为为大汉帝国带来无尽珠宝和财富，名副其实的贸易之路。

唐贞观元年（627）八月，继张骞之后又一位伟大的旅行家和佛学大师从长安出发，开始了他长达十七年的西行之路，他就是唐代著名佛学大师玄奘。唐代，从长安到西方的通道不止一条，但玄奘和尚仍然选择了溯渭河而上，经陇县翻越关山到达天水，再沿渭河向西，从河西走廊去印度。

这一次，玄奘为大唐帝国带来的是比无尽珠宝更加珍贵的佛教文化。

我们不知道玄奘当年翻越陇坂之际，到底历经了多少艰辛。但与当时在长安学习《涅槃经》的秦州僧人孝达结伴从莽莽陇山出来，再次看到流向长安的渭河时，玄奘内心肯定也充满了亲切与惊喜。所以到了唐代叫作秦州的天水，玄奘还在那座静静安卧在渭河岸上的古城停宿了一夜。有一部叫《行者玄奘》的小说里说，玄奘在天水滞留期间，还举办过一次秦州法会。

　　盛唐的强大，使西域和西亚诸国要么向大唐称臣，要么与唐朝交好，所以在盛唐相当长的时期，丝绸之路上商贾往来，畅通无阻。往来于丝绸之路的西域商人和传教士，在将无尽珠宝、滚滚财富带到长安的同时，西方文化也瞅准高度开放的大唐，将胡姬胡舞、龟兹歌舞等西域文化带到了大唐都城长安。那时候，在长安城的歌楼酒肆，欣赏来自西域的歌姬、舞姬、杂耍艺人表演，是最受文人雅士和上流社会欢迎的休闲娱乐项目。长安对西域外来文化的追捧之风，蔓延到全国，以至于在南方一些贵胄名门之家，如果不养几位妖冶美艳、能歌善舞的胡姬，就不能彰显其地位和身份。

　　与胡姬沿丝绸之路一起传入盛唐时期中国的，还有伊斯兰教。

　　盛唐时期，长安城里来自西域的商人络绎不绝，其中不少人来自伊斯兰国家。大抵是来自西域的胡商与唐朝女子结婚数量太多的缘故吧，贞观二年（628）六月六日，唐太宗李世民下令，"诸蕃使人"将所娶汉族妇女带回蕃地。紧接着，已经进入新疆等西部边地的穆斯林也沿着丝绸之路，先后从北路越过六盘山，或经平凉、泾川、长武、乾县沿泾河，或从丝绸之路南线经天水、循渭河进入关中。

　　这时候的丝绸之路，已经远非当初汉武帝和张骞开通丝绸之路时单纯的通商贸易之路，而成为名副其实的东西方文化交流之路。滚滚渭河则让这条换来汉唐两个东方帝国持续繁荣与文明的丝绸之路，有了更多的选择方式和行走姿态。

唐中期开始，沿渭河西进的丝绸之路为大唐帝国带来无尽的珠宝象牙，另一条早在秦汉时期已经开通的海上丝绸之路上，大唐帝国的商船已经从海路抵达大食、波斯、天竺等国。到了宋代，这条不仅出口丝绸，还将中国生产的瓷器、糖、五金制品从海路运往国外，再将国外的香料、药材、宝石运送回国的"香料之路"，成为宋元王朝必不可少的经济依靠，陆上丝绸之路渐渐失去耀眼的光芒。

从长安出发，经渭河抵达西域的陆上丝绸之路衰落后，偏居中原的大宋王朝在沉迷国外进口香料给他们生活带来的芳香的同时，还需要来自西北少数民族饲养的优质战马保障国防。于是，继丝绸之路后维系大宋王朝国家安全的通商口岸，又在渭河上游诞生，这就是中原汉族用茶叶换取西北少数民族马匹的茶马互市。

与茶马互市沟通的商道，是茶马古道。

宋代茶马交易的主要区域在陕西和甘肃。为了确保这项事关国家安危的边境贸易顺利进行，宋代在可以控制渭河上游交通的天水设立了茶马司，从四川、陕南翻秦岭运送到秦州的茶叶被集中起来，然后分销至渭河及其支流流经的甘肃通渭、甘谷和宁夏固原等地政府设置的茶马市场，与藏族及其他少数民族以茶易马，保障大宋王朝加强国防所需的战马供应。宋仁宗至和二年（1055），仅朝廷用于从秦州买马的白银，就达十万两。

　　丝绸的光芒从渭河沿岸的丝绸之路褪去之后，茶叶的清芬和战马的嘶鸣，让渭河中上游的边贸活动持续繁荣到了明清时代。

渭／河／所／谓

WEI HE SUO WEI

宅兹中国

中国疆域的基本格局是什么时候形成的？

"中国"一词，最早出现在 1963 年宝鸡市贾村镇出土的西周早期一位何姓贵族制作的青铜祭祀器何尊上的铭文中。这件青铜器制作的年代，大约在公元前 1043 年，周武王去世之后。何尊铭文所记述的，是武王去世，成王即位后继承先父遗愿，开始在洛阳建立东都，即成周之事。在祭祀周武王的祭祀仪式上，周成王以何尊制造者的先祖忠心耿耿追随文王和武王灭商，周武王当年曾祭告天下，将以洛阳为中心统治天下的历史训诫后代："余其宅兹中国，自兹乂民。"

那时候，周成王所说的"中国"，仅仅指洛阳之地，意思即洛阳是天下中心。西周早期，周天子心目中也还没有太强的疆域意识。虽然《诗经·小雅·北山》说，周天子认为"普天之下，莫非王土；率土之滨，莫非王臣"，但分封制实施后各地诸侯各有自己的邦国，周王室所能拥有的疆域，大约仅有现在包括宗周西安到成周洛阳一带的渭河流域及黄河中游河南中西部一带。但当周秦汉唐从渭河之滨崛起后，开疆拓土，成为各个王朝显示国威的常态。中国疆域最早的格局，也就随着渭河流域崛起的强大帝国，一步一步形成。

公元前 221 年，秦始皇诛灭六国后，面对咸阳城外滚滚东流的渭河，一种无名的冲动开始在千古一帝秦始皇心中萌生

何尊铭文拓片

涌动：六国已经荡平，曾经被纷争的诸侯分割得七零八碎的中国大地，现在都归属于自己的权杖之下。但从先祖创业开始，就不断与秦人为敌的北方匈奴，还在肆无忌惮对大秦帝国的疆土进行侵犯骚扰，本来与北方山水相连的岭南依然小国林立，还不是秦人车马可以任意驰骋的地方。他不仅要复仇，将匈奴赶跑，还要将盛产水稻的岭南百越诸国，也纳入秦国版图。

北方的匈奴过于强悍，但征服南越诸国，事不宜迟。

公元前 218 年这一年，张良在博浪沙袭击第三次出巡的秦始皇虽然失败，却名声大振，而秦始皇也并没有因为张良袭击改变进军南越的计划。

诏令下发之后，大将屠睢和赵佗率领五十万秦军浩浩荡荡，集结在咸阳城外渭河码头，用当时的战船将秦国组建的强大水兵——楼船水师，沿渭河运到黄河，然后从长江以南顺流而下，兵分五路，经广西北部越城岭、湖南南部九嶷山、江西南康和余干等地，向居住在广东、广西地区的越族发起进攻。夺取九嶷要塞的秦军顺北江而下，直抵珠江三角洲地区，占领番禺。面对越人反击，坐在渭河北岸咸阳城的秦始皇命令秦军开凿沟通珠江和漓江的灵渠，以保障前线士卒军需供给。三年后，百越灭亡，广大百越地区数十个风俗各异的民族成了秦始皇的臣民。

南越兼并战进入尾声的时候，一道早已拟好的诏令再次传到了大将蒙恬手中。

这是公元前 214 年春天。征服南越的战争结束后，秦始皇在广东番禺设立南海郡，管辖刚刚收复的岭南广东地区。蒙恬三十万大军先从渭河支流北洛河发源地陕北榆林越过长城，后从内蒙古渡过黄河，迫使匈奴朝更北的漠北迁徙。匈奴走后，秦始皇在这里移民垦荒，设郡置县，并开始修建西起甘肃岷县，东到辽东半岛的万里长城。至此，坐镇渭河平原腹地的秦始皇以利兵铠甲，基本上建构起了"东至海暨朝鲜，西至临洮、羌中，南至北响户（北回归线以南），北据为塞，并阴山至辽东"的秦国辽阔疆域。

这也是中国第一个真正拥有统一的国土和统一的国家政权的国家。

西汉王朝的创建者是汉高祖刘邦，但让西汉成为国力强盛、疆域辽阔的强大帝国的缔造者，是他的重孙汉武帝刘彻。

西汉建立之初，疆域范围与秦朝相差无几。汉高祖六年，刘邦试图赶走威胁北方边境安全的匈奴，却被匈奴围困在山西大同东北今名马铺山的白登山后，西汉对匈奴心生畏惧，只好以美女财帛向匈奴求和。在"和亲"策略鼓励下，匈奴得寸进尺。到汉文帝时期，匈奴老上单于甚至率兵杀入秦昭襄王时期在渭河支流泾河上游设置的北地郡（固原附近），前锋铁骑已经抵达雍（陕西凤翔）和甘泉（陕西淳化），逼近都城长安。为了向西汉示威，匈奴还烧毁了泾河岸边供奉西王母的回中宫。随后，匈奴三万骑兵又入侵云中（内蒙古托克托旗）、上郡（陕西榆林南鱼河堡附近）两郡，秦始皇留给刘邦的国土面积不仅愈缩愈小，西汉都城长安也在匈奴不断袭来的铁骑弯刀下频频告危。

忍耐和等待预示着巨大爆发力正在积聚。

羽翼丰满后，以崇尚武力、开疆拓土著称的汉武帝，在未央宫终于发出了向匈奴复仇的怒吼。从汉武帝元狩二年（前121）到元狩四年（前119），汉武帝任用卫青、霍去病相继发动针对匈奴的河西之战、漠南之战、漠北之战，使盘踞在北方与河西走廊的匈奴闻风远遁，让西汉帝国的恩威遍及中国北部牧草苍茫的草原和戈壁茫茫、大漠浩瀚、雪峰林立的西北内陆。紧接着，从长安昆明池扬帆起程的西汉楼船水师浩浩荡荡，向东北直抵朝鲜半岛，向南长驱夜郎、南越诸国，将国土范围拓展到南海诸岛和越南境内的西贡（今胡志明市）。至此，东抵日本海、黄海、东海暨朝鲜半岛中北部，北逾阴山，西至中亚，西南至高黎贡山、哀牢山，南至越南中部和南海，总面积超过一千四百万平方公里的辽阔疆域，成了供汉武帝出巡车马任意驰骋的跑马场。

公元 701 年，大诗人李白在今天吉尔吉斯斯坦托克马克的碎叶城呱呱落地的时候，李隆基虽然才十五岁，却已经拥有了五品官衔，出任奶奶武则天的仪仗车队队长。这位创造了盛唐时期盛极一时的开元盛世的皇帝掌权以后，以武力重新恢复了唐朝对长城以北地区的管辖权，并使曾经一度中断的丝绸之路再次驼铃不绝，商队络绎。此前，唐太宗李世民四面出击，

渭河所谓

频繁对东突厥、吐蕃、吐谷浑、高昌、焉耆、西突厥、薛延陀、高句丽、龟兹用兵，为大唐三百年基业奠定了辽阔的疆域基础。唐朝最强盛的时期，疆域面积东至朝鲜半岛，西达中亚咸海以西的西亚一带，南到越南中部顺化，北面包括贝加尔湖至北冰洋以下一带，横跨欧亚大陆，国土面积仅次于后来的元代。最为重要的是，唐朝为实施对边境众多少数民族的有效管理，先后设置的安西、安北、安东、安南、单于、北庭六大都护府，以"抚慰诸藩，辑宁外寇"为职责，对周边民族实施"抚慰、征讨、叙功、罚过事宜"，使突厥、回纥、靺鞨、铁勒、室韦、契丹民族不仅归顺大唐，而且成为稳定唐朝边境的重要力量。

渭河古老涛声和翻卷的浪花催生的东方帝国到了唐代，已经到了应该将秦汉两朝所创造的文明成果好好总结一番的时候了。所以，对于凝聚了自西周秦汉以来中国封建社会文明所有气血成长起来的大唐帝国来说，它所创造的政治、经济和文化文明，仅仅以疆域面积衡量，是远远不够的。只要看一看以长安为中心，辐射全国诞生的如洛阳、广州、福州、洪州（今江西南昌）、扬州、益州（今成都）和西北的沙州、凉州等具有国际影响的商业性大都市的繁华，以及大唐盛世极度开放的对外政策吸引的数以几十万计的世界各国有识之士云集长安的胜景，我们就不得不承认，大唐盛世为我们奠定的文化和精神基础，远比它所开拓的辽阔疆域更为重要，也更能体现一个民族全面强盛的影响力。有一段记述大唐盛世贞观年间安定、和谐、文明的社会胜景的文字：

> 官吏多自清谨。制驭王公、妃主之家，大姓豪猾之伍，皆畏威屏迹，无敢侵欺细人。商旅野次，无复盗贼，囹圄常空，马牛布野，外户不闭。又频致丰稔，米斗三四钱，行旅自京师至于岭表，自山东至于沧海，皆不赍粮，取给于路。入山东村落，行客经过者，必厚加供待，或发时有赠遗。此皆古昔未有也。
>
> ——《贞观政要·论政体》

唐贞观六年（632），全国死刑犯二百九十人。这年岁末，李世民准许死刑犯全部回家办理后事，第二年秋天再回来行刑（古时，为防止尸体腐烂，对死刑犯行刑时间常选择在秋天）。贞观七年九月，被放回家的二百九十个囚犯竟全部自动返回，接受死刑，没有一人逃亡！

生活在这样的国度里，每个人的每一天不仅过得有滋有味，而且每个人必然拥有挥霍不完的激情与梦想。

渭／河／所／谓

WEI HE SUO WEI

无奈的对峙

十二年春，亮悉大众由斜谷出，以流马运，据武功五丈原，与司马宣王对于渭南。亮每患粮不继，使己志不申，是以分兵屯田，为久驻之基。耕者杂于渭滨居民之间，而百姓安堵，军无私焉。相持百余日。其年八月，亮疾病，卒于军，时年五十四。

这是陈寿《三国志·诸葛亮传》对诸葛亮屯兵五丈原历史的记载。时间在建兴十二年（234），地点在渭河南岸陕西岐山县南、秦岭北麓一块叫五丈原的台地上。

五丈原之战是诸葛亮为报答刘备知遇之恩发动五次北伐的最后一次，也是诸葛亮与曹魏交锋的最后一搏。公元234年春天，诸葛亮率十万大军沿褒斜道从大本营汉中翻秦岭北上，进驻五丈原安营扎寨，以渭河为界，与曹魏形成对峙之势。这一次，诸葛亮吸取前四次北伐由于秦岭阻隔，每每到与魏军决定胜负的关键时候后勤保障供给不上的教训，一方面发明了在当时算是最现代化的运输工具——木牛流马，从褒斜道保障军需供应；另一方面，动员当地百姓和军队，按照"军一分，民二分"的屯田政策，利用渭河南岸台地上肥沃的土地开垦种田，准备与魏军展开持久战。

然而这时候，老天已经非常吝啬给予诸葛亮战胜司马懿的机会了。诸葛亮到达渭河南岸之前，魏明帝曹叡原本要司马懿驻守渭水北岸，等待蜀军渡渭河再发起进攻，消灭蜀军。但司马懿却指出，关中百姓都聚居在渭水南岸，渭河南岸是兵家必争之地，决定带兵到渭河南岸与诸葛亮对峙。司马懿的这个计划无疑是一步险棋。诸葛亮在五丈原安营扎寨后，于紧临渭河的眉县首善镇葫芦峪村葫芦峪口展开的围剿司马懿之战，原本完全可以让背水一战的司马懿全军覆没，没有想到诸葛亮精心策划的火烧葫芦峪计划，却被口小腹大的葫芦峪特殊地形造成的一场突如其来的气流雨化为泡影。

面对葫芦峪赭红色的山谷，我两次到滔滔渭河自村北流过的葫芦峪村察看葫芦峪口，武侯庙的老人都不无遗憾地对我说："诸葛孔明能掐会算？！好端端的六月晴天竟突然下起了大雨，雨把火扑灭，这是天意啊！"

魏蜀吴三国形成鼎立之势后，蜀汉与曹魏之间真正的战略分界线，其实就是秦岭和渭河。从公元 228 年开始，诸葛亮进行的五次北伐，蜀魏之间的争夺战都是围绕渭河与秦岭展开的。

开始于公元 228 年春天的第一次北伐，如果诸葛亮不是任用只会纸上谈兵的马谡的话，蜀魏之间的战略平衡肯定将彻底被打破。尽管第一次北伐，诸葛亮收回了渭河上游南安、天水和安定三郡，还得到了姜维，但街亭的失守最终还是让原本初战告捷的首次北伐以失败告终。

这里有一个历史地名问题，很值得史学家重新研究。这就是马谡失街亭的街亭，到底在渭河南岸的现天水市麦积区街亭镇，还是天水市秦安县陇城镇？

现在流行的说法，是将秦安县陇城镇认定为马谡失街亭的街亭。但有一个基本常识被持街亭即秦安陇城观点的专家忽视了，即当时诸葛亮的大本营在现在礼县祁山镇祁山堡。祁山堡到秦安陇城之间的距离，以现在沿河谷修建的公路行走，也超过了二百公里。在有渭河、葫芦河、清水河等众多河流阻隔，沿途尽是绵延高山的三国时期，从祁山堡到陇城绕山行进的里程，肯定远远超过了二百公里，而且还要渡过那时候肯定是大浪滔天的滚滚渭河和渭河支流耤河、葫芦河及众多山间小河。作为著名军事家，诸葛亮何以会将指挥所放在将近三百公里之遥的西汉水上游，却将马谡打发到已经在渭河北岸的陇城孤军防守呢？且不说这样的战略决策在保障后勤供给上难度有多大，就是遇上突发事件，两地之间的情报往来、后援部队救援，也非易事。更何况，从现行的诸葛亮北伐地图看，蜀军五次北伐有四次最远只到达了渭河南岸，诸葛亮在天水境内与曹魏展开的如卤城刈麦、天水关、木门道、空城计等著名战役，都发生在渭河以南，唯独这一次以失败告终的重要战役，蜀军竟轻轻松松渡过了渭河天险！这是不是有些有悖常理呢？

　　与秦安陇城相比，从情理上更接近于当时诸葛亮战略图谋的，则是渭河上游天水市麦积区街亭古镇。除却在宋代地图上街亭古镇被标明为"街子口"不说，这里地处渭河南岸，与祁山堡之间的距离只有二百公里，且两地之间没有大河阻隔，绵延山岭之间古道交通也比祁山堡去陇城便利得多。同时，这里还是古上邽县治所在地。到现在，从街亭古镇向东南可以穿越秦岭古道通往凤县，朝北有东柯河与渭水相通。如果从街亭古镇翻越渭河南岸的崇山峻岭往东，还可以一路沿山到达宝鸡。这里不仅出土了大量三国时期的兵器，而且唐宋以来一直是甘肃进入关中最便捷的古道。《三国志·张郃传》记述马谡在街亭的防卫状况时说："谡依阻南山，不下据城。郃绝其汲道，击，大破之。""南山"是秦岭古称，麦积区街亭古镇恰巧就南依西秦岭，而秦安陇城一带已经属于陇山山脉了。至少，依著名史学家陈寿的学识，还不至于把陇山和秦岭混为一谈吧？

　　所以从一般意义上讲，将马谡失街亭的街亭，确定在渭河南岸，现在天水市麦积区街亭古镇，似乎更接近历史真相。

街亭失守的同年冬天，退回汉中的诸葛亮出兵大散关，进入陈仓。魏明帝派张郃凭借陈仓城坚固的城防和渭河天险迎击蜀军，在粮草供应短缺的情况下，诸葛亮再次无功而返。三年后的公元231年春天，诸葛亮发明木牛流马作为运输工具，又一次挥师北上，攻取祁山堡，抢收魏军在卤城（现甘肃礼县盐关镇）一带的麦子，并在木门道斩杀张郃。这一次，诸葛亮虽然亲自带兵从祁山堡推进到了上邽附近，但还是被司马懿拒在渭河南岸，没有能够渡过渭河。

也许是四次北伐的失败，让诸葛亮意识到了蜿蜒在蜀魏两军阵前的渭河天堑对于交战双方的重要意义，开始于公元前234年春天的第五次北伐，诸葛亮选择了直接挥师渭水，在紧临渭河的五丈原与司马懿对垒。

这次与司马懿对峙，诸葛亮做了充分准备，他甚至试图派军队从武功渡过渭河迂回作战。然而，大抵是诸葛亮气数已尽，每次筹谋好的作战方案，都被天灾人祸搅黄：先是传来牵制曹魏的东吴军队战败的消息，接着又是本来必死无疑的司马懿在葫芦峪侥幸逃生，后来奉诸葛亮指令北渡渭水驻守武功的孟琰又被突然暴涨的渭河河水阻断了与诸葛亮的联系，险些被司马懿吃掉。这样的折腾和对峙，前后持续了一百多天，内忧外患，日夜操劳，诸葛亮身体每况愈下。到最后，狡猾的司马懿在断定诸葛亮已经体力不支，有始无终的对峙必然将蜀军后勤供给消耗殆尽后，做出了长期对峙、与蜀军打消耗战的准备，任诸葛亮百般羞辱挑衅，就是坚守不战。

就这样，坐镇渭河南岸五丈原大本营的诸葛亮，眼看着从三月阳春到八月深秋，渭河河水愈涨愈大，蜀军却不能从渭河南岸向渭河北岸推进一步，自己身体却如一盏熬干的油灯，一日不如一日，内心充满了惆怅和绝望。

是夜，孔明令人扶出，仰观北斗，遥指一星曰："此吾之将星也。"众视之，见其色昏暗，摇摇欲坠。孔明以剑指之，口中念咒。咒毕急回帐时，不省人事。众将正慌乱间，忽尚书李福又至；见孔明昏绝，口不能言，乃大哭曰："我误国家之大事也！"须臾，孔明复醒，开目遍视，见李福立于榻前。孔明曰："吾已知公复来之意。"福谢曰："福奉天子命，问丞相百年后，谁可任大事者。适因匆遽，失于谘请，故复来耳。"孔明曰："吾死之后，可任大事者：蒋公琰其宜也。"

这是罗贯中《三国演义》第一百零四回《陨大星汉丞相归天　见木像魏都督丧胆》，描述诸葛亮在五丈原归天的文字。作为对一代贤臣诸葛亮竭力扶持刘汉王室，鞠躬尽瘁、死而后已品德的慨叹，罗贯中又加了一句抒情句式："是夜，天愁地惨，月色无光，孔明奄然归天。"

诸葛亮身死五丈原之后，蜀魏之间以渭河秦岭为界，分疆而治的格局成为定势。观诸葛亮生命最后时刻实施的知其不可为而为之的五次北伐，最强大的对手不是司马懿，而是高耸在诸葛亮命运高处的莽莽秦岭和大浪滔天的古老渭河。

渭／河／所／谓

WEI HE SUO WEI

大吕之音

———

中国历史上成名最早的音乐人是两位刺客：荆轲和高渐离。他们一个歌唱得悲壮苍凉，催人落泪；一个击筑本领高超，连秦始皇都沉醉于他摄魂夺魄的演奏中，差点儿丧了身家性命。

荆轲刺秦王的故事，发生在秦统一六国前的公元前227年。荆轲、高渐离两位壮士诀别之际，荆轲高歌一曲"风萧萧兮易水寒，壮士一去兮不复还"，高渐离也击筑为好友送别。史书上详细记载了两位壮士一前一后，赶赴渭河北岸咸阳宫实施刺杀秦王的使命之际，荆轲的演唱和高渐离的演奏如何由凄婉忧伤，转向高亢激昂的全过程。荆轲即兴演唱的，是我们所熟知的那首《易水歌》。《易水歌》歌词，全文只有四句："风萧萧兮易水寒，壮士一去兮不复还；探虎穴兮入蛟宫，仰天呼气兮成白虹。"但我们不知道，那天高渐离为荆轲击筑送行的曲子到底叫什么。荆轲为后世留下了一首慷慨悲壮的壮士之曲，高渐离在咸阳宫里曲曲都让秦始皇陶醉痴迷的演奏，让我们至今还能隐约感觉到，两千多年前有一种叫作筑的弦乐竟是那么美妙动人！

史书上对高渐离在咸阳宫空前绝后的演奏的记述，多少让人难以理解：高渐离在咸阳宫击筑博得秦王信任后，为刺杀秦始皇，在筑的腹腔里装进去二十多公斤的铅块，竟然没有影响筑的演奏效果！这种叫作筑的乐器后来失传了，尽管前些年考古工作者在长沙河西西汉王后渔阳墓中发现了筑的实物，但已经没有多少人懂得它的演奏技巧了。

不过，另一种中国最为古老的乐器，不仅在距今六七千年前就已经在渭河流域诞生，而且它的演奏方式从古到今，从来没有失传。这就是在渭河流域大地湾遗址和半坡遗址都出土过，可以演奏出低沉悠扬的天籁之音的原始乐器——埙。

埙，是早年生活在渭河流域、泾河流域的天水、平凉和关中一带的乡村孩子人人都可以用一坨泥巴制作并吹奏的乐器。在古代，最初的埙仅仅用于祭祀祖先和鬼神的仪式，后来渐渐成为原始先民自娱自乐的普及性乐器。随着演奏技巧的发展，这种在渭河流域乡村又叫作"哇呜"的吹奏乐器甚至登上大雅之堂，成为历代宫廷音乐演奏必不可少的乐器。

既然有了可以演奏的乐器，就必然要有可供埙一类乐器演奏的乐曲吧？尽管大地湾、半坡时代文字尚在孕育之中，人类还不曾给我们留下类似乐谱之类记录演奏曲调的文本，但从极有可能就是神话意义上大地湾人和半坡时期华夏先民先祖的伏羲、女娲传说记载中我们可以知道，六七千年前生活在渭河流域的原始先民，不仅有了可以吹奏的埙，伏羲还为我们制造出了最早的弦乐演奏乐器——琴和瑟。

远古音乐和歌舞，诞生于原始人类驱鬼敬神的祭祀仪式。

渭河上游的武山县，在古代曾经是氐、羌、吐蕃、匈奴与汉民族长期纠结的地方。那里流传的一种旋鼓舞，其实就是过去居住在渭河上游的西部牧羊人羌族祭祀神灵时表演的舞蹈。也许是当时羌族的文明程度只能达到那种地步，旋鼓舞使用的唯一一种伴奏器乐，就是用羊皮做的状如扇子的羊皮鼓。表演者一边击鼓，一边舞蹈，并随着强劲有力的鼓声和脚步发出"嗨嗨"和"呜呜"的呼喊。这道劲苍凉的呼喊，也许就是古代羌人献给天地、神灵先祖的祝词和祈祷。

黄帝制作的集歌、舞、乐于一体的大型乐舞《云门》，也是为祭祀部族图腾而创作。黄帝制作《云门》的时候，黄帝部族的图腾还是云，而黄帝从渭河流域抵达黄河中下游的时候，黄帝部族的图腾已经发展成了龙。如此说来，制作《云门》的时候，黄帝统领的部族有可能还生活在渭河流域。

舜帝时期出现的《韶乐》，大概是中国古代最成熟的交响乐吧？要不然，周武王剪灭商纣后在镐京举行宣布西周诞生的开国大典上，怎么会选择演奏《韶乐》为这次空前庄重的盛大仪式壮声呢？后来，在渭河平原立国的秦汉两朝，还将《韶乐》列入庙堂之乐之首，成为中国历史上流传时间最长、传播范围最广的仪式音乐。

《韶乐》发展到春秋时期，已经成为一种集诗、乐、舞为一体的综合性表演艺术，其演奏与表演方式不仅场面宏大，气势恢宏，而且应该是具有震人心魄的艺术魅力的。否则，当年孔子在齐国听了《韶乐》后，怎么会发出"不图为乐之至于斯也"的感叹呢？被《韶乐》征服后，孔子甚至还扎扎实实学习研究过一段时间《韶乐》。司马迁在《史记·孔子世家》里记述孔子学习《韶乐》的专注程度时，用了这样一句话来描写孔子情醉神迷的状态："学之，三月不知肉味。"

西周，是中国礼乐制度诞生并达到辉煌极致的时代。西周礼乐既是一种等级制度，也是一种统治、教化人的方式。西周礼乐制度十分烦琐，王室出行、祭祀、外交往来，需要演奏相应级别的音乐；庶民百姓婚丧嫁娶，大夫士人社交宴饮，也要演奏与其身份、场合相匹配的音乐。西周王室甚至还专门为后宫嫔妃宴饮时制定了房中乐，供王宫嫔妃在宴席上演唱。

由此可见，公元前 10 世纪前后，渭河支流沣河岸上的镐京城里王宫街坊，几乎天天都有各种规格的音乐演奏仪式。鼎盛时期的西周王宫，仅随时准备为王室各种仪式演奏音乐的乐师，就有一千四百多位。这些乐师不仅演奏，还进行音乐研究，让西周成为中国古代音乐艺术高度发达与普及的时代。当时的音乐研究者和演奏者，已经提出了五声八音理论。五声就是音阶，即宫、商、角、徵、羽；八音就是演奏用的乐器，它们有埙、笙、鼓、管、弦、磬、钟、柷八种。周王室每年都要举行的天地之祭、山川之祭、先祖之祭，以及内务外交仪式、各种庆典活动，这些乐师便倾巢出动，神情庄严地演奏规定的曲目。这种场合演奏的，一般都是大型乐舞，要么肃穆庄重，要么舒缓清越，而且有多种乐器同时演奏，几乎相当于后来的交响乐。至于西周民间歌舞之风的盛况，我们从西周建立采风制度，组织人员专门从民间搜集流行于各地的民歌，并在后来经孔子整理编成的《诗经》的《风》里就可以略知一二。

西汉时期的长安城，已经初显一座即将对世界文明格局产生重大影响的东方大都市的端倪。在西汉政治、经济和文化文明的种子破土发芽之际，进一步繁荣并迅速发展的音乐艺术，也成为西汉社会走向全面文明的重要标志。长安城里不仅设有专门负责搜集民歌，然后谱曲演唱的音乐管理机构——乐府，还有专门负责为皇室郊祭及宗庙祭祀活动创作、演奏音乐的太乐。刘邦做了皇帝后，衣锦还乡，在江苏沛县祭祀他的老祖宗时，还让太乐给他的《大风歌》谱了曲子，在祖庙演唱。

《大风歌》是公元前 196 年刘邦平定黥布反叛，凯旋时路过老家，在沛县设宴款待早年故交时的即兴之作。那次，刘邦演唱《大风歌》时，也是自己击筑而歌。在自己儿时玩伴和亲朋好友面前，已经做了六年皇帝的刘邦被自己意想不到的成功深深陶醉，他要借此机会向曾经看不起自己的故交展示与众不同的情怀，所以几杯酒下肚，刘邦一边击筑，一边不无炫耀地唱道：

大风起兮云飞扬，威加海内兮归故乡，安得猛士兮守四方。

对于起事之前，职务只相当于现在一个乡长的刘邦来说，能写出这样气势豪迈的诗歌，已经很不容易了。想想高朋满座、酒酣耳热之际，一个过去既不好读书，又在经商务农上无一技之长，只管辖十里之地的小小亭长，从老家走出多年后竟成了万众伏拜的皇帝，世事沉浮，实在让人难以预料啊！在座的亲友故交里，肯定有人也闪过这样的念头：人不可貌相，海水不可斗量。刘邦在众人面前悠然自得、满面微酡、双目微闭、摇头晃脑演唱的样子，也一定很滑稽可笑。

现在到西安的游客，去大唐芙蓉园观看《大唐乐舞》，已经成了当代人梦回唐朝的一种休闲方式。但在盛唐时期，那种融合了周边少数民族音乐、历代汉族音乐、佛教和道教宗教音乐的大唐之乐，是长安城皇亲贵胄、文人雅士、庶民百姓和来自大食、波斯、龟兹等西域使臣，聚集在长安的日本、朝鲜留学生，随便走进街坊里巷都可以享受的娱乐消费。盛唐开放包容的对外政策及其文化的世界性影响，让不少国外知识阶层对大唐趋之若鹜。这些来自西域和亚洲各地的文化人进入大唐后，也将本国音乐和舞蹈带到了大唐，箜篌、琵琶、笙、笛、筚篥、铜钹等西域乐器也登上大唐盛世各种场合的演奏舞台。胡人胡姬的涌入，不仅让遍布长安城各个角落的歌楼酒肆响彻着充满异域风情的胡乐胡声，而且长安城里还一度出现了皇亲国戚、庶民百姓、富商名门争相学习胡舞的盛况："天宝季年时欲变，臣妾人人学圜转；中有太真外禄山，二人最道能胡旋。"（白居易《胡旋女》）来自西域各国的胡旋舞、胡腾舞、柘枝舞、乞寒舞、狮子舞、钵头舞等异族歌舞，流行长安大街小巷。长安城外州府县衙也上行下效，设有专门的音乐管理机构，组织演出民间音乐、散乐和百戏。据统计，当时仅服务于唐代政府音乐机构的乐工就超过了万人。这还不包括豢养在官宦人家的家伎、服务于官署的官伎和流行于民间的各种乐伎。几乎在整个大唐盛世，各种身份的歌伎、舞伎，沉迷歌楼酒肆的文人雅士，歌舞升平的宫廷乐师，以及流浪街头的民间艺人，在以长安为中心的大唐各地，用不同乐器、不同声部、不同语言和唱腔，共同演绎着宣示大唐盛世繁华至极胜景的大唐乐舞。

> 元和十年，予左迁九江郡司马。明年秋，送客湓浦口，闻舟中夜弹琵琶者。听其音，铮铮然有京都声。问其人，本长安倡女，尝学琵琶于穆、曹二善才。年长色衰，委身为贾人妇。遂命酒，使快弹数曲。曲罢悯然，自叙少小时欢乐事，今漂沦憔悴，转徙于江湖间。予出官二年，恬然自安，感斯人言，是夕始觉有迁谪意。因为长句，歌以赠之，凡六百一十六言。命曰《琵琶行》。

这是白居易为《琵琶行》写的序言。

在唐代，诗人和歌伎之间几乎形成了无法割舍的唱和情缘。特别是中唐以后，享乐淫逸之风日盛，不仅士大夫阶层养伎狎伎，歌舞享乐，出入歌楼酒肆饮酒吟诗，各种层次的歌楼传唱当红诗人的诗作，几乎是盛唐诗坛和娱乐消费界的一种时尚。诗人与歌伎的交往，不仅丰富了盛唐音乐的演唱内容，也让唐诗成为当时最能代表盛唐繁荣景象的文化景观。

一座文化高峰的崛起，必然与时代当权者的倡导有密切关系。盛唐音乐达到登峰造极的繁荣巅峰，与宗教音乐的盛行也有密切关联。唐太宗不是一位佛学爱好者，却鼎力支持佛教传播。玄奘法师剃度之日，唐太宗为玄奘举行了盛大的剃度仪式。仪式上，由太常卿率太常寺的九部乐，万年县令和长安县令各率"县内音声"分乘一千五百多辆"音声车"，随玄奘、各寺院僧侣、文武百官前往大慈恩寺。一路上乐声震天，盛况空前。到了大慈恩寺，还演出了九部乐、大曲《破阵乐》和各种民间杂耍。

正在西安大唐芙蓉园上演的《霓裳羽衣舞》，到底能不能复原大唐盛世辉煌典雅、泱泱大国的景象，我没有看过，没有发言权。但单凭这支曲子的素材取自唐玄宗梦游月宫，贵妃娘娘杨玉环执刀编舞，就足以看出大唐之音的绮丽迷人。

当然，盛唐名曲里还有张若虚的《春江花月夜》。

那是另一种风格。

渭／河／所／谓

WEI HE SUO WEI

渭水香茗

—

渭河流经的地方并不产茶。但是，中国茶文化却是在以长安为中心的渭河流域形成的："蜀茶寄到但惊新，渭水煎来始觉珍。满瓯似乳堪持玩，况是春深酒渴人。"

白居易是唐代诗人中酷爱饮茶的一位。他一生写的有关茶的诗歌多达六十多首。这首《萧员外寄新蜀茶》，是白居易品尝四川一位好友萧员外寄来产于蜀地的新茶后写的。来自蜀中的新茶，配以渭河水煎煮，其清爽诱人之味，让大诗人白居易神清气爽，回味无穷。

作为国饮，饮茶之俗在中国出现也有四五千年的历史了。发现茶的饮用功能和药效的，还是在渭河流域开创了中国最早原始农业的炎帝神农。史书上说："神农尝百草，日遇十二毒，得荼而解之。"这里的"荼"，也就是后来的"茶"字。早年包括《周礼》《仪礼》《礼记》《左传》《公羊传》《谷梁传》《易》《书》《诗》在内的儒家经典"九经"里，没有"茶"字，所以古代就用"荼"代称"茶"字。直到唐代，陆羽写《茶经》的时候，有人才将"荼"字去掉一画，产生了"茶"字。

最早的茶，由于人们发现它有止渴、清神、消食、除瘴、利便功能，被作为药用植物饮用。巴蜀地区将茶煎煮后服用，以除瘴气、解热毒，并成为巴蜀人习以为常的保健饮品，以至于到后来，茶的解渴饮用功能将药用价值湮没，成了中国的日常清饮。到了魏晋南北朝时期，清谈之风和佛、道文化渐浓，疏于饮酒而喜欢品茶高谈阔论的玄学家、强调禅定入静的佛家、追求修炼不老之体的道家，各自从茶饮里发现了自己所需要的东西。于是，在世俗界和宗教界共同努力下，茶也慢慢从一种普通饮料中脱离出来，与文化结缘，朝着中国传统文化中与书法一样，世界上独一无二的东方文化精神象征性喻体境界飘升而去。

　　大唐帝国是一个将一切有价值、有意义的东西都可以提升发展到极致的时代。已经在中国流行几千年的饮茶之风，终于在这个中国历史上绝无仅有的繁华盛世，形成了彰显中国文化的另一种文化形态——茶文化。

　　最早将中国茶文化进行梳理总结的人物，是茶圣陆羽。

　　这位据说生下来相貌奇丑的茶仙是一位弃儿，幼年和童年时代是在寺院里度过。我们不知道陆羽一生是不是曾经到过大唐都城长安，但他以毕生之力完成的《茶经》，却是在盛唐茶饮之风空前昌盛的氛围里诞生的。有了这样一部将茶的自然功能和人文属性相提并论，把儒、道、佛三教理论精髓融入饮茶之中，探讨饮茶艺术的作品，中国茶道精神才得以破土发芽。

　　茶叶产地在南方，但唐代的长安城却是全国最大的茶叶消费市场。宫廷宴饮、民间炊饮、文人雅士聚饮、围绕长安城的众多寺院道观淡饮修行，甚至连聚集在长安城的外国使臣、西域商人和日本留学生，也爱上了品茗饮茶。四通八达的官道和由渭河沟通的水路运输，可以将南方的茶叶很快运到京城。江南各地也将当地所产的上好茶叶作为朝廷贡品，供皇宫贵族饮用。至于民间，茶饮之风已经吹遍长安。和遍布长安城的歌楼酒肆一样蓬勃兴起的茶楼、茶馆，白天夜晚坐满了要一壶清茶，或一人独处，静静品味清茶芬芳，或三两个好友品茗清谈的茶客。而酒酣耳热后，泡一壶清茶，安坐于花前月下，在香茗清芬中静赏清风明月者也不乏其人。遍布渭河两岸的寺院道观，那些崇尚清饮的僧侣和道士，于诵经修炼之余品一杯清茶，静坐参禅，或以茶会友，更是体会茶与佛道、茶与人生相融相通的必修功课。至于那些或如白居易一般既钟情于酒场，又酷爱茶饮的诗人才子，于豪饮之余以茶解渴、以茶醒酒，更是盛唐诗人不仅嗜酒，而且酷爱茶饮的流行生活时尚。

李白是酒仙，一生不知饮了多少琼浆美酒，也写过不少饮酒诗。李白在四川长大，饮茶应该也是他最为平常的生活习惯吧。但奇怪的是，李白一生竟然只写过一首有关茶的诗。那是唐玄宗天宝十一年（752），李白云游到金陵栖霞寺，他的一位在湖北当阳玉泉寺做和尚的族侄中孚禅师（俗名李英）闻知后，采数十片玉泉寺出产的"仙人掌"茶，到金陵栖霞寺看望李白。品尝这种非常珍贵的"仙人掌"茶后，李白赞不绝口，破例为这位侄子赠他的好茶写下了《答族侄僧中孚赠玉泉仙人掌茶（并序）》："尝闻玉泉山，山洞多乳窟。仙鼠白如鸦，倒悬清溪月。茗生此中石，玉泉流不歇。根柯洒芳津，采服润肌骨。丛老卷绿叶，枝枝相接连。曝成仙人掌，以拍洪崖肩。举世未见之，其名定谁传。宗英乃禅伯，投赠有佳篇。清镜烛无盐，顾惭西子妍。朝坐有余兴，长吟播诸天。"

李白虽然没有同时代诗人李嘉佑那住在寺院里终日饮茶念经的经历和心境，却对后来白居易所倡导的茶禅一味的文化至高境界，早已心领神会。

同为唐代大诗人，元稹不仅嗜酒，也酷爱饮茶。他那首在唐代诗歌中堪称最讲究诗歌结构美、别具一格的宝塔诗《一字至七字诗·茶》，从茶的本性说到人们对茶的喜爱，再从茶的煎煮谈到饮茶习俗和茶的功用，可谓妙趣横生：

茶。

香叶，嫩芽。

慕诗客，爱僧家。

碾雕白玉，罗织红纱。

铫煎黄蕊色，碗转曲尘花。

夜后邀陪明月，晨前命对朝霞。

洗尽古今人不倦，将至醉后岂堪夸。

　　早年的白居易嗜酒，也酷爱饮茶。年轻气盛的时候，白居易甚至还写过十四首《劝酒诗》，但白居易对茶却钟爱一生。白居易早年饮茶，大概仅仅出于茶可解酒止渴的缘故吧："驱愁知酒力，破睡见茶功。"但随着生活沧桑，年事渐高，品茶、爱茶已经成为他品味人生的一种方式。元和十一年（816），也就是白居易被贬为江州司马并写下著名的《琵琶行》的第二年，白居易行游到庐山香炉峰下，盖起一座草堂，并在香炉峰遗爱寺附近开辟一圃茶园，以茶为伴，过起了"长松树下小溪头，斑鹿胎巾白布裘。药圃茶园为产业，野麋林鹤是交游。云生涧户衣裳润，岚隐山厨火烛幽。最爱一泉新引得，清冷屈曲绕阶流"（《香炉峰下新卜山居草堂初成偶题东壁》）的生活。也是那个时候，白居易开始接触老庄思想，并与僧人来往，学习佛法，以茶、酒、老琴为伍，体味"禅茶一味"的禅理："或吟诗一章，或饮茶一瓯。身心无一系，浩浩如虚舟。富贵亦有苦，苦在心危忧。贫贱亦有乐，乐在身自由。"（《咏意》）

　　杜甫虽然喜欢饮酒，但相对于李白的潇洒和其他诗人的生活富足来说，一生拮据的生活现状，让他很多时候没有多少钱打酒豪饮，所以以茶代酒也应该是闲暇之余的杜甫享受难得生活美景最可行的方式。虽然在杜甫众多诗作中，仅有《重过何氏五首》其中一首写饮茶的诗，但那种沉醉于香茗山水之间，独享天道与茶道带来的清、静、简、雅的品茶境界，非一般人所能达到。

　　由于茶与诗、茶与文、茶与佛道的相与融合，盛唐茶饮已经成为一种修为、境界和人生襟怀的标志与象征。于清供雅饮中参禅参佛、顿悟世理、洞悉人生，甚至在手捧香茗之际妙悟诗、书、画及其他艺术的至高境界，不仅成为盛唐生活风尚，而且成为中国文化深奥玄机不可分割的一部分。

　　大唐诗人中，另外一位一生向佛的"诗佛"王维，虽不似白居易那般对茶饮如痴如醉，却是一位一生将茶与佛结缘最深的诗人。王维刚刚进入长安社交圈的时候写的《赠吴官》，就写到了茶饮："长安客舍热如煮，无个茗糜难御暑。"可见那时候的王维已经习惯了饮茶消暑。四十岁以后，王维隐居灞河源头的蓝田，更是以诗、书、画、茶、佛为伍，过上了一种遁世隐居的生活。《旧唐书》记述王维晚年生活时说，王维"斋中无所有，惟茶铛药臼，经案绳床而已。退朝之后，焚香独坐，以禅颂为事"。

　　既然饮茶已经成为大唐社会的一种风尚，唐朝茶叶贸易必然发展非常迅速。公元 782 年，国库拮据，唐德宗李适根据户部建议，开始征收茶叶税，其征收标准为："税天下茶漆竹木，十取一。"而在大唐饮茶习俗影响下，远在西域的吐蕃、回纥茶饮之风也日渐盛行，以茶易马不仅为大唐带来巨大的经济利益，也成为传播大唐文化的另一种形式。

　　就在苦吟诗人贾岛掌着茶杯，徘徊在明亮的月光下吟出"联句逢秋尽，尝茶见月生"（《再投李益常侍》）的诗句时，茫茫月色下，一队队运送茶叶的商队已经从长安和蜀中出发，向西行进。他们将经渭河上游的天水、临洮以及四川雅安，把产自大唐江南的茶叶和形成于都城长安的中国茶文化，传播到遥远的西方世界。

渭／河／所／谓

WEI HE SUO WEI

成性成圣

|

2006 年 9 月 5 日，中南海紫光阁。一场联合记者采访会在这里举行。

记者会的主角是即将出访欧洲的中华人民共和国国务院总理温家宝，前来采访的，是包括芬兰《赫尔辛基新闻报》、英国路透社、《泰晤士报》、德国德新社、《法兰克福汇报》在内的欧洲五家媒体记者。采访者争先恐后发问，温家宝沉着应对，儒雅自如，纵论中国政治、经济、社会发展，中欧关系及重大国际和地区问题，妙语连珠。采访接近尾声，《泰晤士报》记者话锋一转，追问温家宝："你在晚上睡觉之前最喜欢读什么书？掩卷之后，有哪些问题常使你难以入眠？"温家宝未加沉思，脱口引用中外名家诗词作答，其中最让读者和记者感兴趣的，是温总理以"为天地立心，为生民立命，为往圣继绝学，为万世开太平"，表露他的从政理想和人生追求。第二天，伦敦出版的《泰晤士报》在以两个整版报道这次对温家宝的采访时，国际版第二页以中英文大字，将这四句话刊登在显著位置。一时间，"为天地立心，为生民立命，为往圣继绝学，为万世开太平"成为当年中英两国普及度最高的名人名言之一。

"为天地立心，为生民立命，为往圣继绝学，为万世开太平。"这四句话，被当代著名哲学家冯友兰先生称为"横渠四句"，出自出生并治学于太白山下眉县横渠镇的北宋理学创始人之一、关学宗师、横渠先生张载的《横渠语录》。

在眉县横渠镇张载祠碑文和查阅的史料中，给我印象最深的张载形象，还是乾隆八年刻本《晚笑堂画传》和明代崇祯刻本《圣贤像赞》中的张载立像。画面上，一位瘦弱儒雅的知识分子目光炯炯，却总表现出一种若有所思的神态。特别是他那清瘦的身躯，让我禁不住就想起来一生颠沛流离的杜甫——在当朝影响巨大的著名学者。尽管张载一生曾享受过两度应召入朝任职的殊荣，但在忧国忧民这一点上，杜甫"致君尧舜上，再使风俗淳"的理想与张载渴望恢复夏商周三代政体的想法，本质上如出一辙。

张载老家在开封，但命运却将一位大哲学家的一生都交付给了太白山。

公元 1020 年，张载出生后也生活在朝南可以望见秦岭与太白山的长安城。后来，父亲调任秦岭以南的涪州做知州，年幼的张载即随父亲去了涪州。十五六岁，父亲病故涪州任上，张载和母亲、弟弟张戬扶亡父灵柩返老家开封安葬途上，经汉中从斜峪关翻越秦岭到达太白山下的眉县时，路费告罄，前方又发生战事，一家人被迫滞留眉县横渠镇。

张载途经太白山的时候，正是西夏王李元昊拉开对宋作战帷幕之际。张载在横渠镇遭遇的前方战事，大概正是李元昊自称西夏皇帝，发兵 10 万掠夺陕北延安边地的那场战争吧？由于战乱，加上经济拮据，在将父亲灵柩安葬在与太白山一脉相承的眉县横渠镇大振谷口迷狐岭后，张载和母亲、弟弟也被迫把家安在太白山下的眉县横渠镇。

张载的不幸，让太白山和横渠镇有幸接纳并见证了一位伟大思想家的一生。

张载安家眉县的时候，李元昊已经不满足于对大宋西北边境的频繁骚扰，他带领西夏游牧民族铁骑踏入了甘肃庆阳一带。反复的军事较量，让北宋朝廷丧失了固守西北边疆的信心，被迫与李元昊议和。这种议和的结局可想而知，但大宋朝廷为了维护颜面，在议和合约里自欺欺人地将向西夏进贡绢、白银、茶叶等大量物资的方式，改为了"赐"。堂堂大宋朝廷的软弱无能和西夏的嚣张气焰，让 21 岁的张载如芒刺背。于是，这位从小就喜欢研读兵书的青年，向时任陕西经略安抚副使、主持西北防务的范仲淹上书，陈述自己对平息西夏边患的策略，并打算组织民兵武装，收复西夏占领的洮河以西土地。

杰出人物登台亮相，总有与众不同的故事。

尽管史书上说张载"少喜谈兵"，但归根结底他还是一位书生。在我看来，应该是青年张载忧国忧民之心，触动了范仲淹这位北宋杰出的政治家、思想家、军事家和文学家惺惺相惜的敏感神经。于是，范仲淹在延州（今延安）前线军帐召见了张载。

那时，范仲淹已经年逾知天命之年。

与这位名震当朝的将军和大学者见面，张载激情洋溢，谈的最多的是西北边防战略，以及收复失地、保家卫国的想法。作为当时被宋仁宗寄希望于消弭边患的西北前线总指挥，范仲淹对张载的许多观点非常欣赏，同时作为一位著名文学家和诗人，范仲淹也发现了张载过人的学养和才华。大抵还是由于同为文人，惺惺相惜的缘故吧，宋史说，听完张载陈述，已经鬓发斑白的范仲淹反问道："儒者自有名教可乐，何事于兵？"劝张载还是回家读《中庸》，做自己的学问去。

延州之行和范仲淹的劝说，让张载开始重新思考自己一生该做的事应该是什么。回到太白山，他听从范仲淹的劝告，苦心研读《中庸》等儒家经典，并在读完《中庸》后进入佛道两家学说，寻找《中庸》未能解释清楚的有关哲学问题。有了对道、佛、儒三家学说综括把握之后，张载再次返身儒家学说。

这时候的张载已经隐约感到，一个崭新的思想世界，向他打开了一扇天窗。他也顺着昏暗中依稀看到的一种崭新文化精神的熹微曙光，开始了创建自己独立学术思想体系的工作。北宋江山风雨飘摇的天空下，一位承前启后的思想新星，即将在太白山下冉冉升起。

宋仁宗嘉祐二年，公元 1057 年，在太白山下苦读十余载的张载，踏上前往大宋都城汴京（今开封）参加科举考试的应试之路，这一年张载 38 岁。此前，张载还受范仲淹之邀，为范仲淹在今甘肃庆阳附近修建的庆州大顺城撰写了《庆州大顺城记》。张载的治学名声，也因此广为人知。

这次科考，担任主考官的是欧阳修，与张载同科考试并同时获得进士的还有苏轼、苏辙兄弟。考取进士等待诏书期间，有一件事情值得一提。据史书记载，当朝宰相文彦博特意在开封相国寺设置虎皮椅，让张载讲《易》。这样的待遇，恐怕远远胜过了当今一些学术达人上央视《百家讲坛》了吧？然而，张载并没有因此沾沾自喜，感觉自己已经成了足以让举世仰视的学术大家了。一次偶然机会，听了后来成为北宋理学奠基人程颢、程颐兄弟对《易经》的见解后，身为程颢、程颐表叔的张载，竟然撤席罢讲。第二天罢讲之际，他对前来听讲座的人说，程颢、程颐兄弟对《易》理解深刻，他也望尘莫及，大家如果要学《易经》，还是拜程氏兄弟为师吧。同时，他还虚心向作为晚辈的程颢、程颐兄弟请教，并在这一时期完成了其著名的《横渠易说》。

做学问，然后跻身仕途，这是古代崇尚"修身齐家治国平天下"理想的知识分子的必由之路，张载也不例外。考取进士后的张载自然而然，开始按照当时的体制规程，进入体制内。他先被安排到河北安国、陕西宜川、甘肃平凉等地担任司法参军、佐郎、军事判官等职，后来还出任过宜川县令，张载的行政才能和军事才华在这一时期得到充分显现。所以，后来张载被御史中丞吕公著推荐给宋神宗。被皇帝召见时，张载希望恢复夏商周三代治国策略的观点与宋神宗不谋而合，当即被安排到相当于现在国务院的中书省枢密院工作。

大概是上苍有意要成就一位为人类历史留下璀璨光芒的思想家的缘故吧，张载进入北宋政治中枢的时候，王安石刚刚开始改革新政。作为同龄人，同样也是胸怀大志的杰出政治家、大思想家、学者、文学家和诗人的王安石，对当时已经身处北宋中央政权中心的张载，自然不敢小觑。张载在枢密院工作不久，王安石就登门拜访，希望张载能够支持他改革变法。让王安石失望的是，张载婉言拒绝了王安石的请求。

对于张载没有成为王安石变法支持者的原因，有人解释为张载刚刚进入北宋权力中心，对时势还要进行判断分析，与王安石激进的改革派保持距离，不失为一种考虑个人安危的必要选择。问题是，张载的弟弟、身为监察御史的张戬，那时已经坚定地站在司马光代表的旧党一边，成为王安石改革的公开反对者。所以张载选择对王安石改革既不配合，也不公开反对的态度，恐怕不那么单纯。对于这个问题的看法，我倒以为一生倾心研究太白山文史的眉县政协副主席卢文远先生的观点，似乎更切合实际。卢先生认为，虽然弟弟张戬比张载早进入仕途，但父亲早逝，年轻时与弟弟、母亲相依为命的经历与感情，让张载选择了与王安石不合作的态度。

卢先生这种判断，似乎更接近人性和张载渴望成性成圣的人格追求。

无论如何，张载拒绝与王安石合作，为他今后的命运埋下了伏笔。当弟弟张戬终于与王安石撕破脸皮，走到改革派对立面继而被贬到湖北江陵后，张载预感到，如果继续在朝廷翻江倒海的权力旋涡中待下去，必然凶多吉少。为避免被弟弟掀起的风暴卷走，张载选择了主动辞官，回太白山下眉县老家做学问。

显然，张载从宦海是非中脱身而出，是迫于无奈。然而，这还不是张载与北宋朝廷政治上的最后诀别。因为后来，当有人推举并接到朝廷召唤后，张载还是以病老之身欣然进京，又做了一段时间宋神宗时期的礼部副职，并在政治抱负再次受挫后辞职，病殁于从开封返回太白山下的路上。

张载这种对政治的热情和挫折，让人常常想起孔子——不仅因为张载是孔子儒家思想的忠实继承者和发扬者，更因为他们共同拥有的政治理想。孔子晚年，面对礼崩乐坏的社会现实悲鸣道："甚矣，吾衰也。久矣不复梦见周公！"并且死不瞑目地幻想有朝一日能够通过"克己复礼"，恢复周礼统治下的那种社会制度。时隔一千多年，张载的政治理想遭遇，几乎就是当年孔子经历的翻版。在朝廷，张载不仅向宋仁宗建言恢复夏商周三代政治体制，我甚至感到他与王安石的裂隙的焦点，也在于他们政治理想取向上的差异。回到太白山下后，张载一方面著书讲学，研究义理，探求天地及圣贤之道，一方面开始实施一系列在朝廷做官时无法实现的社会改革实验。

2013 年，我在太白山下徘徊时，有人指证眉县横渠镇崖下村、渭河北岸扶风县午井镇和远在长安区的子午镇，是张载当年推行恢复西周井田制的实验地。有人还说，在这些地方还有张载进行井田制土地制度改革实验的遗迹。

《宋史·张载传》对张载这一时期的生活记述得十分详尽："还朝，即移疾屏居南山下，终日危坐一室，左右简编，俯而读，仰而思，有得则识之，或中夜起坐，取烛以书。其志道精思，未始须臾息，亦未尝须臾忘也。敝衣蔬食，与诸生讲学，每告以知礼成性、变化气质之道，学必如圣人而后已。以为知人而不知天，求为贤人而不求为圣人，此秦、汉以来学者大蔽也。故其学尊礼贵德、乐天安命，以《易》为宗，以《中庸》为体，以《孔》《孟》为法，黜怪妄，辨鬼神。其家昏丧葬祭，率用先王之意，而傅以今礼。又论定井田、宅里、发敛、学校之法，皆欲条理成书，使可举而措诸事业。"

这里的"又论定井田"，就是指张载实行试图恢复西周时期土地公有的井田制试验。张载不仅悉心研究西周井田制，向皇帝上书《井田议》，希望推行井田制，还和自己的学生出资购买数百亩土地，按照西周井田制方式，以"井"字划分为九块，中间一块为公田，四周八块为私田，将私田分给地少和无地农民耕种，并出资修建灌溉渠，以保证井田制试验成功。

张载在太白山下进行井田制试验之前的一千多年前，西周由盛而衰的历史已经证明，井田制是一种有着过多理想色彩的土地制度。一千多年后，面对北宋无法挽救的衰败局面，张载试图恢复已经被历史摒弃的井田制，自然不会有什么结果的。但从这里，我们既可以看到张载为改变当时社会现状所付出的艰辛努力，也能更深切地理解一位对现实人生充满热情的知识分子孜孜以求的理想情怀。

　　除了进行井田制试验，更多的日子，张载一方面沉迷太白山的自然山水，思考他的哲学问题；一方面则用大量时间和精力著书立说，带徒讲经。眉县方志载，太白山附近的关中书院、绿野书院、横渠书院和扶风贤山寺，都留下了张载讲学的足迹。

　　这时候的张载，已经构建了"宇宙本源是气"的宇宙观和"气化生成"的理论体系。张载创造性地提出的天地之性与气质之性合一的人性论思想，完成了对孟子、荀子以来儒家人性理论富于哲学深度的重建。尤其是他所倡导的"为天地立心，为生民立命，为往圣继绝学，为万世开太平"的人生追求，其实就是张载"成性成圣"人生理想的具体化阐述。在张载看来，人人都应该以成就圣贤为目的，确立历史使命感，最终达到与天地万物融为一体的境界。所以讲学时，张载再三要求学生"学必如圣人而后已。以为知人而不知天，求为贤人而不求为圣人"。张载在太白山下完成的这种理论，不仅完善并发展了儒家学说，而且成为儒家重要支脉——关学的源头，也为朱熹创立北宋理学奠定了理论基础，在中国思想史上占有重要地位。张载去世后，他的学术思想不仅对明末清初思想家、哲学家、史学家、文学家王夫之产生了重大影响，其学术著作还被明清两代列为科举考试必考科目，成为备受明清统治者推崇的主流学术思想之一。同时，张载还是一位出色的天文学家。他不仅独创性地解释了地球运动的问题，提出了地球向左旋转的理论，还从《黄帝内经》中得到启示，草创了"宣夜浑天合一"的宇宙图式，并以此图式就太阳和月亮与地球之间的距离孰远孰近的问题，得出了日远月近的结论。

据地方史志记述，张载建构自己的学术体系时，长期在现在太白山森林公园附近的大振谷隐居。我们不知道隐居期间张载是否登临过太白山极顶，但作为一位强调天地是万物和人的父母，天、地、人三者混合处于宇宙之中的哲学家，张载在思考、写作、静修之际，太白山自然山水对他的心灵世界，肯定产生过深刻而巨大的影响。尤其是，如果不是长期在终年笼罩着神秘、神奇的氤氲之气的太白山沉思默想，张载对天地万物之间的关系，以及自然星象的变幻，还能不能领悟得如此透彻呢？

公元 1078 年农历最后一个月，开封通往长安的官道上风雪交加，天寒地冻，一顶破旧单薄的轿子在漫天风雪中艰难前行。随行人员除了轿夫，只有一位小伙子。轿子里，一位脸色蜡黄、神情憔悴的汉子双目紧闭，被轿夫抬着，一步一巅，在风雪中艰难前行。

　　过了潼关，八百里秦川在望。然而，漫天风雪将天地融为一体，自太白山向东蜿蜒而来的秦岭，也被淹没在茫茫风雪之中，只有一线苍茫高挺的憧憧身影若隐若现。到了华山脚下，轿上的病人强忍剧痛，冒着满头豆大的冷汗，睁开眼睛，艰难地看了一眼茫茫大雪中影影绰绰的西岳华山，复又咬紧牙关，忍住疼痛，继续颠簸前行。

　　天暮时分，轿子到了临潼，一行人在一家旅舍住了下来。第二天清晨，大雪停息，白雪皑皑的关中大地一片寂静。忽然，一声撕心裂肺的号啕大哭从病人住的客舍传出来，将积雪覆盖的旷野上清冷的宁静撕裂。

　　这一天，是熙宁十年（1077）农历腊月二十六，旅舍中去世的人，就是不久前抱病应诏进京，复又辞官回家的关学宗师、一代理学大师、关中大儒张载。他去世的时候，跟随在身边的亲人，只有一个外甥。

　　这一年，张载58岁。

　　史书上记载，这位两度被皇帝征召进京、三次出任地方官、学富五车的北宋大学者，在临潼旅舍辞别人世之际已经身无分文，追随他的外甥甚至连给舅舅买棺材入殓的银两都没有。尊师仙逝的消息传到长安，张载在长安的学生赶来才为老师入殓，然后送回眉县老家，葬在太白山大振谷其父张迪墓南。

张载去世后，宋孝宗和宋宁宗相继追谥赐封他为"眉伯"和"明公"，将其牌位供奉在孔庙。

从太白山下走出的一代哲学大师张载，死后又回到了太白山。

我们不知道将自己的肉体埋葬在太白山，是不是张载生前遗愿。不过，张载一生面对太白山领悟世间万物，穷尽圣贤至理的精神，以及死后魂归太白山，也让他创立的北宋理学重要一脉——关学的根脉，长久留在了太白山。

张载去世五百多年后，又一位关中大儒步张载后尘，来到太白山，过起了一如张载当年进行井田制试验时躬耕山田、攻读诗书的生活，他就是明末清初文学家、关学大师李柏。

与张载几入仕途不同，同样对社会现实充满热情，倡导以德治天下的李柏，一生拒绝入仕，且对太白山痴迷不已。李柏原本家在太白山脚下的眉县槐芽镇，22岁母亲去世守孝三年后，这位三次躲避"童试"，发誓要学习古人的天才为躲避俗世干扰，携家眷来到汤峪镇远门口内太白山大雪崖洞，开荒种田，著书立说，过起了遁然世外的隐居生活。据说李柏天资聪慧，到了风景优美、幽雅安静的太白山，他既研究经、史、子、集，也研习兵书、佛学和黄老之学，且棋琴书画无所不通。

　　李柏大概是孙思邈以后，与太白山交往最深的一位学者了？他一生虽然曾因教书、躲避战乱等因素，短暂离开过太白山。然而，一旦时长日久，对太白山自然山水的依恋之情又会让他舍弃他物，重新投入太白山怀抱。有人计算过，李柏一生在太白山大雪崖石洞里生活的时间，长达 38 年之久。在太白山，他不仅读书、耕种，还遍游了包括拔仙台在内的众多景点。太白山自然美景让李柏陶醉，也给了李柏创作与思考的灵感。更重要的是，入太白山屏迹苦读几十年，困难时半月无盐可吃，一日只喝两顿粥，经常忍着辘辘饥肠打坐，没有纸张时捡拾树叶写作的生活，让李柏的全部身心与太白山融为一体，保持并实现了他"存铁心，养铁膝，蓄铁胆，坚铁骨，以铁汉老可也。慎无捷径以终南"的人格理想。因此，李柏死后被封为第八位太白山神。

　　作为清代"关中三李"之一，李柏在太白山的经历不仅让张载开创的关学在这里发扬光大，也再一次验证了太白山自然万象及其所蕴含的文化精神，对于一位思想家、思考者和灵魂追求者的意义。因为就连生前曾经积极入世，试图通过革故鼎新挽救大宋王朝残局的王安石，在面对太白山之际，也发出了如此依恋不舍，情醉神迷的感慨：

太白巃嵸东南驰，众岭环合青分披。

烟云厚薄节可爱，树石疏密皆相宜。

阳春已归鸟语乐，溪水不动鱼行迟。

生民何由得处所，与兹鱼鸟相谐熙。

——王安石《太白岩》